Biblioteca Agatha Christie
Novela

Biografía

Agatha Christie es la escritora de misterio más conocida en todo el mundo. Sus obras han vendido más de mil millones de copias en la lengua inglesa y mil millones en otros cuarenta y cinco idiomas. Según datos de la ONU, sólo es superada por la Biblia y Shakespeare.

Su carrera como escritora recorrió más de cincuenta años, con setenta y nueve novelas y colecciones cortas. La primera novela de Christie, *El misterioso caso de Styles*, fue también la primera en la que presentó a su formidable y excéntrico detective belga, Poirot; seguramente, uno de los personajes de ficción más famosos. En 1971, alcanzó el honor más alto de su país cuando recibió la Orden de la Dama Comandante del Imperio Británico. Agatha Christie murió el 12 de enero de 1976.

Agatha Christie
Cinco cerditos

Traducción: Guillermo López Hipkiss

ESPASA

Obra editada en colaboración con Grupo Planeta – Argentina

Título original: *Five Little Pigs*

© 1942, Agatha Christie Mallowan
© 1946, 1954, Traducción: Editorial Molino
Traducción: Guillermo López Hipkiss

© 2016, Grupo Editorial Planeta S.A.I.C. – Buenos Aires, Argentina

Derechos reservados

© 2018, Editorial Planeta Mexicana, S.A. de C.V.
Bajo el sello editorial BOOKET M.R.
Avenida Presidente Masarik núm. 111, Piso 2
Polanco V Sección, Miguel Hidalgo
C.P. 11560, Ciudad de México
www.planetadelibros.com.mx

Agatha Christie

Ilustraciones de portada: © Ed
Adaptación de portada: Alejandra Ruiz Esparza

Primera edición impresa en Argentina: julio de 2016
ISBN: 978-987-580-805-8

Primera edición impresa en México en Booket: septiembre de 2018
Segunda reimpresión en México en Booket: marzo de 2022
ISBN: 978-607-07-5193-6

Impreso en los talleres de Impresora Tauro, S.A. de C.V.
Av. Año de Juárez 343, Colonia Granjas San Antonio, Iztapalapa
C.P. 09070, Ciudad de México.
Impreso en México –*Printed in Mexico*

A Stephen Glanville

Guía del lector

A continuación se relacionan en orden alfabético los principales personales que intervienen en esta obra

Avis: Anciano juez de la causa contra Caroline Crale.

Blake (Philip): Corredor de Bolsa, acaudalado, íntimo que fue del pintor Crale.

Blake: (Meredith): Hacendado rural. Hermano del anterior.

Caleb (Jonathan): Anciano procurador.

Crale (Amyas): Notable pintor y sempiterno mujeriego.

Crale (Caroline): Joven y bella esposa del anterior.

Cronshaw: Almirante jubilado, íntimo de Meredith Blake y de Poirot.

Edmunds (Alfred): Viejo dependiente del difunto Mayhew.

Fogg (Quentin): Ayudante de S. M.

Greer (Elsa): Amante de Amyas: más tarde esposa de lord Dittisham.

Hale: Superintendente de policía, jubilado.

Humphrey (Radolph): Fiscal de la causa Crale.

Lemarchant (Carla): Sobrina del matrimonio Lemarchant, pero, en realidad, hija del matrimonio Crale.

Lemarchant (Simon y Louise): Matrimonio, tíos de Carla.

Lytton-Gore (Mary, lady): Viuda, común amiga de Poirot y Meredith Blake.

Mayhew (George): Procurador.

Montague (sir Depleach): Eminente abogado, defensor que fue de Caroline Crale.

Poirot (Hércules): Famoso detective privado, protagonista de esta novela.

Rattery (John): Prometido de Carla.

Warren (Angela): Hermanastra de Caroline Crale. Distinguida exploradora.

Williams (Cecilia): Institutriz en casa de los Crale.

Introducción

Hércules Poirot miró con interés y aprobación a la joven que entraba en aquel momento en la habitación. Nada había habido en su carta que la distinguiera de tantas otras. Se había limitado a solicitar una entrevista, sin dar la menor idea siquiera de lo que se ocultaba tras la petición. Era breve y desprovista de toda palabrería inútil y sólo la firmeza de la escritura indicaba respecto a Carla Lemarchant que era una mujer joven.

Y ahora allí estaba en persona. Una mujer alta, esbelta, de veintitantos años. Una de esas jóvenes a las que uno se ve obligado a mirar más de una vez. Vestía ropa de calidad: chaqueta y falda de corte impecable y lujosas pieles. Cabeza bien equilibrada sobre los hombros, frente cuadrada, nariz de corte sensitivo, barbilla que expresaba determinación. Una muchacha pletórica de vida. Era su vitalidad, más que su belleza, la que daba la nota predominante.

Antes de su entrada; Hércules Poirot se había sentido viejo. Ahora se sentía rejuvenecido, lleno de vida, agudo como nunca.

Al adelantarse para saludarla, se dio cuenta de que los ojos color gris oscuro le observaban atentamente, le escudriñaban con intensidad.

La joven se sentó y aceptó el cigarrillo que él le ofrecía. Después de encenderlo, permaneció inmóvil, fumando, mirándole aún con queda mirada intensa y pensativa.

Poirot preguntó con dulzura:

—Sí, ha de decidir, ¿no es verdad?

Ella se sobresaltó.

—Usted perdone.

La voz era atractiva, leve y agradablemente ronca.

—Intenta usted decidir, ¿verdad?, si soy un simple charlatán o el hombre que necesita.

La joven sonrió. Dijo:

—Pues… sí… algo así. Es que, monsieur Poirot, no… no es usted exactamente como yo me lo había imaginado.

—Y soy viejo, ¿verdad? Más viejo de lo que usted se figuraba.

—Sí, eso también —vaciló—. Verá usted que soy sincera. Quiero… es preciso que obtenga… lo mejor.

—Tranquilícese —respondió Hércules Poirot—. *Soy* lo mejor.

Carla dijo:

—No es usted modesto... No obstante, me inclino a creer lo que usted dice.

Poirot aseguró con placidez:

—¿Sabe?, no empleo los músculos simplemente. Y no necesito inclinarme y medir las huellas de pisadas ni recoger las colillas, ni examinar las hojas de hierba aplastadas. Me basta con retreparme en mi asiento y *pensar*. Es esto —se golpeó la ovalada cabeza—, esto lo que funciona.

—Lo sé —dijo Carla—. Por eso he venido a usted. Quiero, ¿comprende?, que haga algo fantástico.

—Eso —dijo Hércules— promete.

La miró alentador.

Carla Lemarchant respiró profundamente.

—Mi nombre —dijo— no es Carla. Es Caroline. Como el de mi madre. Por eso me lo pusieron —hizo una pausa—; y, aunque siempre he sido conocida por el apellido de Lemarchant... desde que recuerde casi... ése no es mi verdadero nombre. En realidad, me llamo Crale.

Hércules Poirot frunció la frente, perplejo. Murmuró:

—Crale... Me parece recordar...

Dijo ella:

—Mi padre era pintor... un pintor bastante conocido. Algunos dicen que fue un gran pintor. Yo estoy convencida de que lo fue.

Inquirió Poirot:

—¿Amyas Crale?

—Sí.

Hizo una pausa. Luego continuó:

—Y a mi madre, Caroline Crale, ¡la acusaron de haberle asesinado!

—¡Ajá! Ahora recuerdo... pero sólo vagamente. Me hallaba en el extranjero por entonces. Hace mucho tiempo de eso.

—Dieciséis años —dijo la muchacha.

Tenía el rostro muy pálido ahora y los ojos eran dos puntos gemelos de luz.

Dijo:

—¿Comprende usted? *La juzgaron y la condenaron*... No fue a la horca, porque les pareció que existían circunstancias atenuantes... Conque le conmutaron la pena por la de cadena perpetua. Pero murió un año después del juicio. ¿Se da cuenta? Todo acabó... quedó resuelto... pasó a la historia...

Poirot preguntó:

—¿Bien?

La joven llamada Carla Lemarchant juntó las manos. Habló lenta, vacilante, pero con énfasis raro, agudo…

Dijo:

—Tiene usted que comprender… con exactitud… mi interés en el asunto. Tenía cinco años por la época en que… ocurrió. Demasiado pequeña para darme cuenta de nada. Recuerdo a mis padres, claro está, y que salí bruscamente de casa… desde donde se me trasladó al campo. Recuerdo los cerdos… y una granjera muy corpulenta y agradable… y que todo el mundo se mostraba muy bondadoso para conmigo… Y recuerdo claramente de qué forma tan rara solía mirarme… todo el mundo… una especie de mirada furtiva comprendí, claro está, los niños siempre comprenden, que algo anormal sucedía…, pero no sabía de qué se trataba.

»Luego fui a bordo de un barco… ¡cómo me emocioné…! Seguí a bordo días y días… y luego me encontré en el Canadá, y tío Simon acudió a recibirme y viví en Montreal con él y tía Louise, y cuando pregunté por papá y por mamá me dijeron que pronto llegarían. Y luego… y luego creo que los olvidé… Sólo sabía que habían muerto, aunque no recordaba que me lo hubiese dicho nadie. Porque para entonces, ¿comprende, usted?, yo ya no pensaba en ellos. Era muy feliz, ¿sabe? Tío Simon y tía Louise eran muy buenos para conmigo. Y fui al colegio y tuve muchas amistades… y me había olvidado por completo de que hubiese tenido jamás otro nombre que no fuera Lemarchant. Tía Louise, ¿comprende?, dijo que ése era mi nombre en el Canadá y ello me pareció natural por entonces… Era simplemente mi nombre canadiense… pero, como digo, acabé olvidando que hubiese tenido otro distinto jamás.

Alzó con un gesto la retadora barbilla. Dijo:

—Míreme. Diría usted, ¿verdad que sí?, si me encontrara: «¡Ahí va una muchacha que no tiene preocupación alguna!». Poseo bienes de fortuna; tengo una salud magnífica; soy bastante bien parecida; puedo disfrutar de la vida… A los veinte años no había una muchacha en el mundo con quien me hubiera cambiado de lugar.

»Pero ya, ¿sabe?, había empezado a hacer preguntas. De mi padre y de mi madre. Quiénes eran y qué hacían. Hubiera acabado averiguándolo…

»Pero me dijeron la verdad. Cuando cumplí los veintiún años.

No tuvieron más remedio que hacerlo entonces porque, en primer lugar, a esa edad entraba en posesión de mi herencia. Y además, ¿sabe?, estaba la carta. La carta que mi madre dejó para mí al morir.

Cambió de expresión, se apagó. Los ojos no eran ya dos puntos ardientes, sino oscuros y profundos lagos.

Dijo:

—Fue entonces cuando supe la verdad. Que mi madre había sido hallada culpable de asesinato. Fue… bastante horrible.

Hizo una pausa.

—Hay otra cosa que he de decirle. Estaba prometida en matrimonio. Dijeron que teníamos que esperar… que no podíamos casarnos hasta que hubiese cumplido yo los veintiún años de edad. Cuando supe la verdad, comprendí por qué.

Poirot se movió y habló por primera vez. Dijo:

—¿Y cuál fue la reacción de su prometido?

—¿De John? A John le era igual. Dijo que eso no afectaba para nada nuestras relaciones… no en cuanto a él se refería. Él y yo éramos John y Carla… y el pasado no importaba.

Se inclinó hacia delante.

—Seguimos siendo prometidos. Pero, a pesar de todo, ¿sabe?, *sí* que me importa. Me importa a mí. Y le importa a John también… No es el pasado lo que nos importa: es el futuro —crispó las manos—. Queremos tener hijos, ¿comprende? Los dos queremos hijos. Y no queremos ver cómo crecen nuestros hijos y tener miedo.

Inquirió Poirot:

—¿Se da usted cuenta de que entre los antepasados de todo el mundo ha habido gente dada a la violencia y al mal?

—No comprende usted. Es cierto eso, claro está. Pero después de todo, uno no suele estar enterado de ello. Nosotros lo estamos. Está muy cerca de nosotros. Y… a veces… he visto a John mirarme. Una mirada rápida… fugaz. Supóngase usted que nos hubiéramos casado, hubiésemos reñido y yo le viera mirarme y… y *espantarse*.

Hércules Poirot preguntó:

—¿Cómo murió su padre?

La voz de Carla contestó, clara y firme:

—Envenenado.

Dijo Poirot:

—Ya…

Hubo un silencio.

Luego dijo la muchacha, en voz serena, normal:

—Gracias a Dios que es usted sensato. Comprende usted que importa... y lo que implica. No intenta remediarlo y soltar frases de consuelo.

—Comprendo perfectamente —aseguró Poirot—. Lo que no comprendo es qué desea usted de mí.

Carla Lemarchant dijo, con sencillez:

—¡Quiero casarme con John! Y ¡tengo la intención de casarme con John! Y quiero tener por lo menos dos hijos y dos hijas. Y ¡usted va a encargarse de que eso sea posible!

—¿Quiere decir con eso... que desea usted que hable yo con su prometido? ¡Ah, no, es idiota lo que digo! Es algo completamente distinto lo que usted sugiere. Dígame lo que piensa...

—Escuche, monsieur Poirot. Entienda esto... y entiéndalo bien: contrato sus servicios para investigar un asesinato.

—¿Quiere usted decir que...?

—Sí; eso quiero decir. Un asesinato es un asesinato, haya ocurrido ayer o haya tenido lugar hace dieciséis años.

—Pero, mi querida joven...

—Aguarde, monsieur Poirot. No lo sabe todo aún. Hay un punto muy importante.

—¿Sí?

—Mi madre era inocente —anunció Carla Lemarchant.

Hércules Poirot se frotó la nariz. Murmuró:

—Claro. Naturalmente... comprendo eso...

—No es sentimentalismo ni presentimiento. Está su carta. La dejó para mí antes de morir. Había de serme entregada cuando cumpliera los veintiún años. La dejó exclusivamente para eso... para que estuviera yo completamente segura. Eso era lo único que contenía. Que ella no lo había hecho... que era inocente... que yo podría tener siempre la seguridad de ello.

Hércules Poirot miró, pensativo, al rostro juvenil, vivaz, que con tanta intensidad le miraba. Dijo, lentamente:

—*Tout de même...*

Carla sonrió.

—No; mamá no era así. Está usted pensando que podría ser mentira... una mentira sentimental... —Se inclinó hacia delante—. Escuche, monsieur Poirot: hay cosas que los críos saben perfectamente. Recuerdo a mi madre... un recuerdo un poco borroso, es cierto, pero recuerdo perfectamente la clase de persona que era. Ella no decía mentiras... mentiras piadosas. Si una cosa iba a hacer daño, siempre lo decía. Dentistas; espinas clavadas en los

13

dedos... todas esas cosas. La verdad era... un impulso natural de ella. Yo no lo tenía... o no creo por lo menos... especial cariño... pero tenía fe en ella. ¡Sigo teniendo fe en ella! ¡Si ella dice que no mató a mi padre, entonces es que no lo mató! No era la clase de persona que escribiera solemnemente una mentira cuando sabía que se estaba muriendo.

Lentamente, casi a regañadientes, Hércules Poirot inclinó la cabeza.

Carla prosiguió:

—Por eso no hay inconveniente, por parte mía, en que me case con John. Yo sé que no hay inconveniente. *Pero él no lo sabe.* Le parece que, claro está, yo creería inocente a mi madre en cualquier caso. Hay que aclarar el asunto, monsieur Poirot. ¡Y *lo va a aclarar usted!*

Hércules Poirot dijo lentamente:

—Admitiendo que lo que usted dice sea verdad, mademoiselle, han transcurrido dieciséis años.

Contestó Carla:

—¡Oh! ¡Claro que va a ser difícil! ¡Nadie más que usted sería capaz de hacerlo!

Bailó la risa en los ojos de Poirot unos instantes. Dijo:

—Me está lisonjeando, *hein?*

Repuso Carla:

—He oído hablar de usted. De las cosas que ha hecho. De la *forma* en que las ha hecho. Es la psicología lo que a usted le interesa, ¿verdad? Pues ésa no cambia con el tiempo. Las cosas tangibles han desaparecido... las colillas y las huellas de pisadas, y las hojas de hierba aplastadas. No puede usted buscar esas cosas ya. Pero puede repasar todos los detalles del caso y quizás hablar con la gente que lo vivió... ninguna de esas personas ha muerto aún... Y luego... luego, como dijo hace unos momentos, puede retreparse en su sillón y *pensar.* Y sabrá exactamente lo que ocurrió...

Hércules Poirot se puso en pie. Acariciándose el bigote con una mano, dijo:

—Mademoiselle, me hace un gran honor. Justificaré la fe que tiene usted en mí. Investigaré el caso. Examinaré, retrospectivamente, los sucesos de hace dieciséis años, y descubriré la verdad.

Carla se levantó. Le brillaban los ojos. Pero sólo dijo:

—Muy bien.

Hércules Poirot sacudió con elocuencia el dedo índice.

—Un momento. He dicho que descubriré la verdad. No ten-

14

go, ¿comprende usted?, prejuicios. No acepto las seguridades que usted me da de la inocencia de su madre. Si era culpable... *eh bien*, ¿qué, entonces?

La orgullosa cabeza de Carla se irguió más. Contestó:

—Soy su hija. ¡Quiero *la verdad*!

Dijo Hércules Poirot:

—*En avant*, pues. Aunque no es eso lo que debiera de decir. Todo lo contrario. *En arrière*...

Libro primero

Capítulo primero

EL ABOGADO DEFENSOR

—¿Si recuerdo el caso Crale? —inquirió sir Montague Depleach—. Claro que sí. Lo recuerdo muy bien. Una mujer atractiva en grado sumo, pero desequilibrada, claro está. Sin dominio sobre sí misma. Una lástima.

Miró de soslayo a Poirot.

—¿Por qué me pregunta usted eso?

—Me interesa el caso.

—No hace usted alarde de mucho tacto, amigo mío —dijo Depleach, enseñando los dientes de pronto con su conocida «sonrisa de lobo» que era famosa, y ejercía un efecto aterrador sobre los testigos a quienes interrogaba—. No fue uno de mis éxitos, como sabe. No conseguí que la absolvieran.

—Eso ya lo sé.

Sir Montague se encogió de hombros. Dijo:

—Claro está que no tenía entonces tanta experiencia como tengo ahora. No obstante, hice todo lo que humanamente podía hacerse. Uno no puede hacer mucho sin *cooperación*. Sí que conseguimos hacer que se le conmutara la pena por la cadena perpetua, por lo menos. Fue una provocación, ¿comprende? Una serie de madres y esposas muy respetables firmaron una petición. Despertó mucha compasión.

Se recostó en su asiento, estirando las largas piernas. Asumió su semblante una expresión judicial.

—Si le hubiese pegado un tiro, ¿sabe?, o dado una puñalada siquiera... me hubiera ocupado en conseguir que se tratara el caso como homicidio y no asesinato. Pero veneno... no; no se puede jugar con eso. El veneno es peligroso.

—¿Qué defensa se hizo? —inquirió Hércules Poirot.

Lo sabía ya, porque había leído los archivos de los periódicos; pero no vio mal alguno en hacerse el ignorante en presencia de sir Montague.

—El suicidio. La única cosa que podía uno alegar. Pero no cayó bien. Crale no era del tipo de los que se suicidan. No le cono-

19

cía usted, supongo, ¿verdad? Bueno, pues era un individuo corpulento, fanfarrón, rebosante de vida. Gran mujeriego, bebedor de cerveza... y todo eso. Se entregaba a los apetitos de la carne y gozaba de ellos de lleno. No hay quien convenza a un jurado que un hombre así va a sentarse y quitarse la vida tranquilamente. No encaja. No; ya me temí desde el principio que llevaba yo las de perder. ¡Y ella se negó a cooperar! Comprendí que habíamos perdido en cuanto la llamaron a declarar. Ni pizca de espíritu combativo. Pero ¿qué quiere...? Si uno *no* llama a declarar a su cliente, el jurado llega a conclusiones por su cuenta.

Dijo Poirot:

—¿Es eso lo que quería decir hace un momento cuando aseguró que no se puede hacer gran cosa sin cooperación?

—Eso mismo, amigo mío. Nosotros no somos magos, ¿sabe? La mitad de la batalla es la impresión que el acusado crea en el jurado. He visto con frecuencia cómo emitía el jurado fallos completamente contrarios a las indicaciones del juez. «Ése lo hizo... no cabe la menor duda...» Tal es su punto de vista. O «¡Ése jamás hizo una cosa así! ¡No me diga usted a mí!». Caroline Crale ni siquiera *intentó* luchar.

—¿Por qué?

Sir Montague se encogió de hombros.

—No me lo pregunte. Claro que quería a su marido. Se derrumbó por completo al recobrar la cordura y darse cuenta de lo que había hecho. No creo que se rehiciera nunca de la impresión.

—Conque, en su opinión, ¿era culpable?

Depleach le miró con algo muy parecido al sobresalto. Dijo:

—Ah... la verdad... creí que eso lo dábamos por sentado.

—¿Le confesó ella a usted alguna vez que era culpable?

Depleach pareció escandalizarse.

—Claro que no... claro que no... Tenemos nuestros principios éticos. La inocencia siempre se... ah.... sobreentiende. Si tanto le interesa, es una lástima que no pueda entrevistarse con el viejo Mayhew. Mayhew fue el procurador que me encargó el caso. Él hubiera podido decirle más que yo. Pero ahí está... ha ido a reunirse con sus mayores. Aún vive Mayhew el joven. George, claro está; pero era un niño por aquel entonces. Hace mucho tiempo ya, ¿sabe?

—Sí, ya lo sé. Es una suerte para mí que recuerde usted tanto. Tiene una memoria sorprendente.

Depleach pareció halagado. Murmuró:

—Oh, siempre se recuerdan los detalles principales. Sobre todo cuando se trata de un caso de pena capital. Y claro, la prensa dio mucha publicidad al asunto. Tenía su parte romántica y todo eso. La muchacha complicada era bastante llamativa. Bastante cínica en mi opinión.

—Usted me perdonará si insisto demasiado —intercaló Poirot—; pero vuelvo a preguntarle: ¿no tenía usted la menor duda acerca de la culpabilidad de Caroline Crale?

Depleach se encogió de hombros. Dijo:

—Con franqueza… de hombre a hombre… no creo que quepa duda alguna. Oh, sí; ya lo creo que le mató ella.

—¿Qué pruebas había contra Caroline Crale?

—Pruebas condenatorias a más no poder. En primer lugar, el móvil. Ella y Crale llevaban años viviendo como el perro y el gato… con riñas interminables. Él siempre andaba enredado con una mujer u otra. No lo podía remediar. Era así. Ella lo aguantaba bastante bien en conjunto. Se hacía cargo en parte, achacándolo a su temperamento artístico… Y el hombre aquél, en realidad, era aún pintor de primera, ¿sabe? Sus cuadros han subido enormemente de precio… enormemente. A mí, personalmente, no me gusta ese estilo de pintura… asuntos fuertes, desagradables… pero es pintura *buena*… eso es indiscutible, de todos reconocido.

»Bueno, pues, como digo, había tenido disgustos por culpa de las mujeres de vez en cuando. Mistress Crale no era de esas mujeres mansas que sufren en silencio. Ya lo creo que hubo peleas. Pero él acababa siempre volviendo a su lado. Sus devaneos pasaban. Este último asunto, sin embargo, fue distinto. Se trataba de una muchacha, ¿comprende?… y una muchacha muy joven. Sólo tenía veinte años.

»Elsa Greer… ése era su nombre. Era hija única de un fabricante de Yorkshire. Tenía dinero y determinación. Y sabía lo que quería. Lo que quería era a Amyas Crale. Consiguió que la pintara… él no acostumbraba pintar retratos corrientes de sociedad. "La señorita Fulanita de Tal, vestida de satén rosa y con sus perlas", pero pintaba figuras. No creo que la mayoría de las mujeres encontrasen agradable dejarse pintar por él… ¡no les perdonaba nada! Pero pintó a la chica Greer y acabó enamorándose perdidamente de ella. Rondaba los cuarenta y llevaba muchos años casado. Estaba en el momento de hacer unas tonterías por una chiquilla. La chiquilla fue Elsa Greer. Estaba loco por ella y su intención era divorciarse y casarse con Elsa.

»Caroline Crale no estaba dispuesta a consentirlo. Le amenazó. Dos personas la oyeron decirle que si no dejaba a la muchacha le mataría. ¡Y lo dijo en serio! El día antes de la tragedia habían estado tomando el té con un vecino. Era aficionado a destilar hierbas y a preparar medicinas caseras. Entre sus específicos figuraba uno a base de conicina... cicuta. Se habló algo de esto y de sus propiedades mortíferas.

»Al día siguiente se dio cuenta de que había desaparecido la mitad del contenido del frasco. Encontraron una botella de cicuta vacía en el cuarto de mistress Crale, escondida en el fondo de un cajón.

Poirot se agitó inquieto. Dijo:

—Pudo haberla puesto allí alguna otra persona.

—Sí; pero le confesó a la policía que ella se había llevado el veneno. Una imprudencia, claro está, pero no tenía abogado que la aconsejara en aquellos momentos. Cuando la interrogaron, reconoció que ella lo había cogido.

—¿Con qué fin?

—Aseguró que con la intención de suicidarse. No pudo explicar cómo era que la botella estaba vacía... ni por qué no había más huellas que las suyas en el frasco. Eso, en sí, resulta bastante comprometedor. Argüía ella, ¿comprende?, que Crale se había suicidado. Pero si él hubiese tomado la conicina de la botella que Caroline había escondido en su cuarto, debieran haber hallado las huellas de él además de las de su esposa.

—Le fue administrada en una cerveza, ¿verdad?

—Sí. Caroline sacó la botella de la nevera y la llevó ella misma adonde estaba él pintando, en el jardín. La echó en un vaso, se la dio y vio cómo se la tomaba. Todo el mundo se fue a comer y le dejó... era frecuente en él no entrar a la hora de las comidas. Después, la institutriz y ella le encontraron muerto allí. *Ella* dijo que la cerveza que le dio no tenía nada. Nosotros alegamos que el pintor estaba tan preocupado y tan lleno de remordimiento, que introdujo él mismo el veneno en la cerveza. Una pura tontería... ¡él no era de esos hombres! Y las huellas dactilares resultaron la prueba más condenatoria de todas.

—¿Hallaron las huellas dactilares de Caroline en la botella?

—No, señor... sólo encontraron las de él... y éstas eran bastante sospechosas. Ella se quedó a solas con el cadáver mientras la institutriz fue a llamar a un médico. Y lo que haría seguramente sería limpiar botella y vaso y apretar luego los dedos del muerto contra ellos. Quería hacer creer que no había tocado nada de aquello. Pero le salió el tiro por la culata. Rudolph, el fiscal, se divirtió mucho con eso... Demostró, concluyentemente, mediante pruebas hechas ante el propio tribunal, que un hombre no podía sujetar una botella con los dedos en esa posición. Ni que decir tiene, que nosotros hicimos todo lo posible para demostrar que *sí se podía*... que sus manos asumirían una posición un poco violenta al morir..., pero, con franqueza, nuestras pruebas no fueron muy convincentes.

Hércules Poirot dijo:

—La conicina debió de ser introducida en la botella antes de que ella la sacara al jardín.

—No había conicina en la botella: sólo en el vaso.

—¡Oh!—exclamó el detective. Hizo una pausa. Su semblante cambió bruscamente de expresión.

—Escuche, monsieur Poirot, *¿a dónde quiere usted ir a parar?*

Dijo Poirot:

—Si Caroline Crale era inocente, ¿cómo fue a parar la conicina a la cerveza? La defensa dijo, por entonces, que el propio Amyas Crale la había introducido. Pero usted me dice a mí que eso resultaba altamente improbable y, por mi parte, estoy de acuerdo con usted. No era un hombre de esa clase. En tal caso, si Caroline Crale no lo hizo, *alguna otra persona lo haría*.

Depleach exclamó casi farfullando, nervioso:

—¡Qué rayos, hombre de Dios! ¡A un caballo muerto nada se adelanta fustigándole! Eso pasó a la historia hace años. Claro que lo hizo ella. Lo hubiera comprendido perfectamente de haberla visto usted por entonces. ¡Lo llevaba escrito en la cara! Hasta creo que el fallo fue un alivio para ella. No estaba asustada. No estaba ni pizca nerviosa. Sólo quería que llegara el juicio y terminar de una vez. Una mujer muy valerosa en realidad...

—Y sin embargo —dijo Poirot—, al morir dejó una carta para su hija en la que juraba solemnemente que no era culpable.

—Lo creo —respondió sir Montague—; usted y yo hubiéramos hecho lo mismo en su lugar.

—Su hija dijo que no era una de esas mujeres.

—La hija dice... ¡Bah! ¿Qué sabe *ella*? Mi querido Poirot, la hija era una simple cría cuando se celebró el juicio. ¿Cuántos años tenía? ¿Cuatro...? ¿Cinco...? Le cambiaron el nombre y la mandaron al extranjero con unos parientes. ¿Qué puede ella saber o recordar?

—Los niños conocen a la gente muy bien a veces.

—Es posible que sí. Pero no necesariamente en este caso. Es muy natural que la hija quiera creer que la madre no lo hizo. Déjela que lo crea. Eso no hace daño a nadie.

—Por desgracia, ella exige pruebas.

—¿Pruebas de que Caroline Crale no mató a su marido?

—Sí.

—Pues —aseguró Depleach— no las conseguirá.

—¿Cree usted que no?

El famoso abogado miró pensativo a su compañero.

—Siempre le he creído a usted un hombre honrado, Poirot. ¿Qué está haciendo? ¿Intentando ganar dinero explotando los afectos de una muchacha?

—Usted no conoce a la muchacha. Es una muchacha fuera de lo corriente. Una muchacha de carácter muy enérgico.

—Sí; puedo creer que la hija de Amyas Crale y Caroline sea todo eso. ¿Qué desea?

—La verdad.

—¡Hum…! Me temo que hallará la verdad bastante desagradable. Con sinceridad, Poirot, no creo que quepa la menor duda. Ella le mató.

—Usted me perdonará, amigo mío; pero he de convencerme de eso por mí mismo.

—Pues no sé qué más puedo hacer. Puede leerse lo que dijeron los periódicos en la época del juicio. Humphrey Rudolph hizo de fiscal. Él ha muerto; deje que piense, ¿quién le ayudó? El joven Fogg, creo. Sí, Fogg. Puede hablar con él. Y luego la gente que se hallaba allí por entonces. No supongo que les guste que se meta usted a resucitar cosas olvidadas; pero seguramente conseguirá de ella lo que quiere. Cuando quiere es usted muy persuasivo.

—Ah, sí… los interesados… Eso es muy importante. ¿Recordará usted, quizá, quiénes eran?

Depleach reflexionó.

—Deje que piense… Ha transcurrido mucho tiempo. Sólo eran cinco las personas que figuraron en el asunto en realidad… No cuento a la servidumbre. Ésta se componía de un par de viejos muy fieles que parecían muy asustados… No sabían nada de nada. Nadie podía sospechar de ellos.

—Hay cinco según me dice usted, hábleme de ellas.

—Pues verá… Uno era Philip Blake. Era el amigo íntimo de Crale… Le había conocido toda la vida. Estaba en la casa por entonces. *Él* aún vive. Le veo de tanto en tanto, cuando voy a jugar al golf. Vive en Saint George's Hill. Corredor de Bolsa. Juega en el mercado de valores y le salen bien las cosas. Hombre próspero, sin duda alguna.

—Sí. Y, ¿quién más?

—El hermano mayor de Blake. Un hacendado rural... Hombre muy casero.

A Poirot le acudió una rima infantil a la memoria. La reprimió. No debía pensar siempre en las aleluyas infantiles. Parecía haberse convertido en obsesión suya últimamente. Y, sin embargo, la rima persistía.

Este cerdito fue al mercado... este cerdito se quedó en casa...

Alejó aquel pensamiento de su cerebro y dijo:

—Se quedaba en casa, ¿eh?

—Es el hombre de quien le hablaba... el aficionado a drogas y yerbas... tiene algo de químico. Su distracción favorita. ¿Cómo se llamaba? Era un nombre algo literario... ¡Ya lo recuerdo! Meredith Blake. No sé si está vivo o muerto.

—Y, ¿quién viene a continuación?

—¿A continuación? Pues... la causante de todo el jaleo. La muchacha Elsa Greer.

—*Este cerdito comió rosbif* —murmuró Poirot.

Depleach le miró boquiabierto.

—Ya lo creo que comió rosbif —dijo—. Ha sido una mujer decidida. Ha tenido tres maridos desde entonces. Anda ya por el tribunal de divorcios como Pedro por su casa. Y cada vez que cambia de marido es para mejorar. Lady Dittisham... ése es su nombre ahora. Abra cualquier revista de sociedad y seguro que la encontrará.

—¿Y las otras dos?

—La institutriz. No recuerdo su nombre. Una mujer agradable y eficiente. Thompson... Jones... algo así. Y la cría. La hermanastra de Caroline. Quince años tendría. Se ha hecho un nombre. Excava y hace viajes de exploración a sitios raros. Warren... ése es su nombre. Angela Warren. Una joven muy alarmante en estos tiempos. La vi el otro día.

—Así, pues, ¿no es el cerdito que lloraba, uy, uy, uy...?

Sir Montague le miró de una forma muy rara. Dijo, con sequedad:

—Ha tenido por qué llorar, uy, uy, uy, en su vida. Está desfigurada. Tiene una cicatriz que le cruza un lado de la cara. La... Bueno, ya le contarán el caso con toda seguridad.

Poirot se puso en pie. Dijo:

—Le doy las gracias. Ha sido usted muy amable. Si mistress Crale *no* mató a su marido...

Depleach le interrumpió:

—Pero le mató, amigo mío, le mató. Créame.

Poirot continuó, haciendo caso omiso de la interrupción:

—… entonces parece lógico suponer que una de esas cinco personas tiene que haberlo hecho.

—Una de ellas *lo hubiera podido hacer*, supongo —asintió Depleach, dubitativo—. Pero no veo por qué había de haberlo hecho. ¡No hay razón alguna! Es más, estoy completamente seguro de que ninguna de ellas lo hizo. ¡Quítese esa idea de la cabeza, amigo mío!

Pero Hércules Poirot se limitó a sonreír y sacudió negativamente la suya.

Capítulo II

EL FISCAL

—Más culpable que el mismísimo demonio —aseguró míster Fogg.

Hércules Poirot contempló meditabundo el rostro delgado y recortado del abogado.

Quentin Fogg, fiscal de Su Majestad, era un tipo muy diferente a Montague Depleach. Depleach tenía fuerza, magnetismo, una personalidad avasalladora con la que llegaba, incluso, a intimidar. Obtenía resultados mediante un cambio brusco y dramático de modales. Bien parecido, cortés, encantador un instante, luego, en una transformación casi mágica, labios retraídos, sonrisa de lobo, mueca de fiera sedienta de sangre.

Quentin Fogg era delgado, pálido, singularmente desprovisto de lo que se llama personalidad. Sus preguntas eran serenas, exentas de emoción, pero insistentes y persistentes. Si Depleach era como una espada, Fogg se parecía a una barrena. Taladraba invariablemente. Jamás había alcanzado fama de teatral; pero se le conocía como hombre de primerísima fila en cuestiones de ley. Solía ganar todas las causas en que intervenía.

Hércules Poirot le contempló meditabundo.

—¿Conque ésa —dijo— fue la impresión que le causó?

Fogg afirmó con delicadeza:

—Debía usted haberla visto en el banquillo. El viejo Humpie Rudolph (él llevaba la voz cantante, ¿sabe?) la hizo picadillo. ¡Picadillo!

Hizo una pausa; luego dijo inesperadamente:

—En conjunto, ¿sabe usted?, me pareció como un abuso.

—No estoy seguro —dijo Poirot— de que le comprenda.

Fogg contrajo el entrecejo delicado. Se acarició con mano sensitiva el afeitado labio superior. Dijo:

—¿Cómo diré? Se trata de un punto de vista muy inglés. Creo que la frase «Matar al pájaro sentado» es la que mejor lo expresa. ¿Le resulta eso inteligible? ¿Lo quiere más claro?

—Es, como dice usted, un punto de vista muy inglés; pero

creo comprenderle. En el palacio de Justicia, así como en los campos de deportes de Eton y en la montería, al inglés le gusta que su víctima tenga alguna probabilidad de salvación, algún medio de luchar contra lo que se le viene encima.

—Eso es exactamente. Bueno, pues en este caso, la acusada no tenía ni la menor probabilidad a su favor. Humpie Rudolph hizo con ella lo que se le antojó. Empezó siendo interrogada por Depleach. Y ahí la tenía usted de pie, dócil como niña en una fiesta, respondiendo a las preguntas de Depleach con contestaciones que se había aprendido de memoria. Completamente dócil, exageradamente exacta en sus palabras... pero incapaz de convencer con ellas. Le habían enseñado lo que debía decir y lo dijo. Depleach no tuvo la culpa. Ese viejo saltimbanqui desempeñó su papel a la perfección. Pero en una escena que requiera dos actores, uno de ellos no puede, por sí solo, conseguir que sea un éxito. Ella no cooperó. Causó la peor impresión posible en el jurado. Y luego se levantó Humpie. ¿Supongo que le habrá visto usted alguna vez? Ha sido una gran pérdida para la profesión. Ciñéndose la toga, balanceándose sobre los tacones y después... ¡derecho al blanco!

»Como dije, la hizo picadillo. La indujo a seguir una dirección, luego otra... y ella cayó, todas las veces, en la trampa. Le hizo reconocer cuán absurdas eran sus propias declaraciones; consiguió que se contradijera: se fue hundiendo cada vez más. Y luego remató el interrogatorio de la forma que tenía por costumbre. Muy autoritario... muy convencido: "Supongo, mistress Crale, que esa declaración suya de que robó la conicina para suicidarse es una sarta de embustes. Sugiero que la robó usted para administrársela a su esposo, que estaba a punto de abandonarla por otra mujer. Y que se la administró *en efecto,* deliberadamente". Y ella le miró... ¡tan linda...!, ¡tan grácil y delicada...!, y dijo: "¡Oh, no... no; no lo hice!". En mi vida he oído contestación más sin sustancia... menos convincente. Vi que Depleach se retorcía en su asiento. Entonces comprendió que todo estaba perdido.

Fogg hizo una pausa. Luego continuó:

—Y, sin embargo..., no sé. Desde cierto punto de vista, aquello fue lo mejor que podía haber hecho. Fue como una llamada a la caballerosidad... a esa extraña caballerosidad aliada muy de cerca con los deportes sangrientos que hace que la mayoría de los extranjeros nos tengan por tan colosales hipócritas. El jurado comprendió... lo comprendió toda la sala... que no tenía la menor probabilidad de salvación. Ni siquiera era capaz de luchar por salvarse. Desde luego, nada podía hacer contra un bruto tan grande e inteligente como Humpie. Aquel débil y nada convincente «*Oh, no... no; no lo hice*» resultaba conmovedor... sencillamente conmovedor. ¡Estaba perdida!

»En realidad, ¿sabe?, contrastó favorablemente con la otra mujer. La muchacha Elsa. El jurado le cobró antipatía a *ésta* desde un principio. No pestañeó siquiera. Era muy guapa, muy cínica, muy moderna. Para las mujeres de la sala, representaba un tipo..., el tipo de la mujer que destroza hogares. Veían que la felicidad conyugal peligraba mientras anduvieran muchachas como aquélla sueltas por el mundo. Muchachas todo sexo, desdeñosas de los derechos de las esposas y de las madres. He de reconocer que no se tuvo a sí misma piedad. Fue sincera. Admirablemente sincera. Se había enamorado de Amyas Crale y él de ella, y no sentía el menor escrúpulo en quitárselo a su mujer y a su hija.

»La admiré hasta cierto punto. Tenía coraje. Depleach le soltó algunas cosas bastante fuertes en su interrogatorio y ella las resistió a pie firme. Pero la sala no le tenía la menor simpatía. Y el juez más bien le cobró aversión. Era Avis el juez. El viejo Avis. Fue algo libertino en su juventud... pero es ardiente defensor de la moral cuando preside en un juicio. El resumen que hizo de las pruebas que había contra Caroline Crale no hubiera podido ser más indulgente. No podía negar los hechos, pero se permitió hacer resaltar con cierta insistencia las circunstancias atenuantes... provocación y todo eso.

Hércules Poirot preguntó:

—¿No apoyó la teoría de la defensa de que se trataba de un suicidio?

Fogg movió la cabeza negativamente.

—*Eso* jamás tuvo el menor punto de apoyo. Y no es que yo diga que Depleach no le sacara el mayor partido posible. Estuvo magnífico. Pintó un cuadro conmovedor de un hombre de gran corazón, amante de los placeres, temperamental, que se ve dominado de pronto por la avasalladora pasión que le inspira una joven hermosa, pasión a la que no puede resistirse a pesar de sus remordimientos de conciencia. Luego, el retroceso; el asco que se inspira a sí mismo; el remordimiento que experimenta por lo mal que se está portando con su mujer y con su hija; la brusca decisión de poner fin a su vida como única salida honrosa. Puedo asegurarle que Depleach lo hizo de una manera que hubiese conmovido hasta a las piedras. La voz de Depleach hacía que le saltaran a uno las lágrimas. Veía uno, mentalmente, al desgraciado, deshecho por la lucha que se estaba librando entre sus pasiones y su decencia esencial. El efecto fue terrorífico, sólo que... una vez dejó de hablar... y quedó roto el encanto, no le era posible a nadie identificar al personaje descrito con Amyas Crale. Todo el mundo sabía demasiado de Crale. No era, ni con mucho, uno de esos hombres. Y Depleach no había logrado encontrar prueba alguna de que lo fuera. Yo creo que Crale estaba todo lo cerca que pueda estarse de ser un hombre sin una conciencia rudimentaria siquiera. Era un egoísta feliz, jovial, pero implacable. Si algo de ética tenía la aplicaba a la pintura. Estoy convencido de que no hubiese pintado un cuadro malo y sucio por muy bien que se lo hubieran querido pagar. Pero en cuanto a lo demás era un hombre de sangre ardiente y un enamorado de la vida. ¿Suicidarse él? ¡Qué va!

—¿No fue quizás una buena defensa escogerla?

Fogg encogió los hombros delgados. Contestó:

—¿Qué otra había? No podía uno recostarse en su asiento y alegar que no había caso para un jurado... que era el fiscal quien tenía que demostrar la culpabilidad del acusado y no el acusado su inocencia. Había demasiadas pruebas para ello. Ella había tenido el veneno en sus manos... hasta había confesado haberlo robado. Había medios, móvil, oportunidad... todo.

—Hubiera podido intentar demostrar que esas cosas habían sido preparadas artificialmente.

Dijo Fogg:

—Ella reconoció la exactitud de la mayoría de las pruebas. Y de todas formas, lo que usted dice resultaría un poco fantástico. Usted insinúa, supongo, que otra persona le mató y lo arregló de suerte que pareciera haberlo hecho ella.

—¿Usted cree esa teoría completamente insostenible?

Fogg respondió lentamente:

—Me temo que sí. Sugiere usted la existencia de un misterioso X. ¿Dónde hemos de buscarle?

Dijo Poirot:

—En un círculo cerrado, evidentemente. Había cinco personas, ¿no es cierto?, que hubieran *podido* estar complicadas.

—¿Cinco? Déjeme que piense... Había el viejo ese que se distraía destilando hierbas. Una distracción peligrosa... pero una persona muy amable. Personalidad algo vaga... No le veo en el papel de X. Luego la muchacha... Quizás hubiera sido capaz de liquidar a Caroline; pero desde luego, no a Amyas. Después el corredor de Bolsa... el mejor amigo de Crale. Eso es popular en las novelas policíacas; pero no creo en ello en la vida real. No hay ninguna más... Ah, sí; la hermana pequeña; pero uno no la tiene a ella en cuenta en serio. Y ya está: son cuatro.

Dijo Hércules:

—Olvida usted a la institutriz.

—Sí, es cierto. Gente desgraciada las institutrices... uno nunca se acuerda de ellas. Sí que la recuerdo vagamente, sin embargo. Edad madura, ni fea ni guapa, competente. Supongo que un psicólogo diría que Crale le inspiraba una pasión culpable y que, por consiguiente, le mató. ¡La solterona de sentimientos reprimidos! Es inútil. Me niego a creerlo. Hasta donde alcanza mi vago recuerdo, no era del tipo neurótico.

—Ha transcurrido mucho tiempo.

—Quince o dieciséis años, supongo. Sí; eso por lo menos. No puede esperar que mis recuerdos del caso sean muy vívidos.

Dijo Hércules Poirot:

—Por el contrario, lo recuerda usted asombrosamente bien. Eso me sorprende. Lo ve usted, ¿no es cierto? Cuando habla, se presenta la escena ante sus ojos.

Fogg dijo lentamente:

—Sí; tiene usted razón... Sí que lo veo... claramente.

Quiso saber Poirot:

—Me interesaría mucho, amigo mío, si me dijese usted *¿por qué?*

—¿Por qué? —Fogg estudió la pregunta. El delgado rostro del intelectual parecía alerta, interesado—. En efecto, ¿por qué?

—¿*Qué* ve usted tan claramente? ¿A los testigos? ¿Al defensor? ¿Al juez? ¿A la acusada en el banquillo?

Fogg contestó:

—¡Ésa es la razón, claro está! Ha dado usted en el blanco. Siempre la veré a ella... Cosa rara el romanticismo. Ella poseía esa cualidad. No sé si era hermosa de verdad... No era muy joven... parecía cansada... enormes ojeras... Pero todo giraba a su alrededor. El interés... el drama. Y, sin embargo, la mitad del tiempo *ella no estaba allí.* Se había ido a alguna parte... muy lejos... dejando sólo su cuerpo allí... quieto, atento, con la sonrisita cortés en los labios. Era toda ella medias tintas, ¿sabe...?, luces y sombras. Y aún, no obstante, estaba más viva que la otra... que aquella muchacha de cuerpo perfecto, rostro hermoso y cruda fuerza juvenil. Admiré a Elsa Greer porque tenía carácter; porque sabía luchar; porque hizo frente a sus atormentadores y no tembló una sola vez. Pero admiré a Caroline Crale porque no luchó; porque se recluyó, retirándose a su mundo de medias luces y sombras. Jamás fue derrotada porque jamás presentó batalla.

Hizo una pausa.

—Sólo estoy seguro de una cosa. Amaba al hombre a quien mató. Le amaba tanto, que la mitad de ella murió con él...

Míster Fogg, fiscal, calló y limpió sus gafas con el pañuelo.

—Caramba, caramba —murmuró—, parezco estar diciendo unas cosas muy extrañas. Yo era muy joven por entonces. Un joven ambicioso nada más. Esas cosas causan impresión. No obstante, estoy seguro de que Caroline Crale era una mujer extraordinaria. Jamás la olvidaré. No... nunca la olvidaré...

Capítulo III

EL JOVEN PROCURADOR

George Mayhew se mostró cauteloso y poco amigo de comprometerse.

Recordaba el caso, naturalmente; pero no con mucha claridad. Su padre se había encargado de llevarlo; él sólo tenía diecinueve años por entonces.

Sí, el caso había causado sensación. Por ser Crale un hombre tan conocido. Sus cuadros eran buenos, muy buenos en verdad. Dos de ellos se hallaban en la Galería Tate. Aunque eso no quería decir nada.

Monsieur Poirot le perdonaría, pero no alcanzaba a comprender qué interés podía tener monsieur Poirot en el caso. ¡Ah! ¡La hija! ¿De veras? ¡Ah, sí! ¿En Canadá? Siempre había él oído decir que había ido a Nueva Zelanda.

George Mayhew perdió algo de su rigidez. Se humanizó.

Cosa terrible en la vida de una muchacha. La compadecía de todo corazón. Hubiera sido mucho mejor que nunca lo supiera.

¿Quería saber? Sí; pero, ¿qué *había* que saber? Existían las notas del juicio, efectivamente. Él, personalmente, nada sabía en realidad.

No; temía que existía muy poca duda acerca de la culpabilidad de mistress Crale. Hasta cierto punto, su proceder podía excusarse. Esos artistas… gente difícil para convivir con ella. En el caso de Crale, según tenía entendido, siempre había habido alguna mujer.

Y ella, probablemente, habría sido el tipo posesivo de mujer. Incapaz de aceptar hechos. Hoy en día se hubiera limitado a divorciarse, poniendo así fin al asunto. Agregó cauteloso:

—Dígame… ah… creo que fue lady Dittisham la muchacha que figuró en el asunto.

Poirot contestó que creía que ella había sido, en efecto.

—Los periódicos se encargan de recordarlo de vez en cuando —dijo Mayhew—. Ha pisado el tribunal de divorcios con frecuencia. Es una mujer muy adinerada, como supongo que sabrá usted. Estuvo casada con ese explorador antes que con Dittisham.

Siempre es figura de actualidad en mayor o menor grado. La clase de mujer que gusta de la notoriedad, me imagino.

—O posiblemente, admiradora de todo el que descuella... Una especie de adoradora de héroes —sugirió Hércules Poirot.

La idea pareció trastornar a Mayhew. La aceptó dudando.

—Verá... posiblemente... Sí; supongo que podría ser eso.

Parecía estarle dando vueltas a la idea mentalmente.

Dijo Poirot:

—¿Llevaba muchos años su casa obrando por cuenta de mistress Crale?

George Mayhew movió negativamente la cabeza.

—Al contrario. Jonathan y Jonathan eran los procuradores de Crale. En aquellas circunstancias, sin embargo, míster Jonathan opinó que no podía obrar en nombre de mistress Crale y convino con nosotros... con mi padre... que nos hiciéramos cargo del asunto. Creo que haría usted bien, monsieur Poirot, en celebrar una entrevista con Jonathan padre. Se ha retirado... tiene más de sesenta años de edad... pero conocía a la familia Crale íntimamente y podría decirle mucho más que yo. En verdad, yo no puedo decirle una palabra. Era un muchacho por entonces. No creo que asistiese siquiera al juicio.

Poirot se puso en pie y Mayhew, levantándose también, agregó:

—Quizá le interese hablar con Edmunds, nuestro pasante mayor. Se hallaba en la casa ya entonces y mostró gran interés en el asunto.

Edmunds era un hombre de palabra lenta. Brillaba en sus ojos una cautela verdaderamente forense. Se tomó el tiempo necesario para estudiar a Poirot antes de decidirse a soltar una palabra.

—Sí; recuerdo el caso Crale. —Agregó con severidad—: Fue un asunto escandaloso. —Su perspicaz mirada se posó calculadora en Poirot. Dijo—: Mucho tiempo ha pasado para que vuelvan a resucitarse las cosas.

—El fallo de un tribunal no siempre pone fin a un caso.

La cabeza cuadrada de Edmunds asintió con lento movimiento.

—No digo que no tenga usted razón en esto.

Poirot prosiguió:

—Mistress Crale dejó una hija.

—Sí; recuerdo que había una criatura. La enviaron al extranjero con unos parientes, ¿no es cierto?

34

—La hija cree firmemente en la completa inocencia de su madre.

Míster Edmunds enarcó las pobladas cejas.

—Conque de ahí sopla el viento, ¿eh?

Preguntó Poirot:

—¿Puede usted decirme algo que abone semejante creencia?

Edmunds reflexionó. Luego, muy despacio, sacudió la cabeza.

—En conciencia, no podría decirle que sí. Admiré a mistress Crale. Fuera lo que fuese, era una señora. No como la otra. Una cualquiera. Ni más ni menos. ¡Más fresca que una lechuga! Flor de arroyo... eso es lo que ella era... ¡y lo demostraba! Mistress Crale era «señorío».

—Pero... ¿una asesina a pesar de todo?

Edmunds frunció el entrecejo. Dijo, con más espontaneidad de la que había dado pruebas hasta entonces:

—Eso es lo que yo solía preguntarme día tras día. Viéndola sentada en el banquillo, tan serena y dulce. «No lo creeré», me solía decir. Pero si usted me comprende, monsieur Poirot, no había ninguna otra cosa que creer. La cicuta no fue a parar a la cerveza de míster Crale por casualidad. La pusieron allí. Y si mistress Crale no la puso, ¿quién lo hizo?

—Ahí está la cosa —contestó Poirot—. ¿Quién?

De nuevo los ojos perspicaces del anciano le escudriñaron el rostro.

—Conque esa idea lleva, ¿eh? —dijo míster Edmunds.

—¿Qué opina usted?

Hubo una pausa antes de que respondiera el otro. Luego:

—No había nada que señalase en esa dirección... nada.

—¿Estuvo usted en la sala mientras se celebraba el juicio?

—Todos los días.

—¿Oyó declarar a los testigos?

—Sí.

—¿Le llamó la atención algo en ellos... alguna anormalidad... alguna falta de sinceridad?

Edmunds dijo sin rodeos:

—¿Quiere decir si mentía alguno de ellos? ¿Si alguno de ellos tenía motivos para desear la muerte de míster Crale? Usted me perdonará, monsieur Poirot, pero ésa es una idea un poco *melodramática*.

—Tómela usted en consideración, por lo menos —le instó Poirot.

Observó el perspicaz semblante, los ojos pensativos, contraído. Lentamente, con asentimiento, Edmunds movió la cabeza en señal de negación.

—Esa miss Greer —dijo— se mostró bastante amargada... y vengativa. Se me antoja que exageró la nota en muchas de las cosas que dijo; pero a quien ella quería era a míster Crale vivo. Muerto no le servía para nada. Deseaba hacer ahorcar a mistress Crale, no cabe la menor duda... pero sólo porque la muerte le había arrebatado a su hombre. ¡Parecía una tigresa frustrada! Pero como digo, a quien había querido era a míster Crale vivo. Philip Blake... *él* también estaba en contra de mistress Crale. Tenía prejuicios. Le daba una puñalada siempre que se le presentaba la ocasión. No obstante, yo diría que obraba con honradez desde su punto de vista. Había sido un gran amigo de Crale. Su hermano Meredith Blake... mal testigo fue... vago, vacilante... nunca parecía estar seguro de lo que decía. He visto a muchos testigos así. Parece como si estuvieran mintiendo, aunque no dejan en ningún instante de decir la verdad. No quería decir más que lo que fuera absolutamente necesario... eso era lo que le ocurría a míster Meredith Blake. Razón por la cual el abogado le sonsacó aún más de lo que normalmente hubiese hecho. Uno de esos hombres que se azoran con facilidad. La institutriz supo hacerle cara sin ambages. No desperdició palabras. Sus respuestas fueron concisas y en su punto. Hubiera resultado imposible, escuchándola, saber hacia qué lado se inclinaba. Era completamente dueña de sí. Una de esas mujeres vivas —hizo una breve pausa—. Nada me extrañaría que supiese mucho más del asunto de lo que dijo jamás.

—A mí —dijo Poirot—, tampoco me extrañaría.

Dirigió vivamente una mirada al rostro perspicaz y arrugado de Alfred Edmunds. La expresión de éste era suave e impasible. Pero Hércules Poirot se preguntó si no le habría hecho una insinuación en las palabras que acababa de decirle.

Capítulo IV

EL VIEJO PROCURADOR

Míster Caleb Jonathan vivía en Essex. Después de un cortés intercambio de cartas, Poirot recibió una invitación, casi una orden real, para cenar y dormir. El anciano era un verdadero personaje. Tras la insipidez de George Mayhew, míster Jonathan hacía el efecto de una copa de su propio vino añejo.

Tenía métodos propios para abordar un asunto y sólo fue allá hacia la medianoche cuando, paladeando una copa de añejo y fragante coñac, míster Jonathan se tornó afable de verdad. Al estilo de un oriental, había agradecido que Hércules Poirot evitara, cortésmente, discutir el tema de la familia Crale.

—Nuestra casa, claro está, ha conocido a muchas generaciones de los Crale. Conocía a Amyas Crale y a su padre, Richard Crale... y recuerdo a Enoch Crale, el abuelo. Hacendados rurales todos ellos, que daban más importancia a los caballos que a los seres humanos. Cabalgaban fuerte, gustaban de las mujeres y no querían saber nada de ideas. Desconfiaban de las ideas. Pero la mujer de Richard Crale tenía la cabeza llena de ideas hasta los topes... más bien de ideas que de sentido común. Era poética y musical... tocaba el arpa, ¿sabe? *Gozaba* de una salud delicada y tenía un aspecto muy pintoresco en su sofá. Era admiradora de Kingsley. Por eso llamó a su hijo Amyas. El padre se burló del nombre; pero cedió.

»Amyas Crale sacó provecho de su mezclada herencia. Heredó la inclinación artística de la madre y la energía y el despiadado egoísmo de su padre. Todos los Crale eran egoístas. Jamás, ni por equivocación, eran capaces de comprender otro punto de vista que el suyo.

Tabaleando en el brazo del sillón con su delicado dedo el anciano dirigió una penetrante mirada a Poirot.

—Corríjame si me equivoco, monsieur Poirot; pero creo que lo que a usted le interesa es... lo que pudiéramos llamar carácter, ¿verdad?

Replicó Poirot:

—Eso para mí constituye el principal interés en todos los casos.

—Lo entiendo. Meterse como quien dice en la piel del criminal. ¡Interesantísimo! ¡Absorbente! Nuestra firma, claro está, nunca se ha ocupado de lo criminal. No hubiéramos sido competentes para obrar por cuenta de mistress Crale aun en el supuesto que nos hubiera gustado hacerlo. Mayhew, sin embargo, era una firma muy adecuada. Contrataron los servicios de Depleach... Quizá no dieran pruebas de tener mucha imaginación al hacerlo... No obstante, era un abogado muy caro y extremadamente teatral, claro está. Lo que no tuvieron fue inteligencia para ver que Caroline jamás cooperaría en la forma que él quería que cooperase. Ella no era mujer teatral.

—¿Qué era? —inquirió Poirot—. Es eso lo que me interesa saber principalmente.

—Sí, sí... claro. ¿Cómo llegó a hacer lo que hizo? Ésa es la verdadera cuestión vital. Yo la conocía, ¿sabe?, antes de que se casara. Caroline Spalding se llamaba entonces. Una criatura turbulenta y desgraciada. Llena de vida. La madre quedó viuda muy joven y Caroline le profesaba muchísimo cariño. Luego la madre se volvió a casar... hubo otra criatura. Sí... sí; muy triste, muy doloroso... Esos celos ardientes de la adolescencia.

—¿Era celosa?

—En grado sumo. Hubo un deplorable incidente. Pobre criatura, jamás se lo podía perdonar después. Pero ya sabe usted, monsieur Poirot, que esas cosas ocurren. Existe cierta incapacidad de aplicar los frenos. Eso se logra más tarde... con la madurez.

Preguntó Poirot:

—¿Qué sucedió?

—Maltrató a la criatura... al bebé... le tiró un pisapapeles. La niña perdió un ojo y quedó desfigurada para toda la vida.

Míster Jonathan exhaló un suspiro. Dijo:

—Ya puede usted imaginarse el efecto que una simple pregunta sobre ese particular causó durante el juicio. —Sacudió la cabeza: —Creó la impresión de que Caroline Crale era mujer de genio indomable. Eso no era cierto. No; eso no era cierto.

Hizo una pausa. Luego prosiguió:

—Caroline Spalding iba con frecuencia a pasar unos días a Alderbury. Montaba bien y era muy aficionada a la equitación. Richard Crale le tenía afecto. Servía a mistress Crale y se mostraba hábil y dulce; mistress Crale también la quería. La muchacha no era feliz en su casa. Se sentía feliz en Alderbury. Diana Crale, hermana de Amyas, y ella eran amigas. Philip y Meredith Blake, niños de la finca vecina, acudían con frecuencia a Alderbury. Philip siempre mostraba ser un animalillo desagradable, sin más amor que el dinero. He de confesar que siempre me ha sido antipático. Pero me dicen que cuenta buenas historias y es un amigo leal. Meredith era lo que mis contemporáneos llamaban afeminado. Le gustaba la botánica y las mariposas y observar la vida de pájaros y otros animales. Hoy en día llaman a eso el estudio de la naturaleza. ¡Ay de mí! Todos los jóvenes resultaron una desilusión para sus padres. Ninguno de ellos encajaba con la raza: caza, tiro y pesca. Meredith prefería observar a los animales en lugar de darles caza; Philip prefería la ciudad al campo, y se dedicó al negocio de ganar dinero. Diana se casó con un hombre que no era un caballero… un oficial provisorio durante la guerra. Y Amyas, el hermoso, fuerte y viril Amyas, se convirtió, ¡qué ocurrencia!, en pintor. Yo opino que Richard Crale murió del disgusto.

»Y andando el tiempo, Amyas se casó con Caroline Spalding. Siempre habían andado a la greña; pero no cabía la menor duda de que se trataba de un matrimonio de amor. Cada uno de ellos bebía los vientos por el otro. Y continuaron queriéndose. Pero Amyas era como todos los Crale: un egoísta despiadado. Amaba a Caroline, pero jamás se le ocurrió tenerle la menor consideración. Hacía lo que se le antojaba. Yo opino que la quería tanto como era capaz de querer a una persona…, pero la postergaba mucho a su arte… Éste ocupaba el primer lugar. Y debo decir que en ningún momento cedió el arte su lugar a una mujer. Tenía devaneos con las mujeres… le estimulaban…, pero las dejaba plantadas cuando acababa con ellas. No era sentimental ni romántico. Ni era tampoco totalmente sensual. La única mujer que le importaba un poco era su esposa. Y porque ella lo sabía, le aguantaba muchas cosas. Era un pintor magnífico, ¿sabe? Ella se daba cuenta de eso y lo respetaba. Salía en pos de sus amoríos y regresaba de nuevo… generalmente con un cuadro como recuerdo del suceso.

»Hubiera podido continuar así si no hubiese topado con Elsa Greer. Elsa Greer…

Míster Jonathan sacudió la cabeza.

Poirot preguntó:

—¿Y por qué Elsa Greer?

Dijo el otro inesperadamente:

—Pobre criatura… pobre criatura…

—¿Esos sentimientos le inspira?

Respondió Jonathan:

—Tal vez sea porque soy un viejo; pero encuentro, monsieur Poirot, que hay algo en el desvalimiento de la juventud que me conmueve. ¡Es tan vulnerable la juventud! ¡Es tan despiadada… tan segura de sí misma! ¡Tan generosa y exigente!

Se puso en pie y se acercó a la biblioteca. Sacó un volumen, lo abrió, pasó las páginas. Luego leyó en voz alta:

Si la tendencia de vuestro amor es honorable,
y vuestra intención matrimonio, mandadme aviso mañana
por uno que yo procuraré para que a vos llegue,
de cuándo y en qué hora ejecutaréis el rito,
y mi destino a vuestros pies pondré
y os seguiré a través del mundo, dueño mío.

—He ahí el amor aliado a la juventud, en las palabras de Julieta. Sin reticencias, sin retenciones, sin lo que llaman modestias de doncella. Es el valor, la insistencia, la fuerza despiadada de la juventud. Shakespeare conocía a la juventud. Julieta escoge a Romeo. Desdémona reclama a Otelo. No tienen dudas los jóvenes, ni temores, ni orgullo.

Poirot dijo, pensativo:

—Así, pues, para usted, ¿Elsa Greer habló con las palabras de Julieta?

—Sí. Era una niña mimada por la fortuna… joven, hermosa, rica… Halló su pareja y la reclamó… No un Romeo joven, sino un pintor de edad madura, casado. Elsa Greer no tenía principios que la cohibieran. Se guiaba por el código moderno: *Toma lo que quieras… ¡sólo se vive una vez!*

Exhaló un suspiro, se recostó contra el respaldo de su asiento y volvió a tabalear dulcemente con los dedos sobre el brazo del sillón.

—¡Una Julieta de presa! Joven, despiadada, pero horriblemente vulnerable. Jugándoselo todo a una carta. Y al parecer, ganó. Y luego… en el último instante… la muerte interviene… y la Elsa viva, ardiente, gozosa, murió también. Quedó sólo una mujer dura, vengativa, fría, que odiaba con toda su alma a la mujer cuya mano había consumado el hecho.

Su voz cambió:

—Vaya, vaya… perdóneme que haya caído en lo melodramático. Una joven cruda… con crudas perspectivas en la vida. Un tipo nada interesante en mi opinión. *Juventud blanca, rosa, apasionada, pálida*, etc. Quitemos eso y ¿qué queda? Sólo una mujer joven, algo mediocre, que busca otro héroe de tamaño natural a quien entronizar sobre un pedestal vacío.

—Si Amyas Crale no hubiera sido un pintor famoso…

—Justo… justo. Ha comprendido usted admirablemente. Las Elsas de este mundo son adoradoras de héroes. Un hombre ha de haber hecho algo, ha de ser alguien… Caroline Crale hubiera podido ver calidad en un dependiente de banco o un agente de seguros. Caroline amaba a Crale el hombre, no a Crale el pintor. Caroline Crale no era cruda… Elsa Greer sí lo era. —Agregó—: Pero era joven y bella, y a mi modo de ver, infinitamente patética.

Hércules Poirot se acostó aquella noche muy pensativo. Le fascinaba el problema de la personalidad.

Para Edmunds, Elsa Greer era una cualquiera, ni más ni menos.

Para el viejo Jonathan era la eterna Julieta.

¿Y Caroline Crale?

Todos la habían visto de distinta manera. Montague Depleach la había despreciado por derrotista… por la encarnación del romanticismo. Edmunds sólo había visto en ella a una señora. Míster Jonathan la había llamado una criatura tempestuosa, turbulenta.

¿Cómo la hubiera visto él, Hércules Poirot?

Tenía el presentimiento de que de la respuesta a esa pregunta dependía el éxito de la investigación.

Hasta entonces, ninguna de las personas con quienes se entrevistara había abrigado la menor duda acerca de la culpabilidad de Caroline Crale. Podía ser lo que fuese; pero era una asesina, además.

Capítulo V

EL SUPERINTENDENTE DE POLICÍA

El ex superintendente Hale aspiró pensativamente de su pipa. Dijo:

—Extraño capricho suyo es éste, Poirot.

—Sí que es, tal vez, un poco fuera de lo usual —reconoció el detective con cautela.

—La verdad es —dijo Hale— que todo eso sucedió hace mucho tiempo.

Hércules Poirot previó que iba a hastiarse un poco de oír siempre la misma frase. Dijo apaciblemente:

—Eso aumenta las dificultades, claro está.

—Resucitar el pasado... —musitó el otro—. Si siquiera se persiguiese un fin determinado...

—Se persigue un fin determinado.

—¿Cuál?

—Uno debe disfrutar buscando la verdad, nada más que por amor a ello. Eso me ocurre a mí. Y no debe olvidar a la joven.

Hale asintió con un movimiento de cabeza.

—Sí; comprendo el punto de vista de *ella*. Pero... usted me perdonará, monsieur Poirot..., usted es un hombre ingenioso. Podría inventar un cuento...

Replicó Poirot:

—No conoce usted a la jovencita.

—Vamos, vamos... ¡Un hombre de su experiencia!

Poirot se irguió.

—Es posible que sea, *mon cher,* un embustero artístico y competente..., usted parece creerlo. Pero no es ése el concepto que yo tengo de la ética profesional. Tengo mis principios.

—Perdone, monsieur Poirot. No era mi intención herir su susceptibilidad. Pero todo ello sería en aras de una buena causa, como quien dice.

—Eso —aseguró Hércules— tendría mucho que discutirse.

Hale dijo lentamente:

—Es algo duro para una muchacha feliz e inocente que está a punto de casarse descubrir que su madre fue una asesina. Yo, en lugar de usted, le diría que, después de todo, resultaba que se había tratado de un suicidio. Dígale que Depleach no supo llevar el asunto. Asegúrele que no le cabe a *usted* la menor duda de que Crale se envenenó por su propia mano.

—Pero... ¡es que a mí me caben muchas dudas! No creo, ni por un instante, que Crale se suicidara. ¿Lo considera usted mismo razonablemente posible siquiera?

Hale sacudió la cabeza lentamente.

—¿Lo ve? —dijo Poirot—. No. Lo que yo necesito es la verdad... no una mentira plausible... o no muy plausible.

Hale se volvió y miró a Poirot. Su rostro cuadrado y de subido color enrojeció aún más y pareció incluso hacerse más cuadrado. Dijo:

—Habla usted de la *verdad*. Me gustaría dejar bien sentado que creemos haber *descubierto* la verdad en el caso Crale.

Poirot se apresuró a decir:

—Esa afirmación por parte suya representa mucho. Me consta que es usted un hombre honrado y capaz. Ahora, contésteme a esto: ¿no abrigó usted duda alguna en ningún momento acerca de la culpabilidad de mistress Crale?

La respuesta del superintendente no se hizo esperar.

—En ningún momento, monsieur Poirot. Las circunstancias la señalaron desde el primer instante, y cuantos detalles fuimos desenterrando confirmaron la primera impresión.

—¿Puede usted darme un resumen de las pruebas aportadas contra ella?

—Sí. En cuanto recibí su carta me refresqué la memoria consultando archivos. —Cogió un librito de notas—. He anotado todos los puntos destacados aquí.

—Gracias, amigo mío; ardo en deseos de escucharle.

Hale carraspeó. Se dejó oír una leve entonación oficial en su voz. Dijo:

—A las dos cuarenta y cinco de la tarde del dieciocho de septiembre, el inspector Conway recibió una llamada telefónica del doctor Andrew Faussett. El doctor Faussett declaró que míster Amyas Crale, de Alderbury, había muerto de repente y que, como consecuencia de las circunstancias de dicha muerte, así como por la declaración que le había hecho un tal míster Blake, invitado alojado en la casa, consideraba que era asunto policíaco.

»El inspector Conway, acompañado de un sargento y del médico forense, se dirigió inmediatamente a Alderbury. El doctor Faussett se hallaba allí y le condujo adonde se encontraba el cadáver de míster Crale, que no había sido tocado.

»Míster Crale había estado pintando en un jardín pequeño, cercado, al que llamaban el jardín de la batería porque daba al mar y tenía unos cañones diminutos colocados en almenas. Se hallaba a cuatro minutos de camino de la casa. Míster Crale no se había acercado a la casa a comer, porque quería pintar ciertos efectos de luz sobre la piedra, y el sol hubiese estado mal situado más tarde para que pudiese hacerlo. Por consiguiente, se había quedado solo en el jardín de la batería pintando. Se declaró que esto no constituía un suceso anormal. Míster Crale hacía muy poco caso de las horas de las comidas. A veces se le enviaba algún bocadillo; pero con mayor frecuencia prefería que no le molestasen. Las últimas personas que le vieron vivo fueron miss Elsa Greer (alojada en la casa) y míster Meredith Blake (vecino cercano). Estos dos se dirigieron juntos a la casa y entraron a comer con los demás.

»Después de la comida se sirvió café en la terraza. Mistress Crale terminó el café y luego dijo que iría a ver cómo andaba Amyas. Miss Cecilia Williams, institutriz, se levantó y la acompañó. Buscaba un jersey propiedad de su discípula, miss Angela Warren, hermana de mistress Crale, que se le había extraviado a esta última y creía posible que se lo hubiese dejado olvidado en la playa.

»Las dos marcharon juntas. El camino descendía, cruzando unos bosquecillos, hasta la puerta del jardín de la batería; se podía entrar en el jardín o continuar por el mismo camino hasta la playa.

»Miss Williams siguió por el camino y mistress Crale entró en el jardín. Casi inmediatamente, sin embargo, mistress Crale soltó un grito y miss Williams volvió precipitadamente. Míster Crale estaba recostado en un asiento, sin vida.

»A petición de mistress Crale, miss Williams abandonó el jardín y regresó apresuradamente a la casa para telefonear al médico. Por el camino, no obstante, se encontró con míster Meredith Blake, le transfirió el encargo y regresó al lado de mistress Crale, quien, en su opinión, necesitaba a alguien. El doctor Faussett se presentó en escena un cuarto de hora más tarde. Vio inmediatamente que míster Crale llevaba algún tiempo muerto..., calculó que habría fallecido entre la una y las dos. No había nada que indicara la causa de la muerte. No se veía herida alguna y la postura del difunto era natural. No obstante, el doctor Faussett, que conocía muy bien el estado de salud de míster Crale y que sabía positivamente que no padecía enfermedad ni debilidad de ninguna clase, se inclinó a considerar la situación grave. Fue entonces cuando míster Philip Blake le hizo cierta declaración.

El superintendente Hale hizo una pausa, respiró profundamente y pasó en seguida, como quien dice, al capítulo segundo.

—Más tarde, míster Blake repitió su declaración en presencia del inspector Conway. La declaración fue la siguiente: Había recibido aquella mañana un mensaje telefónico de su hermano Meredith Blake (que vivía en Handcross Manor, a poco más de dos kilómetros de distancia). Míster Meredith Blake era un aficionado a la química... o quizá resultaría más exacto llamarle herbolario. Al entrar en su laboratorio aquella mañana, Meredith Blake se había sobresaltado al notar que una botella que contenía una composición de cicuta, y que había estado completamente llena el día anterior, se hallaba casi vacía. Preocupado y alarmado, telefoneó a su hermano para pedirle consejo. Míster Philip Blake había instado a su hermano a que acudiera a Alderbury inmediatamente para hablar del asunto. Él le salió al encuentro y entraron en la casa juntos. No habían llegado a decidir qué determinación debían tomar, y habían dejado el asunto para volverlo a discutir después de comer.

»Como resultado de nuevas investigaciones, el inspector Conway averiguó los siguientes datos: La tarde anterior, cinco personas habían dado un paseo a pie desde Alderbury para ir a tomar el té en Handcross Manor. Eran míster y mistress Crale, miss Angela Warren, miss Elsa Greer y Philip Blake. Durante el tiempo que pasaron allí, Meredith Blake dio toda una conferencia sobre su diversión favorita, y condujo al grupo a su laboratorio para que lo vieran. Allí hizo mención de varias drogas, entre ellas la conicina, principio activo de la cicuta. Había explicado sus propiedades y lamentaba el hecho de que hubiese desaparecido ahora de la farmacopea, y se jactó de haber comprobado que, en pequeñas dosis, era muy eficaz en casos de tos ferina y de asma. Más tarde había hablado de sus mortíferas propiedades, llegando incluso a leer a sus invitados un extracto de un autor griego en el que se describían sus efectos.

El superintendente volvió a hacer una pausa, cargó de nuevo la pipa y pasó al capítulo tercero.

—El coronel Frere, jefe de policía, puso el asunto en mis manos. El resultado de la autopsia dejó de lado toda duda. La conicina, según tengo entendido, no deja señales determinadas en el cadáver; pero los médicos sabían lo que tenían que buscar y fue encontrada una cantidad abundante de la droga. El médico opinaba que había sido administrada dos o tres horas antes de la muerte. Delante de míster Crale, sobre la mesa, había un vaso vacío y una botella de cerveza vacía igualmente. Fueron analizados los restos de ambos. No había conicina en la botella, pero sí en el vaso. Hice indagaciones y supe que, aunque había una caja de botellas de cerveza y vasos en un pequeño invernadero del jardín de la batería para el uso de míster Crale, le habían llevado de la casa una botella recién sacada de la nevera. Míster Crale estaba muy ocupado pintando: miss Greer hacía de modelo sentada en una de las almenas.

»Mistress Crale abrió la botella, la vació y le dio un vaso a su esposo, que estaba de pie delante del caballete. Lo vació de un trago, como era su costumbre, según pude averiguar. Luego hizo una mueca, colocó el vaso encima de la mesa y dijo: "¡Todo me sabe horrible hoy!". Al oír eso, miss Greer se echó a reír y dijo: "¡Eso es el hígado!". Míster Crale aseguró: "Bueno, por lo menos estaba *fría*".

Calló Hale. Preguntó Poirot:

—¿A qué hora sucedió eso?

—A las once y cuarto aproximadamente. Míster Crale siguió pintando. Según miss Greer, se quejó más tarde de entumecimiento y gruñó que debía tener algo de reuma. Pero era uno de esos hombres a quienes les disgusta confesar que se encuentran mal y es indudable que hizo lo posible por ocultar que no se encontraba bien. Su exigencia, expresada con irritada voz, de que le dejaran solo y se fuesen todos a comer era, en mi opinión, característica del hombre.

Poirot asintió con un movimiento de cabeza.

Hale continuó:

—Conque le dejaron a Crale solo en el jardín de la batería. Sin duda se dejó caer en el asiento en cuanto se encontró sin compañía. Entonces sobrevendría la parálisis muscular y, no habiendo quien pudiera auxiliarle, se produjo la muerte.

Volvió a asentir Poirot con la cabeza.

Dijo Hale:

—Bueno, pues me puse a trabajar siguiendo la rutina. No hubo dificultad en descubrir los hechos. El día anterior había habido una riña entre mistress Crale y miss Greer. Esta última, con bastante insolencia, había hablado del cambio que se iba a hacer en la disposición de los muebles «cuando esté yo viviendo aquí». Mistress Crale le cogió la palabra y preguntó: «¿Qué quiere decir? ¿Cuando esté usted viviendo aquí?». Miss Greer replicó: «No finja no entenderme, Caroline. Es usted como un avestruz que entierra la cabeza en la arena. De sobra sabe usted que Amyas y yo nos queremos y que vamos a casarnos». Mistress Crale dijo: «No sé tal cosa». Entonces dijo la señorita Greer: «Pues ahora ya lo sabrá». Al oír lo cual, al parecer, mistress Crale se volvió hacia su esposo, que acababa de entrar en el cuarto y preguntó: «¿Es cierto, Amyas, que vas a casarte con Elsa?».

Poirot inquirió, con interés:

—¿Y qué contestó míster Crale a eso?

—Parece ser que se volvió hacia miss Greer y le gritó: «¿Qué demonios pretendes con soltar eso? ¿No tienes sentido común suficiente para sujetar la lengua?».

»Dijo miss Greer:

»—Yo creo que Caroline debiera darse cuenta de la verdad.

»Mistress Crale le preguntó a su marido:

»—¿Es cierto, Amyas?

»Dicen que no la quiso mirar, que apartó la mirada y masculló algo entre dientes.

»Ella dijo:

»—Habla claro. Necesito saberlo.

»A lo cual respondió él:

»—Es cierto, desde luego…, pero no quiero discutirlo ahora.

»Luego volvió a salir del cuarto y miss Greer dijo:

»—¿Lo ve usted?

»Y continuó diciendo que sería una estupidez que mistress Crale se portara como el perro del hortelano. Debían portarse todos como seres racionales. Ella, personalmente, esperaba que Caroline y Amyas continuaran siendo siempre buenos amigos.

—¿Y qué dijo a eso mistress Crale? —preguntó Poirot con curiosidad.

—Según los testigos, se echó a reír. Dijo: «Por encima de mi cadáver, Elsa». Se dirigió a la puerta y miss Greer le gritó: «¿Qué quiere usted decir?». Mistress Crale volvió la cabeza y repuso: «Antes mataré a Amyas que entregárselo a *usted*».

Hale hizo una pausa.

—Como para condenar a cualquiera, ¿verdad?

—Sí —Poirot parecía pensativo—. ¿Quién oyó esas palabras?

—Miss Williams se hallaba en el cuarto. Y Philip Blake también. Un poco violento para ellos.

—¿Estaban de acuerdo las versiones que ambos dieron del suceso?

—Se aproximaban bastante…, nunca se consigue que dos testigos recuerden una cosa de la misma manera. *Usted* lo sabe tan bien como yo, monsieur Poirot.

Poirot asintió con la cabeza. Dijo, pensativo:

—Sí, resultará interesante ver…

Se interrumpió sin terminar la frase.

Hale prosiguió:

—Hice un registro de la casa. En la alcoba de mistress Crale encontré, en un cajón, metido debajo de unas medias de invierno un frasco que había contenido, según la etiqueta, esencia de jazmín. Estaba vacío. Traté de sacar las huellas dactilares. Sólo encontré las de mistress Crale. Al ser analizadas las gotas que quedaban en el frasco, se encontraron leves indicios de aceite de jazmín y una fuerte solución de hidrobromuro de conicina.

»Le hice a mistress Crale las advertencias de rigor y le enseñé el frasco. Contestó sin vacilar. Dijo que se había encontrado en un estado de ánimo deplorable. Después de escuchar la descripción que Meredith Blake hizo de la droga, volvió al laboratorio, vació un frasco de perfume de jazmín que llevaba en el monedero y lo llenó luego de conicina. Le pregunté por qué había hecho eso y me respondió: "No quiero hablar de ciertas cosas si no es para ayudar; pero había recibido una impresión muy fuerte. Mi esposo se proponía dejarme por otra mujer. Si lo hacía, yo no quería seguir viviendo. Por eso me llevé el veneno".

Dijo Poirot:

—Después de todo, esto parece plausible…

—Es posible, monsieur Poirot. Pero no concuerda con lo que se le oyó decir. Y, además, hubo otra escena en la mañana siguiente. Míster Philip Blake oyó parte de ella. Miss Greer oyó otra parte distinta. Tuvo lugar en la biblioteca, entre mistress y míster Crale. Míster Blake se hallaba en el pasillo y oyó un fragmento o dos. Miss Greer estaba sentada fuera, cerca de la ventana de la biblioteca, que estaba abierta, y oyó muchísimo más…

—Y… ¿qué fue lo que oyeron?

—Míster Blake le oyó decir a mistress Crale: «Tú y tus mujeres. De buena gana te mataría. Y algún día sí que te mataré».

—¿No hizo mención al suicidio?

—No. Ninguna. Nada de: «Si haces eso, me mataré *yo*». La declaración de miss Greer fue poco más o menos igual. Según ella, míster Crale dijo: «Hazme el favor de procurar ser razonable en este asunto, Caroline. Te tengo mucho afecto y siempre te desearé bien… a ti y a la niña. Pero voy a casarme con Elsa. Siempre hemos acordado dejarnos mutuamente en completa libertad». Mistress Crale respondió a eso: «Como quieras; pero no digas luego que no te he avisado». Dijo él: «¿Qué quieres decir?». Y ella respondió: «Quiero decir que te quiero y que no pienso perderte. Prefiero matarte a consentir que te vayas con esa muchacha».

Poirot hizo un gesto.

—Se me ocurre —murmuró— que miss Greer fue muy poco prudente al suscitar la cuestión. Mistress Crale hubiera podido negarle el divorcio a su esposo.

—Teníamos pruebas relacionadas con ese punto —anunció Hale—. Mistress Crale, al parecer, hizo algunas confidencias a Meredith Blake. Era un amigo antiguo y de confianza. Le produjo un gran disgusto lo que la señora le dijo y consiguió hablar con míster Crale del asunto. Esto, dicho sea de paso, ocurrió la tarde anterior. Míster Blake reconvino, con delicadeza, a su amigo. Le dijo cuán grande sería su disgusto si el matrimonio se deshacía de una forma tan desastrosa. También insistió sobre el hecho de que miss Greer era muy joven y que era una cosa muy seria arrastrar a una muchacha por un tribunal de divorcios. A esto replicó Crale riendo (¡qué bestia más insensible debió ser!): «No es ésa la idea que tiene *Elsa*. Ella no va a comparecer. Lo combinaremos de la forma usual».

Dijo Poirot:

—Por consiguiente, todavía resulta más imprudente por parte de miss Greer el haber dicho lo que dijo.

Respondió Hale:

—Oh, ya sabe usted lo que son las mujeres. No saben contenerse. Han de lanzarse a la garganta de la otra para quedar satisfechas. Tiene que haber sido una situación difícil de todas formas. No comprendo cómo consintió míster Crale que subsistiera. Según Meredith Blake, él quería terminar su cuadro. ¿Le parece a usted eso de sentido común?

—Sí, amigo mío, creo que sí.

—Pues yo no. ¡Ese hombre estaba buscando problemas!

—Estaría, probablemente, muy enfadado con la muchacha por haberse ido ésta de la lengua.

—Sí que lo estaba; lo dijo Meredith. Si tenía que terminar su cuadro, no veo por qué no había de poder sacar unas fotografías y usarlas en lugar de la modelo. Conozco a un hombre... pinta paisajes a la acuarela... *él* hace eso.

Poirot sacudió negativamente la cabeza.

—No... Yo comprendo perfectamente a Crale el artista. Ha de darse usted cuenta, amigo mío, que probablemente en aquel momento el cuadro era lo único que le importaba a Crale. Por muchas ganas que tuviese de casarse con la muchacha, el cuadro era primero. Por eso, esperaba él que transcurriera su estancia allí sin que se suscitara la cuestión. La muchacha, claro está, no era de su parecer. Con las mujeres, el amor ocupa el primer lugar.

—¡Si lo sabré yo! —exclamó el superintendente de todo corazón.

—Los hombres —continuó Poirot—, y los artistas especialmente, son de otro mundo distinto.

—¡El arte! —dijo el superintendente con desdén—; ¡tanto hablar del arte! ¡Yo *nunca* lo he comprendido ni lo comprenderé jamás! ¡Habría de haber visto usted el cuadro que estaba pintando Crale! ¡Todo desproporcionado! Había pintado a la muchacha como si tuviera dolor de muelas y las almenas parecían torcidas. El conjunto tenía un aspecto desagradable. Me fue imposible olvidarlo durante mucho tiempo. Hasta lo veía en sueños. Y, aún más, llegó incluso a afectarme la vista... Empecé a ver almenas, y paredes, y cosas todas desdibujadas. Sí, ¡y mujeres también!

Poirot sonrió. Dijo:

—Aunque usted no se da cuenta de ello, está tributando honores a la grandeza de Amyas Crale.

—No diga tonterías. ¿Por qué no puede pintar un pintor algo alegre a la vista? ¿Por qué salirse de su camino en busca de la fealdad?

—Algunos de nosotros, *mon cher*, vemos belleza en lugares raros.

—La muchacha era guapa de verdad —dijo Hale—. Muy maquillada y casi sin ropa. No es decente la forma en que esas muchachas andan por ahí. Y esto fue hace dieciséis años, fíjese usted bien. Hoy en día uno no le daría importancia. Pero entonces... La verdad, me escandalicé. Un pantalón y una de esas camisas de lana, de cuello abierto... ¡y ni un trapo más, creo yo!

—Parece recordar usted esos detalles muy bien —murmuró Poirot con malicia.

El superintendente se puso colorado.

—No hago más que darle a conocer la impresión que causó en mí —dijo con austeridad.

—Comprendo... comprendo —respondió Poirot, apaciguador. Prosiguió—: Aunque parece ser que los principales testigos de cargo fueron Philip Blake y Elsa Greer, ¿no es eso?

—Sí. Y muy vehementes que se mostraron los dos. Pero la institutriz fue citada por la fiscalía también y su declaración tenía más peso que la de los otros dos. Estaba por completo de parte de mistress Crale, ¿comprende? Pero era una mujer honrada y declaró la verdad, sin intentar quitarle importancia en forma alguna.

—¿Y Meredith Blake?

—Estaba angustiado, pobre hombre. Y razón tenía para estarlo. Se culpaba a sí mismo por haber destilado la droga... y el juez le culpó también. La conicina está comprendida en la Lista Primera del Decreto sobre Venenos. Fue objeto de una censura bastante acerba. Era amigo de ambas partes, y la cosa le impresionó mucho… aparte de que era uno de esos señores rurales que huyen de la notoriedad y de la publicidad.

—¿No prestó declaración la hermana de mistress Crale?

—No; no era necesario. No se hallaba presente cuando mistress Crale amenazó a su marido, y nada podía decirnos que no pudiéramos averiguar con igual facilidad de otras personas. Vio a mistress Crale dirigirse a la nevera y sacar la botella de cerveza y, claro está, la defensa hubiera podido citarla como testigo de descargo para que declarase que mistress Crale se llevó la cerveza de la nevera y marchó inmediatamente con ella al jardín sin destaparla ni hacer nada con ella. Pero eso no hacía al caso, porque nosotros nunca dijimos que la conicina estuviese en la botella.

—¿Cómo se las arregló para introducirla en el vaso con dos testigos a la vista?

—En primer lugar, ninguno de los dos estaba mirando. Es decir, míster Crale estaba pintando… mirando al lienzo y a su modelo. Y miss Greer estaba colocada casi de espaldas a mistress Crale, mirando por encima del hombro de míster Crale.

Poirot asintió con un movimiento de cabeza.

—Como digo, ninguno de los dos estaba mirando a mistress Crale. Llevaba el veneno en uno de esos cuentagotas o jeringas. Lo encontramos aplastado y roto en el camino que conducía a la casa.

Murmuró Poirot:

—Tiene usted contestación para todo.

—¡Vamos, monsieur Poirot! Sin prejuicios. Ella le amenaza de muerte. Ella se lleva el veneno del laboratorio. El frasco vacío se encuentra en la alcoba de *ella y nadie lo ha tocado más que ella*. Le baja de casa una botella de cerveza helada… cosa rara en cualquier caso, si tiene uno en cuenta que no se hablaban…

—Una cosa muy curiosa en efecto. Ya había reparado en ello.

—Sí, un poco delatora… ¿*Por qué* se tornó tan amable de pronto? Él se queja del sabor de la cerveza… y la conicina *tiene* un sabor muy desagradable. Se las arregla para descubrir ella el cadáver y manda a la otra mujer a telefonear. ¿Por qué? Para tener ocasión de limpiar la botella y vaso y apretar los dedos del cadáver en el cristal para que queden sus huellas. Después de eso puede decir que se trata de un caso de remordimiento y suicidio. ¡Plausible historia!

—No es una historia muy bien urdida, en efecto.

—No. Y, si quiere que le dé mi opinión, ella no se tomó la molestia de pensar. La consumían tanto el odio y los celos que no pensaba más que en acabar con él. Y cuando todo ha terminado, cuando le ve allí muerto... Bueno, pues fue *entonces*, en mi opinión, cuando volvió en sí de pronto y se dio cuenta de que lo que acababa de cometer era un asesinato... y que a los asesinos se les ahorca. Y desesperada, se agarra a ciegas a la única cosa que se le ocurre: la idea del suicidio.

—Es sólida esa forma de razonar —dijo Poirot—. Sí. Pudo haber funcionado así su cerebro.

—Hasta cierto punto, se trata de un crimen premeditado; pero, hasta cierto punto también, no había premeditación —dijo Hale—. No creo que llegara a pensarlo y planearlo. Se limitó a seguir adelante a ciegas.

Murmuró Poirot:

—¡Sí, será verdad...!

Hale le miró con curiosidad. Inquirió:

—¿Le he convencido, monsieur Poirot, de que el caso era bien claro?

—Casi. No del todo. Hay dos o tres detalles singulares...

—¿Puede usted ofrecer otra solución... que sea sostenible?

Dijo Poirot:

—¿Qué pasos dieron todos los demás aquella mañana?

—Los investigamos también, de eso puede tener la seguridad. Comprobamos las declaraciones de todos. Ninguno podía probar la coartada... no se puede probar en casos de envenenamiento. Por ejemplo, nada que le impida a una persona entregar a su víctima veneno en una cápsula el día anterior diciéndole que se trata de una cura infalible para la indigestión y que debe tomarla antes de comer y, después de decirle eso, largarse al otro extremo de Inglaterra.

—Pero, ¿usted no cree que ocurriera eso en este caso?

—Míster Crale no padecía nunca de indigestión. Y, sea como fuera, no puedo imaginarme que ocurriera una cosa así. Es cierto que míster Meredith Blake era muy dado a recomendar específicos de su propia elaboración; pero no concibo a míster Crale probándolos. Y, de haberlo hecho, seguramente lo comentaría jocosamente. Además, ¿por qué había de querer Meredith matar a Crale? Todo tiende a demostrar que se hallaba en muy buenas relaciones con él. Todos lo estaban. Philip Blake era su mejor amigo. Miss Williams le miraba con gran desaprobación, o así me lo imagino; pero la desaprobación moral no conduce al envenenamiento. La pequeña miss Warren se peleaba mucho con él... estaba en una edad cargante... pero él le tenía mucho afecto, y ella a él. Se la trataba con especial ternura y consideración en aquella casa. Tal vez haya usted oído decir por qué. Sufrió una lesión seria de pequeña... se la produjo mistress Crale en un acceso de rabia. Eso parece demostrar, ¿no?, que era una persona que no ejercía el menor dominio sobre sí. ¡Atacar a una criatura... y desfigurarla para toda la vida!

—Pudiera demostrar —murmuró Poirot, pensativo— que Angela Warren tenía muy buenos motivos para guardar rencor a Caroline Crale.

—Posiblemente... pero no a Amyas Crale... Y, sea como fuere, mistress Crale quería mucho a su hermanita... le dio un hogar cuando murieron sus padres y, como digo, la trató con especial afecto... la echó a perder con sus mimos incluso, según dicen. Era evidente que la muchacha quería mucho a mistress Crale. Se la mantuvo alejada del tribunal y se la protegió contra todo hasta donde fue posible... Mistress Crale insistió mucho sobre eso según creo. Pero la muchacha se llevó un disgusto de muerte y ansiaba que la llevaran a ver a su hermana a la cárcel. Caroline Crale no quiso consentirlo. Dijo que una cosa así podía dañar para siempre la mentalidad de una muchacha. Lo dispuso todo para que fuera a un colegio en el extranjero.

Agregó:

—Miss Warren se convirtió más adelante en una mujer distinguida. Exploradora. Viajes a sitios raros. Conferencias en la Real Sociedad Geográfica, artículos en la prensa... y todo eso.

—Y ¿nadie se acuerda del juicio?

—Verá... Llevaba un apellido distinto en primer lugar. Ni siquiera tenían las dos el mismo nombre antes de casarse Caroline. Tuvieron la misma madre, pero distintos padres. El nombre de soltera de mistress Crale era Spalding.

—¿Era miss Williams institutriz de la niña o de Angela Warren?

—De Angela. Tenían aya para la niña..., pero tomaba algunas lecciones con miss Williams todos los días, según entiendo.

—¿Dónde estaba la niña por entonces?

—Había marchado con su aya a hacerle una visita a su abuela. Una tal lady Tressilian. Una viuda que había perdido a sus dos hijitos y que quería mucho a la hija de Caroline.

Poirot movió afirmativamente la cabeza.

—Comprendo —dijo.

Hale continuó:

—En cuanto a los pasos de las demás personas el día del asesinato, puedo explicárselos todos.

»Miss Greer estuvo sentada en la terraza cerca de la ventana de la biblioteca después del desayuno. Allí, como he dicho, sorprendió algunas palabras de la riña entre Crale y su esposa. Después de eso acompañó a Crale al jardín de la batería e hizo de modelo suyo hasta la hora de comer, con dos interrupciones para descansar los músculos.

»Philip Blake estaba en la casa después del desayuno y oyó parte de la riña. Luego de haberse marchado Crale con miss Greer, leyó el periódico hasta que le telefoneó su hermano. Entonces bajó a la playa para salirle al encuentro. Subieron por el camino otra vez, juntos, pasaron por delante del jardín de la batería. Miss Greer acababa de marchar a la casa en busca de un jersey porque tenía algo de fresco y mistress Crale estaba con su marido discutiendo los pormenores para la marcha de Angela al colegio.

—Ah, una entrevista amistosa...

—No, amistosa, no. Creo que Crale le estaba gritando. Furioso de que le molestasen con detalles domésticos. Supongo que ella quería dejar aclaradas las cosas por si en efecto iba a haber una ruptura.

Poirot asintió con la cabeza.

Hale prosiguió:

—Los dos hermanos cambiaron unas palabras con Amyas Crale. Luego volvió a aparecer miss Greer y ocupó su puesto. Crale volvió a tomar el pincel, y era evidente que quería deshacerse de ellos. Los hermanos hicieron caso de la indirecta y continuaron su camino. Y, a propósito, hallándose ellos en el jardín Amyas Crale se quejó de que toda la cerveza de allí estaba caliente y su esposa prometió mandarle cerveza fresca.

—¡Ajá!

—Justo. ¡Ajá! Le hizo el ofrecimiento con una dulzura exquisita. Los hermanos siguieron hasta la casa y se sentaron en la terraza. Mistress Crale y Angela les sirvieron cerveza allí.

»Más tarde, Angela Warren se fue a nadar y Philip Blake la acompañó.

»Meredith Blake marchó a un claro del bosque donde hay un asiento exactamente por encima del jardín de la batería. Veía desde allí a miss Greer sobre las almenas y le era posible oír la voz de ella y la de Crale cuando hablaban. Se sentó allí y reflexionó acerca del asunto de la conicina. Aún estaba preocupado y no sabía qué hacer. Elsa Greer le vio y agitó el brazo en saludo. Cuando sonó el batintín llamándoles a comer, bajó y regresó a la casa en compañía de Elsa. Notó entonces que Crale tenía, según expresión suya, un aspecto muy raro, pero no le dio importancia a la cosa de momento. Crale era uno de esos hombres que nunca están enfermos... conque uno no se imaginaba que pudiera estarlo. Lo que sí tenía eran momentos de furia y de desaliento cuando un cuadro no le iba saliendo a su gusto. En tales ocasiones era mejor dejarlo en paz y hablarle lo menos posible. Eso fue lo que hicieron los dos en aquella ocasión.

»En cuanto a los demás, la servidumbre estaba ocupada en los quehaceres de la casa y preparando la comida. Miss Williams estuvo en el cuarto destinado a clase, parte de la mañana, corrigiendo unos ejercicios. Después se llevó labor a la terraza. Angela Warren pasó la mayor parte de la mañana vagando por el jardín, trepando por los árboles y comiendo cosas... ¡ya sabe usted lo que son las niñas de quince años! Ciruelas, manzanas agrias, peras verdes y todo eso. Después volvió a la casa y, como dije, bajó a la playa con Philip Blake para darse un baño antes de comer.

El superintendente hizo una pausa.

—Bueno —dijo, con tono belicoso—, ¿encuentra usted algo raro en todo eso?

Dijo Poirot:

—Nada en absoluto.

—¡Pues entonces!

Estas dos palabras fueron pronunciadas de una forma expresiva a más no poder.

—No obstante —agregó Poirot—, voy a convencerme por mí mismo. Yo...

—¿Qué va usted a hacer?

—Voy a visitar a esas cinco personas... y a cada una de ellas le voy a hacer que cuente su historia.

El superintendente Hale suspiró con profunda melancolía. Dijo:

—¡Está usted loco, hombre de Dios! ¡No habrá dos relatos que estén de acuerdo! ¿No se da usted cuenta de ese hecho elemental? No hay dos personas que recuerden una cosa en el mismo orden. ¡Y después de todo este tiempo! ¡Sí, lo que usted oirá será cinco relatos de cinco asesinatos distintos!

—Con eso cuento —aseguró Poirot—. Resulta muy instructivo.

Capítulo VI

ESTE CERDITO FUE AL MERCADO...

Philip Blake concordaba lo suficiente con la descripción que de él le hizo Montague Depleach para que pudiera reconocerle. Un hombre perspicaz, astuto, de aspecto jovial, con cierta tendencia a la obesidad cual un multimillonario.

Hércules Poirot había arreglado la cita para las seis y media de un sábado por la tarde. Philip Blake acababa de terminar el partido de golf y había estado de buenas, ganándole a su contrincante cinco libras esterlinas. Se hallaba de humor para mostrarse amistoso y expansivo.

El detective dio a conocer su misión. Esta vez, por lo menos, no dio muestras de un cariño excesivo a la verdad. Se trataba, según entendió Blake, de escribir una serie de libros que trataran de crímenes famosos.

Philip frunció el entrecejo. Preguntó:

—¡Cielos! ¿Y por qué escribir obras semejantes?

Hércules Poirot se encogió de hombros. Jamás había parecido más extranjero que aquel día. Era su intención conseguir que le despreciaran; pero que lo tratasen con aire protector.

Murmuró:

—Es el público. Devora esa clase de literatura; sí, la devora.

—¡Qué gente! ¡Se alimenta de la carroña! —exclamó Philip.

Pero lo dijo de buen humor, no con la delicadeza y la aversión que un hombre más susceptible hubiera podido exteriorizar.

Poirot respondió, encogiéndose nuevamente de hombros:

—La naturaleza humana es así. Usted y yo, míster Blake, que conocemos el mundo, no nos hacemos ilusiones en lo que se refiere a nuestros semejantes. No es mala gente la mayoría; pero no como para idealizarla, desde luego.

Blake dijo, de todo corazón:

—Me despedí de mis ilusiones hace mucho tiempo ya.

—Y ahora, según me dicen cuenta usted magníficas historias.

—¡Ah! —Titilaron los ojos de Blake—. ¿Conoce usted este chiste?

Poirot se rió en el momento oportuno. No era un chiste muy edificante, pero era gracioso.

Philip Blake se retrepó en su asiento, exudando jovialidad.

Al detective se le ocurrió de pronto que aquel hombre tenía el aspecto de un cerdo satisfecho.

Un cerdo. *Este cerdito fue al mercado.*

¿Cómo era aquel hombre, aquel Philip Blake? Un hombre, se diría que sin la menor preocupación. Próspero, satisfecho. Sin remordimientos, sin punzadas de conciencia por cosas hechas en el pasado, sin recuerdos que le turbaran. No; un cerdo bien alimentado que había ido al mercado... y obtenido de él todo su valor.

Pero en otros tiempos, quizá Philip Blake había sido algo más que eso. Debió ser, de joven, un hombre muy bien parecido. Los ojos demasiado pequeños, un poquitín demasiado juntos quizá..., pero, aparte de eso, un joven bien formado y bien plantado. ¿Qué edad tenía ahora? De cincuenta a sesenta años seguramente. Cerca de los cuarenta por consiguiente, en la fecha de la muerte de Crale. Menos embrutecido entonces; menos entregado a los placeres del momento. Pediría más a la vida por entonces quizás... Y obtendría menos...

Poirot murmuró, por decir algo:

—Comprenderá usted mi posición.

—No, la verdad, no la comprendo —el corredor de Bolsa se irguió de nuevo; su mirada volvió a tornarse perspicaz—. ¿Por qué *usted*? Usted no es escritor.

—No; no soy escritor precisamente. Soy detective en realidad.

La modestia de esta aseveración probablemente no había tenido igual antes en la conversación de Poirot.

—¡Claro que lo es! ¡Eso ya lo sabemos todos! ¡El famoso Hércules Poirot!

Pero su tono tenía un dejo sutilmente burlón. Intrínsecamente, Philip Blake era demasiado inglés para tomar en serio las pretensiones de un extranjero.

A sus íntimos les hubiese dicho:

«Un charlatán muy original. Bueno; supongo que las mujeres se tragarán todo lo que le dé la gana decir».

Y, aunque era precisamente esa actitud protectora y despectiva la que Poirot habría querido conseguir, se sintió herido por ella.

¡A aquel hombre, a aquel próspero hombre de negocios no le causaba la menor impresión Hércules Poirot! Era un escándalo.

—Me halaga —dijo Poirot sin la menor sinceridad— ser tan conocido de usted. Mis éxitos, permítame que le diga, han tenido como base la psicología... el eterno *¿por qué?* del comportamiento humano. Eso, monsieur Blake, es lo que interesa al mundo hoy en cuestiones criminales. En otros tiempos era la parte romántica. Los crímenes famosos se relataban desde un punto de vista tan sólo: el idilio amoroso relacionado con ellos. Hoy en día es muy distinto, la gente lee con interés que el doctor Crippen asesinó a su esposa porque era una mujer alta y corpulenta y él, pequeño e insignificante, por lo que ella le hacía sentirse inferior. Leen de alguna criminal famosa que asesinó a su padre porque le había hecho un desprecio cuando tenía tres años. Como digo, es el *porqué* del crimen lo que interesa hoy en día.

Philip Blake dijo, con un leve bostezo:

—El porqué de la mayoría de los crímenes salta a la vista, se me antoja a mí. Por regla general el móvil es el dinero.

Poirot exclamó:

—¡Ah, señor mío! ¡Es que el porqué no debe saltar nunca a la vista! ¡Ahí está la cosa precisamente!

—Y ¿ahí es donde usted entra?

—Y ahí, como usted dice, es donde entro yo. Existe el propósito de volver a escribir el relato de ciertos crímenes pasados... desde el punto de vista psicológico. La psicología en asuntos criminales es mi especialidad. He aceptado el encargo.

Philip Blake rió.

—Es bastante lucrativo eso, supongo.

—Espero que sí... desde luego espero que sí.

—Le felicito. Ahora quizá tendrá usted la amabilidad de decirme qué pinto yo en el asunto.

—Claro que sí. El caso Crale, monsieur.

Philip Blake no pareció sobresaltarse. Pero apareció en su semblante una expresión pensativa. Dijo:

—Sí, claro, el caso Crale...

—Espero que no le resulte desagradable, monsieur Blake.

—¡Oh, en cuanto a eso...! —Blake se encogió de hombros—. Es inútil mostrarse resentido por una cosa que uno no tiene el poder de evitar. El juicio de Caroline Crale es del dominio público. Cualquiera puede escribir acerca de él si quiere. De nada sirve que yo proteste. Hasta cierto punto... no tengo inconveniente en decírselo... sí que me desagrada, y mucho. Amyas Crale era uno de mis mejores amigos. Siento que haya necesidad de resucitar todo el asunto. Pero esas cosas pasan.

—Es usted un filósofo, míster Blake.

—No, no, lo que pasa es que tengo suficiente sentido común para no dar coces contra el aguijón. Seguramente será usted menos ofensivo haciéndolo que muchas otras personas.

—Espero, por lo menos, escribir con delicadeza y buen gusto —dijo Poirot.

Philip Blake soltó una ruidosa carcajada, aunque un poco insincera.

—Me hace reír el oírle decir a usted eso.

—Le aseguro a usted, míster Blake, que me interesa el asunto de verdad. No se trata simplemente de ganar dinero en mi caso. Deseo verdaderamente volver a crear el pasado, sentir y ver los sucesos que ocurrieron... percibir lo que se oculta tras lo evidente... escudriñar los pensamientos y sentimientos de los actores del drama.

Dijo Philip Blake:

—No creo que hubiera mucha sutileza en el asunto. Fue una cosa bastante clara. Celos femeninos: he ahí todo.

—Me interesaría enormemente, míster Blake, conocer sus reacciones ante el caso.

Philip Blake exclamó, con repentino acaloramiento, encendiéndosele el rostro aún más.

—¡Reacciones! ¡Reacciones! ¡No hable de una forma tan pedante! Yo me limité a estar ahí parado sin reaccionar. No parece usted comprender que mi amigo... *mi amigo*, ¿lo oye...?, había muerto... envenenado. Y si yo hubiera obrado con más rapidez hubiese podido salvarle.

—¿Cómo saca usted esa consecuencia, míster Blake?

—De la siguiente manera. ¿Deduzco que habrá leído usted ya lo publicado referente al asunto?

Poirot movió afirmativamente la cabeza.

—Bien. Pues aquella mañana, mi hermano Meredith me telefoneó. Estaba bastante trastornado... Una de esas pócimas infernales había desaparecido... y era una pócima bastante peligrosa. ¿Qué hice yo? Le dije que viniera a verme y que discutiríamos el asunto. Decidiríamos qué era lo que convenía hacer. ¡Decidir lo que era mejor! No concibo ahora cómo pude ser tan imbécil. Debí haber comprendido que no había tiempo que perder. Debí haber ido a ver a Amyas inmediatamente para ponerle en guardia. Debí haberle dicho: «Caroline le ha robado a Meredith uno de sus venenos; con que más vale que tú y Elsa andéis con cuidado».

Blake se puso en pie. Paseó de un lado para otro en su excitación.

—¡Dios mío! ¿Cree usted que no he repasado vez tras vez el asunto mentalmente? Yo lo *sabía*. Tuve ocasión de salvarle y anduve tocándome las narices… aguardando a Meredith. ¿Por qué no tuve sentido común para comprender que Caroline no iba a tener escrúpulos ni vacilar un instante? Se había llevado el veneno para usarlo… y lo usaría en la primera oportunidad que se le presentase. No aguardaría a que Meredith echara de menos la pócima. Yo sabía… ¡claro que lo sabía…!, que Amyas corría un peligro mortal… ¡y no hice nada!

—Creo que se culpa usted más de lo debido, monsieur. No tuvo mucho tiempo…

El otro le interrumpió:

—¿Tiempo? Tuve tiempo de sobra. Disponía de una serie de recursos. Podía haber ido a ver a Amyas, como he dicho…, pero existía la probabilidad, claro está, de que no quisiera creerme. Amyas no era uno de esos hombres que creen con facilidad en su propio peligro. Se hubiera reído de semejante idea. Y jamás comprendió por completo la clase de demonio que era Caroline. Pero hubiera podido ir a verla a ella, hubiese podido decirle: «Sé lo que pretendes. Sé lo que proyectas hacer. Pero si Amyas o Elsa mueren envenenados con conicina… ¡morirás en la horca!». Eso la hubiera detenido. O hubiese podido telefonear a la policía. ¡Oh! ¡Podían haberse hecho muchas cosas! Y en lugar de hacerlas, me dejé sugestionar por los métodos lentos y cautelosos de Meredith. Hemos de estar seguros…, discutirlo…, asegurarnos de quién puede habérselo llevado… ¡El muy idiota! ¡En su vida ha tomado una decisión con rapidez! Suerte ha tenido de ser el hijo mayor y poseer bienes inmuebles, de cuyas rentas vive. Si hubiese probado alguna vez el ganar dinero, hubiese perdido hasta la camisa.

Poirot preguntó:

—¿A usted no le cupo duda de quién se había llevado el veneno?

—¡Claro que no! Comprendí inmediatamente que tenía que haber sido Caroline. Y es que conocía a Caroline.

—Eso es muy interesante. Quisiera saber, míster Blake, qué clase de mujer era Caroline Crale.

Blake contestó vivamente:

—No era una inocente ultrajada como creyó la gente en la época en que se vio la causa.

—¿Qué era, entonces?

Blake volvió a sentarse. Dijo, muy serio:

—¿Querría usted saberlo de verdad?

—Realmente, sí.

—Caroline era una sinvergüenza. Una sinvergüenza de tomo y lomo. No crea, tenía su encanto a pesar de todo. Poseía unos modales tan dulces que engañaban por completo a todos. Su aspecto frágil, indefenso, despertaba a la gente un sentido de caballerosidad. A veces, cuando leo algo de historia, creo que María Estuardo debía de haber sido algo parecido a ella. Siempre dulce, desgraciada y magnética... y, en realidad, una mujer fría, calculadora... una intrigante que preparó el asesinato de Darnley y salió airosa del trance. Caroline era así..., una intrigante fría y calculadora. Y tenía mal genio.

»No sé si se lo habrán dicho..., no constituye punto vital del juicio, pero que descubre cómo era... ¿sabe lo que le hizo a su hermanita? Estaba celosa, ¿sabe? Su madre había vuelto a casarse, y todo su afecto y todas sus consideraciones fueron para la pequeña Angela. Caroline no pudo soportarlo. Intentó matar a la criatura con un pisapapeles... aplastarle el cráneo. Afortunadamente el golpe no fue mortal. Pero fue una acción terrible.

—En efecto, en efecto...

—En efecto, pues ésa era la verdadera Caroline. Tenía que ser ella la primera. Era eso precisamente lo que no podía soportar: el ser postergada. Y llevaba dentro un demonio frío, egoísta, capaz de llegar a extremos criminales.

»Parecía impulsiva, ¿sabe?, pero, en realidad, era calculadora. Cuando pasó unos días en Alderbury, de joven, nos echó a todos una mirada e hizo sus planes. No tenía dinero propio. A mí no me miró dos veces. Era el hijo menor, sin un centavo, y tendría que ganarme la vida. (Tiene gracia eso. Hoy, probablemente, tengo más dinero que Meredith y Amyas juntos.) Pensó en Meredith primero; pero acabó decidiéndose por Amyas. Amyas tendría Alderbury y, aunque no heredaría mucho dinero con la finca, se daba cuenta de que su talento como pintor salía de lo corriente. Cabía la posibilidad de que no sólo fuera un genio, sino que también resultara un éxito desde el punto de vista económico. Concienzudamente se lo jugó todo a esa carta.

»Y ganó. Amyas triunfó en seguida. No era un pintor de moda precisamente, pero se reconocía su genio y se vendían sus cuadros. ¿Ha visto usted algunos de ellos? Hay uno aquí. Venga a verlo.

Le condujo al comedor y señaló hacia la pared de la izquierda.

—Ahí lo tiene. Ése es Amyas.

Poirot miró en silencio. Volvió a experimentar asombro al pensar que un hombre pudiera imbuir a un asunto convencional su propia magia. Un jarrón de rosas sobre una mesa de caoba lustrada. El socorrido asunto de los que pintan naturalezas muertas. ¿Cómo, pues, se las había arreglado Crale para hacer que sus rosas llamearan y ardieran con desenfrenada, casi obscena vida? Porque el cuadro excitaba. Las proporciones de la mesa hubieran angustiado al superintendente Hale; se hubiese quejado que ninguna rosa conocida tenía exactamente esa forma ni ese colorido. Y, luego hubiera ido por ahí preguntándose vagamente por qué las rosas que fuera viendo le resultaban tan poco satisfactorias. Y las mesas redondas de caoba le hubiesen molestado sin que supiera explicarse la causa.

Poirot exhaló un suspiro.

Murmuró:

—Sí... todo está ahí.

Blake volvió al lugar en que habían estado antes. Masculló tranquilamente:

—Nunca he entendido una palabra de arte, ésa es la verdad. No sé por qué me gusta mirar ese cuadro tanto... pero me gusta. Es... ¡qué rayos!, *¡es bueno!*

Poirot asintió moviendo enfáticamente la cabeza.

Blake le ofreció un cigarrillo y al mismo tiempo encendió otro él. Dijo:

—Y ése es el hombre... el hombre que pintó esas rosas... el hombre que pintó *La mujer con el mezclador de combinados...,* el hombre que pintó esa sorprendentemente dolorosa *Natividad...,* ése es el hombre a quien pararon en seco en toda su plenitud, a quien privaron de su vívida y dinámica vida... ¡todo ello por culpa de una mujer vengativa y miserable!

Hizo una pausa.

—Dirá usted que estoy amargado... que tengo prejuicios injustificados contra Caroline. Ella tenía encanto, fascinación... Yo lo he sentido. Pero conocía... siempre conocí la verdadera personalidad que se ocultaba tras ese aspecto. Y esa mujer, monsieur Poirot, era malvada. ¡Era cruel, y maligna, y acaparadora!

—Y, sin embargo, se me ha dicho que mistress Crale aguantó cosas muy duras durante su vida de casada.

—Sí; ¡y ya se encargaba ella de que se enterara todo el mundo! ¡Siempre la mártir! Pobre Amyas. Su vida matrimonial fue un infierno largo y perpetuo… o mejor dicho, lo hubiera sido a no ser por su excepcional condición. Su arte, ¿comprende? Siempre le quedaba eso. Era un refugio. Estando entregado a su arte, nada le importaba. Desterraba de su recuerdo a Caroline, a sus encocoradoras palabras, a las riñas y peleas incesantes. Éstas nunca tenían fin. No transcurría una semana sin que tuvieran una riña gorda por una razón o por otra. *Ella* gozaba así. Las riñas la estimulaban en mi opinión. Eran un desahogo. Podía decir todas las cosas duras, acerbas e hirientes que tuviese ganas de soltar. Después de cada una de estas peleas ronroneaba como un gato… se largaba con todas las apariencias de un gato bien alimentado y satisfecho. Pero a él le consumía. *Él* quería paz… descanso… una vida apacible. Claro está que un hombre así no debiera haberse casado… Un hombre como Crale debe tener devaneos, pero ningún lazo que le sujete… los lazos han de irritarle forzosamente.

—¿Le hizo alguna confidencia?

—Verá… sabía que yo era un amigo muy leal. Me dejaba entrever cosas. No se quejaba. No era de los que se quejan. A veces decía: «¡Al diablo con todas las mujeres!». O bien: «No te cases nunca, chico. Aguarda a morir para conocer el infierno».

—¿Estaba usted enterado de sus relaciones con miss Greer?

—Sí…, por lo menos lo vi venir todo. Me dijo que había conocido a una muchacha maravillosa. Era distinta, me dijo, a toda persona que hubiera conocido antes. Y no es que hiciera yo gran caso a eso. Amyas siempre se estaba encontrando con alguna mujer que según él era distinta a las demás. Por regla general, si uno las mencionaba un mes más tarde, él se quedaba mirando boquiabierto, sin saber de qué le hablaban. Pero Elsa Greer era distinta a las demás, en efecto. Me di cuenta de ello cuando fui a Alderbury a pasar unos días. Le tenía atrapado. Amyas se había tragado el anzuelo. El pobre infeliz hubiese andado de cabeza si ella se lo hubiera pedido.

—¿Tampoco encontraba agradable usted a Elsa Greer?

—Tampoco. Era, sin duda, un ave de rapiña. Ella también quería adueñarse de Crale, en cuerpo y alma. Pero creo, no obstante, que le hubiera convenido a él más que Caroline. Quizá le hubiese dejado en paz una vez hubiera estado segura de él. O tal vez se hubiese cansado de él y buscado a otro. Lo mejor para Amyas hubiera sido poderse ver libre por completo de todo lazo femenino.

—Pero eso, al parecer, estaba en pugna con sus gustos.

Philip contestó, con un suspiro:

—El muy loco andaba enredándose siempre con una mujer o con otra. Y, sin embargo, en cierto modo, las mujeres significaban muy poco para él en realidad. Las únicas dos mujeres que hicieron alguna impresión en él durante su vida fueron Caroline y Elsa.

Preguntó Poirot:

—¿Quería a la niña?

—¿A Angela? Oh, todos queríamos a Angela. ¡Era tan atrevida! ¡Siempre estaba dispuesta a todo! ¡La vida que le daba a esa institutriz suya! Sí; Amyas quería a Angela... pero a veces se extralimitaba demasiado la muchacha y entonces se enfurecía con ella. Caroline solía intervenir. Siempre se ponía de parte de Angela, cosa que acababa de exasperar a Amyas. Detestaba que Caroline se uniera a Angela contra él. Todos eran un poco celosos, ¿sabe? Amyas tenía celos porque Caroline anteponía siempre a Angela y estaba dispuesta en toda ocasión a hacer cualquier cosa por ella. Y Angela estaba celosa de Amyas y se rebelaba contra sus aires autoritarios. Era él quien había decidido que fuese al colegio en otoño, y la muchacha estaba furiosa. No era que no le gustase ir al colegio, yo creo que tenía muchas ganas de ir... lo que la enfurecía era que Amyas lo hubiese decidido todo así, sin más ni más, y sin consultar a nadie. Le hizo toda clase de jugarretas en venganza. Una vez le metió diez babosas en la cama. En conjunto, yo creo que Amyas tenía razón. Ya iba siendo hora de que aprendiese lo que era la disciplina. Miss Williams era muy eficiente, pero hasta ella hubo de confesar que empezaba a no poder ya con Angela.

Hizo una pausa. Poirot dijo:

—Cuando pregunté si Amyas quería a la niña, me refería a su propia hija.

—¡Ah! ¿Se refiere usted a Carla? Sí; era gran favorita suya. Gozaba jugando con ella cuando se hallaba de humor. Pero el cariño que le tuviese no le hubiera impedido casarse con Elsa, si es eso lo que quiere usted decir. No le profesaba *esa clase* de cariño.

—¿Quería Caroline Crale mucho a la niña?

Una especie de espasmo contrajo el rostro de Philip.

—No puedo decir que no fuera una buena madre. No; no puedo decir eso. Es la cosa que más...

—Diga, míster Blake.

Philip Blake dijo lentamente y con cierta dificultad:

—En realidad es la cosa que más... siento... en este asunto: la muchacha. ¡Un fondo tan trágico a su vida...! La mandaron al extranjero, a casa de una prima de Amyas, casada. Espero... espero de todo corazón... que habrán logrado mantenerla en la ignorancia de lo sucedido.

Poirot sacudió la cabeza. Dijo:

—La verdad, míster Blake, tiene la costumbre de darse a conocer siempre. Aun al cabo de muchos años.

Murmuró el corredor de Bolsa:

—Quizá tenga usted razón.

Poirot prosiguió:

—Para que la verdad se imponga, míster Blake, voy a pedirle que haga una cosa.

—¿De qué se trata?

—Voy a suplicarle que dé usted por escrito un relato exacto de lo que ocurrió en aquellos días en Alderbury. Es decir: voy a pedirle que escriba la historia completa del asesinato y de las circunstancias que concurrieron.

—Pero, amigo mío, ¿después de tantos años? Mi relato estaría lleno de inexactitudes, sin duda.

—No necesariamente.

—Con toda seguridad que sí.

—No; en primer lugar, con el transcurso del tiempo, la mente se aferra a los puntos esenciales y rechaza los superficiales.

—¡Ah! ¿Quiere usted decir que le haga una reseña a grandes rasgos?

—De ninguna manera. Quiero que me dé usted una relación detallada y concienzuda de cada suceso a medida que ocurrió y de todas las conversaciones que pueda recordar.

—¿Y si las recordara mal?

—Puede usted mencionar las palabras que recuerde, por lo menos. Podrá haber lagunas; pero eso no puede evitarse.

Blake le miró con curiosidad.

—No comprendo su idea —dijo—. En el archivo de la policía podría usted encontrar todo el asunto relatado con mucha mayor exactitud.

—No, míster Blake. Hablamos ahora desde el punto de vista psicológico. Yo no deseo *hechos* a secas. *Quiero la selección de hechos que usted haga.* El tiempo y la memoria serán responsables de esa selección. Pueden haberse hecho cosas, pueden haberse dicho palabras que no hallaría en los archivos de la policía. Cosas y palabras que usted no mencionó nunca porque quizá pensó que nada tenían que ver con el asunto o porque prefirió no repetirlas.

Blake preguntó vivamente:

—¿Va a ser publicado mi relato?

—Claro que no. El único que lo leerá seré yo. Me ayudará, en forma eficaz, a hacer deducciones por mi cuenta.

—¿Y no citará parte alguna de él sin mi consentimiento?

—Naturalmente que no.

—¡Hum! —murmuró Blake—. Soy hombre de muchas ocupaciones, monsieur Poirot.

—Comprendo que eso le ocupará tiempo y le dará trabajo. Con mucho gusto estaría dispuesto a... abonar unos honorarios razonables.

Hubo un momento de pausa. Luego Philip Blake dijo:

—No. Si se lo hago... lo haré gratuitamente.

—¿Y lo hará usted?

Blake advirtió:

—No olvide que no puedo garantizarle que mi memoria me sea fiel.

—Eso queda bien entendido.

—Entonces creo que me *gustará hacerlo*. Creo que le debo eso... en cierto modo... a Amyas Crale.

Capítulo VII

ESTE CERDITO SE QUEDÓ EN CASA

Hércules Poirot no era hombre que descuidara detalles.

Meditó cuidadosamente la forma en que debía abordar a Meredith Blake. Estaba seguro de que éste se diferenciaba bastante de su hermano. De nada le valdría intentar tomarle por asalto en su casa. El asedio había de ser lento.

Hércules Poirot sabía que sólo había una manera de penetrar en la plaza fuerte. Tendría que acercarse a Meredith Blake con las credenciales necesarias. Éstas habían de ser sociales, no profesionales. Afortunadamente, en el transcurso de su carrera, Poirot había hecho amistades en muchas partes. Devonshire no era una excepción. Como consecuencia, descubrió a dos personas que eran conocidas o amigas de Meredith Blake. Por consiguiente, cayó sobre él armado con dos cartas, una de lady Mary Lytton-Gore, una aristócrata viuda de medios limitados, la más tímida de las criaturas; y la otra de un almirante retirado, cuya familia llevaba asentada en el condado desde hacía cuatro generaciones.

Meredith Blake recibió a Poirot algo perplejo.

Como habían pasado con frecuencia últimamente, las cosas no eran ya como fueran en otros tiempos. ¡Qué rayos! Los detectives particulares solían ser antaño detectives particulares, gente a la que uno acudía para que custodiaran los regalos de boda durante una recepción... gente a la que uno recurría, algo avergonzado, cuando sucedía algo anormal y deseaba descubrir de qué se trataba.

Pero he aquí que lady Mary Lytton-Gore le escribía: «Hércules Poirot es un viejo y apreciado amigo mío. Le suplico que haga todo lo que pueda por ayudarle, ¿querrá?». Y lady Mary Lytton-Gore no era, ¡ya lo creo que no!, la clase de mujer que uno asociaba con detectives particulares y todo lo que éstos representaban. Y el almirante Cronshaw escribía: «Muy buena persona, completamente sano. Le agradeceré que haga lo que pueda por él. Es un hombre muy divertido; puede contarle a usted infinidad de cuentos y chistes magníficos».

Y ahora, allí estaba el hombre en persona. ¡La persona más imposible del mundo, en verdad...! Ropa pasada de moda... ¡botas con botones...!, ¡un bigote increíble! No era de su clase ni mucho menos. No parecía haber cazado nunca... ni haber practicado ningún deporte decente. Un extranjero.

Hércules Poirot, levemente regocijado, leyó con exactitud los pensamientos que cruzaban por la mente del otro.

Había sentido cómo se acrecentaba considerablemente su interés, al conducirle el tren hacia la comarca occidental. Veía ahora, por sus propios ojos, el lugar en que se habían desarrollado aquellos acontecimientos muchos años antes.

Era allí, en Handcross Manor, donde habían vivido dos hermanos jóvenes. Y desde donde habían ido a Alderbury y bromeado y jugado al tenis, y fraternizado con el joven Amyas Crale y una muchacha llamada Caroline. Era desde allí desde donde Meredith había emprendido el paseo a Alderbury la mañana de la tragedia. Dieciséis años antes. Hércules Poirot miró con interés al hombre que le contemplaba con cortesía y cierta inquietud.

Le encontraba tal como se lo había imaginado. Meredith Blake se parecía, superficialmente, a todos los demás caballeros rurales ingleses de poca fortuna y amantes del aire libre.

Una chaqueta raída, de mezclilla; un rostro agradable, de edad madura, curtido por el sol y el aire; ojos azules algo apagados; boca débil, medio oculta por un bigote bastante largo. Poirot encontró un contraste muy grande entre Meredith Blake y su hermano. Tenía cierto aire de imprecisión. Era evidente que el cerebro le funcionaba pausadamente, como si el tiempo hubiese ido frenando su marcha, mientras aceleraba la del cerebro de su hermano.

Como ya había adivinado Poirot, era un hombre al que no podían dársele prisas. La vida pausada del campo inglés se le había metido en los huesos.

Parecía, pensó el detective, mucho más viejo que su hermano. Aunque, por lo que había dicho míster Jonathan, sólo debía haber un par de años de diferencia.

Hércules Poirot se jactaba de saber cómo manejar a un hombre de aquel calibre. No era momento para intentar parecer inglés. No; uno había de ser extranjero, abiertamente extranjero, y conseguir que se le perdonara magnánimamente por serlo. «Claro está, los extranjeros no conocen bien las costumbres. Se *empeñan* en dar a uno la mano a la hora del desayuno. No obstante, es una persona decente en realidad...»

Poirot inició la tarea de crear tal impresión de sí mismo. Los dos hombres hablaron con cautela de lady Mary Lytton-Gore y del almirante Cronshaw. Se mencionaron otros nombres. Afortunadamente, Poirot conocía la prima de alguien y le habían presentado a la cuñada de Fulano de Tal. Observó que empezaba a brillar algo de cordialidad en los ojos del mayorazgo. Aquel extranjero parecía conocer a gente importante.

Con gentileza, con insidia, el detective introdujo el objeto de su visita. Fue rápido en contrarrestar la inevitable reacción. El libro, por desgracia, iba a ser escrito. Miss Crale, o Lemarchant, como se llamaba ahora, tenía vivos deseos de que dirigiera él, sensatamente, su publicación. Los hechos pertenecían ya al dominio público. Pero podía hacerse mucho, al presentarlos, para no herir susceptibilidades. Poirot murmuró que no sería la primera vez que se hallara en situación de ejercer cierta influencia discreta y evitar que apareciesen párrafos algo escandalosos en un libro de memorias.

Meredith se puso colorado de ira. Le tembló un poco la mano al cargar la pipa. Dijo, tartamudeando levemente:

—Es… es horrible que desentierren esas cosas. Hace dieciséis años ya. ¿Por qué no lo dejan en paz?

Poirot se encogió de hombros. Dijo:

—Estoy de acuerdo con usted. Pero, ¿qué quiere? El público pide esas cosas. Y cualquiera tiene derecho a reconstruir un crimen probado y a hacer comentarios sobre él.

—A mí me parece vergonzoso.

Murmuró Poirot:

—Por desgracia, no vivimos en una época de delicadezas… Le asombraría saber, míster Blake, la cantidad de publicaciones desagradables que he logrado… ah… suavizar. Tengo vivos deseos de hacer todo lo que pueda por proteger a miss Crale en este asunto.

Meredith Blake musitó:

—¡La pequeña Carla! ¡Esa criatura! Una mujer hecha y derecha. Cuesta trabajo creerlo.

—Lo sé. El tiempo vuela, ¿no es cierto?

Meredith suspiró. Dijo:

—Demasiado aprisa.

Poirot continuó:

—Como habrá visto por la carta de miss Crale que le entregué, tiene muchos deseos de saber todo lo posible acerca de los tristes acontecimientos del pasado.

—¿Por qué? ¿A qué resucitar todo eso? ¡Cuánto mejor sería que se olvidara por completo!

—Usted dice eso, míster Blake, porque conoce todo el pasado demasiado bien. Miss Crale, no lo olvide, no sabe una palabra. Es decir, sólo conoce la historia tal como ha podido leerla en los informes oficiales.

Blake hizo un gesto. Dijo:

—Sí. Lo olvidaba. Pobre niña. ¡Qué situación más detestable para ella! La impresión de saber la verdad. Y, luego... esos informes duros, sin alma, de la vista de la causa.

—Nunca —aseguró el detective— puede hacérsele justicia a la verdad en un simple relato legal. Son las cosas que se omiten las que importan. Las emociones, los sentimientos... el carácter de los personajes del drama. Las circunstancias atenuantes...

Hizo una pausa, y el otro habló con avidez, como actor que acaba de oír el final de una frase tras la cual le toca hablar.

—¡Circunstancias atenuantes! Ahí está precisamente. Si alguna vez hubo, en caso alguno, circunstancias atenuantes, fue en éste. Amyas Crale era un viejo amigo... su familia y la mía han sido amigas durante generaciones enteras; pero hay que reconocer que su conducta fue francamente vergonzosa. Era artista, claro está, y es de suponer que eso lo explica. Pero ahí está... permitió que surgiera una situación imposible. Era tal, que ningún hombre decente normal hubiera podido soportarla ni un instante.

Dijo Poirot:

—Me interesa que haya dicho eso. Me había interesado esa situación. No es así como obra un hombre bien criado, un hombre de mundo.

El rostro delgado y vacilante de Blake se había animado extraordinariamente. Dijo:

—Sí; pero... ¡la cosa es que Amyas Crale jamás fue un hombre normal, un hombre corriente! Era pintor, ¿comprende?, y para él la pintura estaba antes que todo... ¡de la forma más increíble a veces! Yo, personalmente, no comprendo a los llamados artistas... Nunca los he comprendido. Comprendía a Crale un poco porque, claro, le había conocido toda mi vida. Su familia era de la misma clase que la mía. Y, en muchas cosas. Crale salía a la familia. Sólo era en cuestiones de arte donde no concordaba con los de su clase. No era, en realidad, aficionado en forma alguna. Era un pintor de primera fila... verdaderamente de primera. Algunos dicen que fue un genio. Tal vez tengan razón. Pero como consecuencia de ello, siempre se encontraba en un estado que yo llamaría de desequilibrio. Cuando estaba pintando un cuadro, ninguna otra cosa importaba, no podía permitir que nada se interpusiera. Parecía en estado de sonambulismo. Completamente obsesionado por lo que estaba haciendo. No salía de su ensimismamiento y no reanudaba su vida normal hasta haber terminado el cuadro.

Miró interrogador a Poirot y éste movió afirmativamente la cabeza.

—Veo que comprende usted. Bueno, pues creo que eso explica por qué surgió esa situación. Estaba enamorado de esa muchacha. Quería casarse con ella. Estaba dispuesto a abandonar a su mujer y a su hija por ella. Pero había empezado a pintarla aquí y quería acabar el cuadro. Nada más le importaba. No veía ninguna otra cosa. Y no parece habérsele ocurrido pensar siquiera que la situación podría ser completamente insoportable para las dos mujeres.

—¿Comprendía alguna de las dos su punto de vista?

—Sí… hasta cierto punto. Supongo que Elsa lo comprendía. Estaba entusiasmada por su arte. Pero era una situación difícil para ella… naturalmente. Y en cuanto a Caroline…

Hizo una pausa. Dijo Poirot:

—En cuanto a Caroline… sí, claro.

Meredith Blake continuó hablando con cierta dificultad:

—Caroline… Yo siempre… Bueno, yo siempre le había tenido mucho afecto a Caroline. Hubo un tiempo en que… en que tuve la esperanza de casarme con ella. Pero esa esperanza pronto se desvaneció. No obstante, permanecí dedicado a… a su servicio.

Poirot movió afirmativa y pensativamente la cabeza. Aquella frase levemente anticuada expresaba, estaba seguro, la naturaleza del hombre. Meredith Blake era la clase de individuo capaz de consagrarse a un afecto romántico honorable. Serviría lealmente a su dama y sin esperanza de recompensa. Sí; encajaba extraordinariamente dentro de su carácter.

Dijo, pensando cuidadosamente sus palabras:

—¿Usted debió encontrar motivo de resentimiento en esta situación… hacia Caroline?

—Sí… Ya lo creo que sí… Incluso… incluso llegué a reconvenir a Crale por ello.

—¿Cuándo fue eso?

—El día antes… antes de que ocurriera. Vinieron a tomar el té aquí, ¿sabe? Llamé aparte a Crale y le… le hablé. Incluso dije, bien lo recuerdo, que no era justo ni para una ni para otra.

—¡Ah! ¿Le dijo usted eso?

—Sí, porque se me antojó que... que no se daba *cuenta*.

—Es posible que no.

—Le dije que estaba colocando a Caroline en una situación completamente insoportable. Si era su intención casarse con aquella muchacha, no debía tenerla alojada en su casa... poniéndosela delante de las narices a Caroline, como quien dice. Eso resultaba, dije, un insulto inaguantable.

Poirot preguntó con curiosidad:

—¿Qué contestó él?

Meredith Blake replicó con repugnancia:

—Dijo: «Caroline tendrá que aguantarlo».

Hércules enarcó las cejas.

—No fue —dijo— una contestación muy comprensiva.

—En mi opinión fue abominable. Perdí los estribos. Dije que, sin duda, puesto que no quería a su esposa, le importaba un comino lo que ella pudiese sufrir. Pero inquirí, ¿y la muchacha? ¿No se había dado cuenta de que la situación era bastante desagradable para *ella*? ¡A eso me respondió que Elsa tendría que aguantarse también!

»Luego prosiguió: "No pareces comprender, Meredith, que este cuadro que estoy pintando es el mejor que he hecho hasta ahora. Es *bueno,* te digo. Y no pienso consentir que un par de mujeres celosas me lo echen a perder... ¡qué rayos voy a consentir!".

»Era inútil hablarle. Le dije que parecía haber olvidado hasta la más elemental decencia. El pintar, le dije, no lo era todo. Él me interrumpió en este punto para decir: "Sí que lo es para *mí*".

»Yo aún estaba furioso. Le dije que era una vergüenza la manera como siempre había tratado a Caroline. Había llevado una existencia de perros con él. Me dijo que lo sabía y que lo lamentaba. ¡Lamentarlo! Dijo: "Ya sé, Merry, que eso no lo crees... pero es la verdad. Le he hecho la vida un infierno a Caroline, y ella se ha portado como una santa. Pero creo que ella no ignoraba a lo que se exponía casándose conmigo. Le dije francamente la clase de egoísta y libertino que era".

»Le dije, con bastante dureza, que no debía deshacer su matrimonio. Había que pensar en la niña y todo eso. Le dije que comprendía que una muchacha como Elsa trastornara el juicio a un hombre; pero que, incluso por el bien de ella, debía poner fin al asunto. Elsa era muy joven. Se había metido en el asunto de cabeza; pero podría arrepentirse amargamente de ello más adelante. Le pregunté si no podía hacer un esfuerzo, dominarse, romper con ella definitivamente, y volver a su mujer.

—¿Y qué dijo él?

Contestóle Blake:

—Pareció experimentar cierto... cierto embarazo. Me dio unos golpecitos en el hombro y respondió: «Eres un buen chico, Merry. Pero eres demasiado sentimental. Aguarda a que haya terminado el cuadro y reconocerás que tenía razón yo».

»Yo le dije: "¡Al diablo con el cuadro!". Y él sonrió y dijo que todas las mujeres neuróticas de Inglaterra juntas no bastarían para conseguir que se fuera al diablo su cuadro. Luego le dije que hubiera sido mucho más decente habérselo ocultado todo a Caroline hasta después de terminado el cuadro. Me contestó que eso no era culpa *suya*. Era Elsa quien se había empeñado en descubrir todo el pastel. Pregunté: "¿Porqué?". Y él me repuso que a ella le había parecido que no resultaba noble proceder de otra manera. Quería que todo estuviese bien claro y que no hubiera tapujos. Bueno, hasta cierto punto, uno podía comprender eso y admirar a la muchacha por ello. Por muy mal que se estuviera portando, quería, por lo menos, ser sincera.

—La sinceridad causa mucho dolor, mucha pena... adicionales —observó Poirot.

Meredith Blake le miró dubitativo. No le gustaba del todo aquel sentimiento. Suspiró:

—Fue... una temporada muy desagradable para todos nosotros.

—La única persona que pareció no haber sido afectada era Amyas Crale —dijo Poirot.

—¿Y por qué? Porque era un egoísta completo. Le recuerdo ahora. Reía cuando se fue diciendo: «No te preocupes, Merry. Todo va a salir bien».

—El incurable optimista —murmuró Poirot.

Dijo Meredith Blake:

—Era uno de esos hombres que no toman en serio a las mujeres. Yo hubiera podido decirle que Caroline estaba desesperada.

—¿Se lo dijo ella a usted?

—No con palabras. Pero siempre veré su rostro como estaba aquella tarde. Pálido y en tensión, con una especie de alegría desesperada. Hablaba y reía mucho. Pero sus ojos... había en ellos una expresión de angustia que resultaba lo más conmovedor que en mi vida he conocido. ¡Era una criatura tan dulce, además!

Hércules Poirot le miró unos instantes sin hablar. Era evidente que aquel hombre no encontraba incongruente hablar así de la mujer que al día siguiente había matado deliberadamente a su esposo.

Meredith Blake siguió su relato. Había desaparecido ya por completo su primer acceso de desconfianza y hostilidad. Hércules Poirot tenía el don de saber escuchar. Para hombres como Blake, el revivir el pasado tiene cierto atractivo. Habló más para sí que para su visitante.

—Debía haber sospechado algo, supongo. Fue Caroline quien hizo versar la conversación sobre... sobre mi distracción favorita. Era, confieso, una cosa que me entusiasmaba. Los antiguos herbolarios ingleses resultan un estudio interesante. ¡Hay tantas plantas que se usaban antaño en la medicina y que hoy han desaparecido de la farmacopea oficial! Y es asombroso, en verdad, ver cómo una simple decocción de tal o cual planta hace maravillas. La mitad del tiempo no hacen falta los médicos para nada. Los franceses entienden de eso... algunas de sus tisanas son de primera.

Se había lanzado de lleno ya a hablar de su tema favorito.

—El té de amargón, por ejemplo. Es maravilloso. Y una decocción de frutos de escaramujo... Leí no sé dónde el otro día que empieza a ponerse eso de moda otra vez entre los médicos. Ah, sí, he de confesar que hallaba mucho placer en mis pócimas. Recogiendo las plantas en el momento más indicado, secándolas... macerándolas... todo eso. He caído en la superstición a veces, incluso, y recogido las raíces en luna llena o en el momento que aconsejaran los antiguos. Recuerdo que aquel día di a mis invitados una conferencia sobre la cicuta. Florece dos veces al año. Se recoge el fruto cuando está maduro, antes de que se vuelva amarillo. La conicina, ¿sabe?, es una droga que se ha abandonado por completo. No creo que figure ningún preparado a base de eso en la última farmacopea oficial... pero yo he demostrado su utilidad en la tos ferina... y en el asma también, llegado el caso...

—¿Habló de todo eso en su laboratorio?

—Sí... les enseñé todo... les expliqué las propiedades de las distintas drogas... la valeriana, y cómo atrae a los gatos... con olerla un instante se conformaron y no quisieron saber más de ella. Luego me preguntaron acerca de la dulcamara y yo les hablé de la belladona y de la atropina. Dieron muestras de gran interés.

—¿*Dieron*, dice? ¿A quiénes se refiere usted exactamente?

74

Meredith Blake pareció levemente sorprendido, como si hubiese olvidado que el que escuchaba no había presenciado la escena.

—Oh, a todo el grupo. Deje que piense... Estaba Philip... y Amyas también... y Caroline, claro está... Angela... y Elsa Greer.

—¿Nadie más?

—No... creo que no. No; estoy seguro de que no. —Blake le miró con curiosidad—. ¿Qué otra persona iba a haber?

—Pensé que a lo mejor la institutriz...

—Ah, ya. No; no estaba allí aquella tarde. Me parece que he olvidado su nombre. Una mujer muy simpática. Tomaba su obligación muy en serio. Creo que Angela la tenía muy preocupada.

—¿Por qué?

—Verá... Angela era una cría muy simpática... pero un poco alocada. Siempre andaba haciendo alguna travesura. Le metió una babosa por el cuello a Amyas un día cuando estaba pintando. Él se puso hecho un energúmeno. La colmó de improperios. Fue después de eso cuando se le ocurrió la idea del colegio.

—¿De mandarla al colegio quiere decir?

—Sí. No es que no le profesase cariño, sino que la encontraba un poco fastidiosa a veces. Y creo... siempre he creído...

—¿Qué?

—Que estaba un poco celoso. Caroline, ¿sabe?, era esclava de Angela. Hasta cierto punto, quizás. Angela era antes que nada ni que nadie para ella y a Amyas no le gustaba eso. Había sus razones para ello, claro está. No me meteré a hablar de eso pero...

Poirot le interrumpió:

—La razón era que Caroline Crale se reprochaba el haber desfigurado a la muchacha, ¿verdad?

Blake exclamó:

—¡Ah! ¿Sabe usted eso? No pensaba mencionarlo. Pasó ya a la historia. Pero, sí, yo creo que ésa era la causa de su actitud. Siempre parecía creer que todo lo que ella pudiera hacer sería poco para reparar el mal que había hecho.

Poirot asintió con un movimiento de cabeza. Preguntó:

—¿Y Angela? ¿Le guardaba rencor a su hermanastra?

—Oh, no... Que no se le meta esa idea en la cabeza. Angela le tenía mucho afecto a Caroline. Jamás se le ocurrió pensar en esa historia, estoy seguro. Era Caroline la que no podía perdonarse.

—¿Acogió Angela bien la idea de ir a un internado?

—No. Se enfureció con Amyas. Caroline se puso de su parte. Pero Amyas había tomado ya la decisión con carácter irrevocable. A pesar de tener mal genio, Amyas era muy tolerante en la mayoría de las cosas; pero cuando se enfadaba de verdad, tenía que ceder todo el mundo. Tanto Caroline como Angela cedieron.

—Había de ir al colegio..., ¿cuándo?

—Para el curso de otoño... Recuerdo que le estaban preparando el equipo. Supongo que de no haber sido por la tragedia, se hubiera marchado unos cuantos días más tarde. Se había hablado incluso de hacerle el equipaje la mañana de aquel día.

Dijo Poirot:

—¿Y la institutriz?

—¿La institutriz?

—¿Le gustó la idea? La dejaba sin trabajo, ¿verdad?

—Sí... es decir, supongo que sí, hasta cierto punto. La pequeña Carla tomaba algunas lecciones; pero claro, sólo contaba..., ¿cuántos años...? Seis o por ahí. Tenía aya. No hubiesen seguido pagando a miss Williams nada más que por ella. Sí, así se llamaba... Williams. Es raro cómo recuerda uno las cosas cuando empieza a hablar de ellas.

—En efecto. Se encuentra usted ahora de nuevo en el pasado, ¿verdad? Revive usted las escenas... vuelve a oír las palabras que se dijeron y a ver los gestos de la gente... y la expresión de los semblantes, ¿verdad?

Meredith respondió muy despacio:

—Hasta cierto punto... sí... Pero hay lagunas. Faltan trozos grandes... Recuerdo, por ejemplo, cuánto me impresioné al principio de enterarnos que Amyas iba a dejar a Caroline... pero no me acuerdo de si él fue quien me lo dijo o fue Elsa. Sí que recuerdo haber discutido con Elsa sobre eso... intentando hacerle ver que era una canallada. Y ella se limitó a reír con aquella tranquilidad que le era peculiar y me llamó anticuado. Bueno, puede ser que yo sea anticuado; pero sigo creyendo que tuve razón. Amyas tenía mujer e hija... debiera haber seguido a su lado sin titubeos de ninguna clase. No se destruye una familia así como así.

—Pero... ¿miss Greer opinaba que semejante punto de vista resultaba anticuado?

—Sí. No crea, hace dieciséis años no se consideraba el divorcio una cosa tan natural como en estos tiempos. Pero Elsa era una de esas muchachas que hacen profesión de ser modernas. Su punto de vista era que, cuando dos personas no son felices juntas, es preferible que se separen. Decía que Amyas y Caroline siempre estaban regañando y que resultaría mucho mejor para la niña no criarse en un ambiente falto de armonía.

—¿Y sus razonamientos no le causaron a usted la menor impresión?

Meredith dijo lentamente:

—Siempre me hacía el efecto de que, en realidad, Elsa no sabía lo que decía. Soltaba las cosas como un loro... cosas que había leído en libros o escuchado de labios de sus amistades. Resultaba... ¡qué cosa más rara de decir...!, resultaba algo patética. ¡Tan joven y tan segura de sí...! La juventud tiene algo, monsieur Poirot, que es... que puede ser... terriblemente conmovedor, desconcertante.

Hércules Poirot dijo, mirándole con cierto interés:

—Sé lo que quiere usted decir...

Blake continuó hablando en voz baja, más para sí que para Poirot:

—Yo creo que fue en parte por eso por lo que abordé a Crale. Él le llevaba a la muchacha cerca de veinte años. No quedaba bien.

Poirot murmuró:

—¡Ah...! ¡Cuán pocas veces consigue uno hacer mella! Cuando una persona ha decidido seguir un camino determinado... no es fácil conseguir que se desvíe.

Meredith respondió:

—Cierto. Nada adelanté, desde luego, con mi intervención. Pero después de todo, no soy persona que sepa convencer. Nunca lo he sido.

Poirot le dirigió una rápida mirada. Leyó en aquella amargura de la voz el descontento de un hombre susceptible por su falta de personalidad.

Y reconoció para sí la verdad de lo que Blake acababa de decir. Meredith Blake no era hombre para persuadir a nadie de que se apartara de un camino determinado, a conseguir que lo siguiera. Sus esfuerzos bien intencionados serían siempre echados a un lado... con indulgencia generalmente, sin ira; pero echados a un lado definitivamente. No tendrían peso. Era esencialmente un hombre ineficaz.

Poirot dijo como quien procura desterrar de la conversación un tema doloroso:

—¿Aún posee el laboratorio de medicina y cordiales?

—No.

La palabra fue pronunciada con viveza... casi con angustiosa rapidez. Meredith dijo rápidamente, poniéndose colorado:

—Lo abandoné todo... lo desmonté. No pude continuar con él... ¿Cómo iba a poder..., después de lo ocurrido? Todo el asunto, ¿comprende?, podría decirse que era culpa *mía*, ¡era terrible!

—No, no, míster Blake. Es usted demasiado susceptible.

—Pero ¿no comprende? Si yo no hubiese coleccionado esas malditas drogas... si no hubiese hablado con tanta insistencia de ellas... si no me hubiera jactado de su elaboración ni les hubiese obligado a reparar en ellas aquella tarde a mis invitados... Pero nunca pensé... nunca soñé... cómo iba a poder...

—Sí, ¿cómo?

—Seguí hablando de las plantas. Orgulloso de mis escasos conocimientos de la materia. ¡Qué ciego! ¡Qué imbécil! ¡Qué presumido! Señalé aquella maldita conicina. Llegué incluso... ¡si sería imbécil...!, a conducirlos a la biblioteca y leerles esos párrafos de Fedón en que describe la muerte de Sócrates. ¡Maravillosa descripción! Siempre la he admirado. Pero su recuerdo me persigue desde entonces.

—¿Encontraron huellas dactilares en su botella de conicina?

—Las de ella.

—¿Las de Caroline Crale?

—Sí.

—¿No las de usted?

—No. Yo no toqué la botella. Sólo la señalé.

—Pero alguna vez la habría usted tocado.

—Oh, naturalmente; pero solía quitarles el polvo a los frascos de vez en cuando... Nunca dejaba entrar allí a la servidumbre, claro está... Y había hecho limpieza cuatro o cinco días antes.

—¿Conservaba usted la habitación cerrada con llave?

—Invariablemente.

—¿Cuándo tomó Caroline Crale la conicina de la botella?

Meredith repuso a regañadientes:

—Fue la última en salir del cuarto. La llamé, recuerdo, y ella salió apresuradamente. Tenía las mejillas algo encendidas... y los ojos muy abiertos y excitados. ¡Dios mío! ¡Me parece estar viéndola ahora!

Preguntó Poirot:

—¿Tuvo usted con ella alguna conversación aquella tarde? Quiero decir con esto que si discutió con ella la situación existente entre ella y su marido.

Repuso Blake despacio:

—No directamente. Parecía, como le he dicho... muy trastornada. Le pregunté en un momento en que estábamos más o menos lejos: «¿Te sucede algo, querida?». Ella contestó: «No me puede suceder más ni peor...». Me hubiera gustado que hubiese podido oír usted la desesperación que delataba su voz. Aquellas palabras expresaban literalmente la verdad. No podía negarse. Amyas Crale lo era todo para Caroline. Dijo: «Todo desapareció... acabó. Y yo acabé también, Meredith». Y rompió a reír... y se volvió a los demás... y... y se tornó de pronto alegre... con una alegría forzada... anormal...

Hércules Poirot movió la cabeza lentamente en señal afirmativa. Parecía un mandarín de porcelana. Dijo:

—Sí... comprendo... fue así...

Meredith Blake descargó de pronto un puñetazo sobre la mesa. Alzó la voz. Casi gritó:

—Y una cosa le diré, monsieur Poirot...; cuando Caroline Crale declaró ante el tribunal que había robado el veneno para tomárselo ella, ¡juro que estaba diciendo la verdad! No había entrado en su cabeza idea alguna de cometer ese asesinato por entonces. Yo lo juraría. El pensamiento ese se presentó después.

Hércules Poirot inquirió:

—¿Está usted seguro de que se presentó, *en efecto*, después?

Blake le miró boquiabierto. Dijo:

—Usted perdone. No acabo de comprender... ¿Qué quiere decir?

Dijo Poirot:

—Le pregunto si está seguro de que llegó a tener alguna vez pensamiento de asesinar. ¿Está usted convencido, completamente convencido, de que Caroline Crale cometió deliberadamente el asesinato?

La respiración de Meredith se tornó irregular. Preguntó:

—Pero si no... si no... ¿es que insinúa usted un... bueno... un accidente quizá?

—No necesariamente.

—Es extraordinario lo que usted dice.

—¿Usted cree? Ha dicho usted mismo que Caroline era una mujer muy dulce. ¿Cometen asesinatos las personas dulces?

—Era una mujer muy dulce... No obstante... bueno, hubo riñas muy violentas.

—No era una mujer tan dulce entonces, si se dejaba llevar de la violencia.

—Sí que lo era... ¡Oh! ¡Cuán difíciles de explicar son estas cosas!

—Estoy intentando comprender.

—Caroline tenía una lengua mordaz... una forma muy vehemente de hablar. Podría decir: «Te odio. Ojalá estuvieses muerto». Pero no significaría... no implicaría *acción*.

—Conque, en opinión suya, el cometer un asesinato resultaba una cosa muy poco característica de mistress Crale.

—Tiene usted una forma extraordinaria de decir las cosas, monsieur Poirot. Sólo puedo decir que... sí... sí que me parece poco característico de ella. Sólo consigo explicármelo diciéndome que la provocación fue extrema. Adoraba a su marido. En tales circunstancias, una mujer pudiera... ah.... matar.

Poirot asintió con la cabeza.

—Sí; estoy de acuerdo.

—Quedé estupefacto al principio. No me parecía que *pudiera* ser verdad. Y no era verdad... no sé si me comprende... No fue la verdadera Caroline la que hizo eso.

—Pero ¿está usted completamente seguro que... hablando en el sentido legal... Caroline Crale cometió el crimen?

Meredith Blake volvió a mirarle boquiabierto.

—Mi querido amigo... si no lo hizo...

—Bien. Si no lo hizo... ¿qué?

—No se me ocurre ninguna otra solución. ¿Accidente? Imposible a todas luces.

—Completamente imposible creo yo, en efecto.

—Y no puedo creer en la teoría de un suicidio. Hubo que proponerla, pero no podía convencer a nadie que conociese a Crale.

—Es natural.

—Conque..., ¿qué queda?

Poirot contestó fríamente:

—Queda la posibilidad de que Amyas Crale fuera asesinado por otra persona.

—¡Eso es absurdo!

—¿Cree usted?

—Estoy seguro de ello. ¿Quién hubiera deseado matarle? ¿Quién hubiera *podido* matarle?

—Es más probable que lo sepa usted que yo.

—Pero no creerá usted en serio...

—Tal vez no. Me interesa examinar la posibilidad. Considérela en serio. Dígame lo que piensa usted.

Meredith le contempló unos instantes. Luego bajó la mirada. Al cabo de un par de minutos sacudió la cabeza. Dijo:

—No se me ocurre *ninguna* otra solución posible. Me gustaría que se me ocurriese. Si hubiera razón alguna para sospechar de otra persona, creería a Caroline inocente sin vacilar. No quiero creer que lo hiciese ella. No podía creerlo al principio. Pero ¿qué otra persona queda? ¿Qué otra persona había? ¿Philip? El mejor amigo de Crale. ¿Elsa? ¡Absurdo! ¿Yo? ¿Tengo cara de asesino? ¿Una institutriz muy respetable? ¿Un par de criados devotos? ¿Quizás insinuará que lo hizo la pequeña Angela? No, monsieur Poirot, no hay otra persona. Nadie *puede* haber matado a Amyas Crale más que su esposa. Pero él la llevó a esto. Conque, bien mirado, supongo que fue un suicidio después de todo.

—¿Con lo cual quiere usted decir que murió como consecuencia de sus propios actos, ya que no por su propia mano?

—Sí. Es un punto de vista un poco caprichoso quizá. Pero… bueno… causa y efecto, ¿sabe?

Dijo Poirot:

—¿Se ha parado usted a pensar alguna vez, míster Blake, que el móvil de un asesinato suele descubrirse casi siempre haciendo un estudio de la persona asesinada?

—No había llegado a… sí; creo que comprendo lo que usted quiere decir.

—Hasta saberse exactamente *qué clase de persona era la víctima*, no se puede empezar a ver claramente las circunstancias del crimen. —Y agregó—: Eso es lo que ando buscando… y lo que usted y su hermano han ayudado a proporcionarme… una reconstrucción del hombre Amyas Crale.

Meredith Blake pasó por alto el punto principal del comentario. Había atraído su atención una sola palabra. Dijo vivamente:

—¿Philip?

—Sí.

—¿Ha hablado usted con él también?

—Claro que sí.

Meredith dijo con brusquedad:

—Debió usted venir a verme a mí primero.

Sonriendo un poco, Poirot hizo un gesto cortés.

—Según las leyes de primogenitura, es cierto —contestó—. Sé que es usted el más viejo de los dos. Pero comprenderá que, viviendo su hermano cerca de Londres, era más fácil visitarle a él primero.

Meredith aún fruncía el entrecejo. Tiró con inquietud de su labio. Repitió:

—Debió usted venir a verme a mí primero.

Esta vez Poirot no respondió. Aguardó. Y a los pocos instantes Meredith prosiguió:

—Philip —dijo— tiene prejuicios.

—Sí.

—Si quiere que le diga la verdad, es un manojo de prejuicios… siempre lo ha sido. —Le dirigió una rápida e inquieta mirada al detective—. Habrá intentado volverle contra Caroline.

—¿Importa eso… tanto tiempo después?

Blake exhaló un agudo suspiro.

—Sí. Me olvidé de que ha transcurrido tanto tiempo… que todo ha pasado. No se le puede hacer daño a Caroline ya. No obstante, no me gustaría que se llevase usted una impresión falsa.

—¿Y cree usted que su hermano pudiera darme una falsa impresión?

—Con franqueza, sí. Es que siempre hubo cierto…, ¿cómo diré…?, antagonismo entre él y Caroline.

—¿Por qué?

La pregunta pareció irritar a Blake. Dijo:

—¿Por qué? ¿Cómo quiere que sepa yo *por qué*…? Esas cosas pasan. Philip la molestaba siempre que podía. Se disgustó, creo yo, cuando Amyas se casó con ella. No se acercó a ellos en más de un año. Y sin embargo, Amyas era casi su mejor amigo. Supongo que ése era el verdadero motivo. No le parecía ninguna mujer lo bastante buena para él. Y probablemente pensó que la influencia de Caroline echaría a perder su amistad.

—¿Y tuvo razón?

—No; claro que no. Amyas siguió profesándole el mismo cariño a Philip… hasta el último momento. Acostumbraba acusarle de ser un cazafortunas y cosas por el estilo para hacerle rabiar. Philip no se molestaba por eso. Se limitaba a sonreír y decía que era una buena cosa que Amyas tuviese un amigo respetable por lo menos.

—¿Cómo reaccionó su hermano ante el asunto de Elsa Greer?

—¿Sabe que lo encuentro algo difícil de decir? La verdad es que su actitud no era fácil de definir. Yo creo que se molestó con Amyas al verle hacer el tonto por una muchacha. Dijo más de una vez que no saldría bien y que llegaría el día en que Amyas se arrepintiese. Al propio tiempo siento… sí, casi tengo la seguridad de ello… de que experimentaba una leve satisfacción al ver abandonada a Caroline.

Poirot enarcó las cejas. Preguntó:

—¿De veras experimentaba esa satisfacción?

—Oh, no interprete mal mis palabras. No iría yo más allá de

decir que el sentimiento ese existía en el subconsciente. No creo que se diera él cuenta de que era eso lo que experimentaba, Philip y yo tenemos muy poco en común; pero ya sabe que existe cierto lazo entre personas de la misma sangre. Un hombre sabe, con frecuencia, lo que está pensando su hermano.

—¿Y después de la tragedia?

Meredith sacudió la cabeza. Un espasmo de dolor cruzó su semblante. Dijo:

—Pobre Philip. Quedó deshecho. Completamente deshecho. Siempre había querido mucho a Amyas. Yo creo que había en ello algún elemento de idolatría. Amyas Crale y yo teníamos la misma edad. Philip tenía dos años menos. Y él consideraba a Amyas como una especie de ser superior. Sí... fue un golpe terrible para él. Se sintió... se sintió terriblemente amargado contra Caroline.

—Así, él, por lo menos, no tenía la menor duda acerca de su culpabilidad, ¿no es así?

Respondió Meredith Blake:

—Ninguno de nosotros tenía la menor duda...

Hubo un silencio. Luego dijo Blake, con la quejumbrosa irritabilidad de un hombre débil:

—Todo ha terminado... se había olvidado... y ahora viene *usted.. y lo resucita...*

—Yo no: Caroline Crale.

Meredith le miró con sorpresa.

—¿*Caroline*? —exclamó—. ¿Qué quiere usted decir?

Contestó Poirot, mirándole fijamente:

—Caroline Crale segunda.

El rostro del otro perdió su tensión.

—¡Ah, sí! La niña. La pequeña Crale. In... interpreté mal momentáneamente.

—¿Creía que hacía referencia a la primera Caroline Crale? ¿Creía usted que era ella la que no...?, ¿cómo lo diría?, ¿la que no podía descansar tranquila en la tumba?

Meredith se estremeció.

—¡Por favor!

—¿Usted sabe que escribió a su hija... las últimas palabras que escribió en su vida... diciéndole que era inocente?

Meredith se le quedó mirando. Dijo, y su voz estaba trémula de incredulidad:

—¿Caroline escribió eso?

—Sí.

Poirot hizo una pausa y agregó:

—¿Le sorprende?

—Le sorprendería a usted si la hubiese visto ante el tribunal. ¡Pobre criatura perseguida y sin defensa! Ni siquiera luchó.

—¿Una pesimista?

—No, no. No era eso. Fue, creo, la plena conciencia de que había matado al hombre a quien amaba... o yo creí que era eso, por lo menos.

—¿No está usted tan seguro ahora?

—¡Escribir una cosa así... solemnemente... en el momento de la muerte...!

Poirot sugirió:

—Una mentira piadosa quizá.

—Quizá —pero Meredith dudaba—. No es... no resulta característico de Caroline. No era de esperar una cosa así de ella.

Hércules Poirot asintió con la cabeza. Carla Lemarchant había dicho eso también. Carla sólo contaba con un recuerdo de la infancia. Pero Meredith Blake había conocido a Caroline muy bien. Era la primera confirmación que obtenía Poirot de que podía depositar cierta confianza en la creencia de Carla.

Meredith le miró. Dijo lentamente:

—Sí... si Caroline era inocente... ¡es una locura todo! Yo no veo... no veo ninguna otra solución posible.

Se volvió bruscamente hacia Poirot.

—¿Y usted? ¿Qué cree usted?

Hubo un momento de silencio.

—Hasta ahora —contestó el detective por fin— no creo nada. Me limito a recoger impresiones. Cómo era Caroline Crale. Cómo era Amyas Crale. Cómo eran las demás personas que figuraron más o menos en el asunto. Qué ocurrió exactamente durante aquellos días. *Eso* es lo que necesito. Repasar los hechos laboriosamente uno tras otro. Su hermano va a ayudarme en eso. Va a enviarme un informe detallado de los acontecimientos tal como él lo recuerda.

Meredith dijo vivamente:

—No sacará usted mucho de eso. Philip es un hombre muy ocupado. Olvida las cosas una vez han pasado. Probablemente lo recordará todo al revés.

—Habrás lagunas, naturalmente. Comprendo eso.

—Una cosa... —Meredith se interrumpió bruscamente. Luego prosiguió, poniéndose levemente colorado al hablar—. Si usted quiere, yo... yo podría hacer lo mismo. Quiero decir que eso le serviría para hacer una especie de confrontación, ¿no le parece?

Hércules Poirot contestó con calor:

—Resultaría de muchísimo valor. ¡Es una idea excelente!

—Bien. Lo haré. Tengo unos libritos antiguos en los que solía apuntar mis impresiones... Pero escuche —rió con embarazo—, no tengo un estilo muy literario. Hasta mi ortografía deja mucho que desear. No... ¿no esperará demasiado de mí?

—¡Ah! ¡No es estilo literario lo que yo quiero! Sólo deseo un relato sencillo de todo lo que pueda usted recordar. Lo que dijeron todos, su aspecto, sus expresiones... lo que ocurrió exactamente. No se preocupe de que parezcan no tener nada que ver con el asunto. Todo contribuye a dar una idea del ambiente.

—Sí; eso lo comprendo. Debe resultar difícil ver mentalmente a personas y lugares que nunca se han visto en realidad.

Poirot asintió con un movimiento de cabeza.

—Hay otra cosa que quería preguntarle. Alderbury es la finca contigua a ésta, ¿verdad? ¿Me sería posible ir allá... ver con mis propios ojos el lugar en que ocurrió la tragedia?

Meredith respondió lentamente:

—Puedo llevarle a usted allí, sin inconveniente. Pero claro, el lugar ha cambiado mucho de aspecto.

—¿No habrán edificado más allí?

—No, afortunadamente... no se ha llegado a ese extremo. Pero es una especie de hostería ahora... La compró una sociedad. Acuden a ella bandadas de jóvenes en verano, y claro, todas las habitaciones han sido subdivididas y convertidas en cubículos. El terreno ha sufrido modificaciones también.

—Tendrá que reconstruírmelo usted mediante explicaciones.

—Haré lo posible. Me hubiera gustado que lo hubiese visto antaño. Era una de las fincas más hermosas que he conocido.

Salieron por la puertaventana y empezaron a cruzar un cuadro de césped en pendiente.

—¿Quién vendió la propiedad? —inquirió Hércules Poirot.

—Los albaceas, en nombre de la niña. Todos los bienes de Crale fueron a parar a ella. No había testado. Conque supongo que se repartiría todo entre su esposa y su hija. Caroline también legó todo lo que tenía a la niña.

—¿No le dejó nada a su hermanastra?

—Angela tenía algo de dinero suyo, que había heredado de su padre.

Poirot movió afirmativamente la cabeza.

—Comprendo —dijo.

Luego soltó una exclamación:

—Pero, ¿adónde me lleva usted? ¡Vamos derechos a la playa!

—¡Ah! He de explicarle a usted nuestra geografía. La verá por sus propios ojos dentro de un momento. Hay una ensenada, como ve... Caleta del Camello la llaman... que se interna en tierra. Casi parece la boca de un río; pero no lo es... sólo es un brazo de mar. Para ir a Alderbury por tierra hay que internarse y dar la vuelta a la ensenada; pero el camino más corto de una casa a otra es cruzar esta parte estrecha de la caleta. Alderbury está enfrente... Mire... se ve la casa entre los árboles.

Habían salido a una playa pequeña. Frente a ellos había una punta de tierra cubierta de bosques y se distinguía una casa blanca por entre los árboles.

Había dos embarcaciones en la playa. Meredith Blake, con la ayuda algo torpe de Poirot, arrastró una de ellas hasta el agua, y a los pocos momentos remaban hacia la otra orilla.

—Siempre usábamos este camino antiguamente —explicó Meredith—. A menos, claro está, que hubiese tormenta o estuviera lloviendo, en cuyo caso íbamos en automóvil. Pero hay cerca de cinco kilómetros de camino por ese lado.

Acercó el bote al muellecito de piedra del otro lado y echó una mirada a la colección de casetas de madera y a unas terrazas de hormigón.

—Todo esto es nuevo. Antes había un cobertizo para los botes... medio derrumbado... y nada más. Y uno caminaba por la playa y se bañaba más allá de esas rocas.

Ayudó a su invitado a saltar a tierra, amarró el bote y empezó a subir por un empinado sendero.

—No creo que encontremos a nadie —dijo por encima del hombro—. No hay nadie aquí en abril... salvo por Pascua. Aunque no importa si encontramos a alguno. Estoy en buenas relaciones de vecindad. El sol es magnífico hoy. Como si fuera en verano. Fue un día hermoso el de la tragedia. Más parecía julio que septiembre. Sol brillante... pero un vientecillo frío.

El sendero surgió de entre los árboles y bordeó un saliente de roca. Meredith señaló hacia arriba con la mano.

—Eso es lo que llaman la batería. Estamos poco más o menos debajo de ella ahora, bordeándola.

Volvieron a meterse por entre los árboles y luego el sendero torció bruscamente y salieron ante una puerta practicada en un alto muro. El sendero seguía zigzagueando hacia arriba; pero Meredith abrió la puerta y los dos hombres entraron por ella.

Durante unos instantes Poirot quedó deslumbrado, al venir

de la sombra de fuera. La batería era una meseta despejada artificialmente, con almenas adornadas de cañones. Daba la impresión de hallarse suspendida sobre el mar. Había árboles por encima de ella y por detrás; por el lado del mar no se veía más que las deslumbrantes y azuladas aguas al pie.

—¡Atractivo lugar! —murmuró Meredith. Señaló con desdeñoso movimiento de cabeza una especie de pabellón pegado a la pared de roca del fondo—. Eso no estaba allí, claro... sólo un cobertizo desvencijado donde Amyas guardaba sus bártulos de pintar, unas cuantas botellas de cerveza y unos cuantos sillones. Había un banco y una mesa... de hierro pintado. Nada más. No obstante... no ha cambiado mucho.

Hablaba con voz trémula.

—Y ¿fue aquí donde sucedió?

Meredith asintió con la cabeza.

—El banco estaba allí... contra el cobertizo. Estaba echado en él. Solía tirarse en él a veces cuando pintaba... y se quedaba mirando... mirando... Luego, de pronto, se ponía en pie de un brinco y empezaba a aplicar pintura al lienzo precipitadamente, como un loco.

Hizo una pausa.

—Por eso parecía... casi natural. Como si estuviera dormido... como si acabara de dejarse vencer por el sueño. Pero tenía los ojos abiertos... y... se había quedado rígido... Una especie de parálisis, ¿sabe? No se experimenta el menor dolor... Siempre me he alegrado de eso...

Poirot preguntó una cosa que ya sabía:

—¿Quién le encontró aquí?

—Ella, Caroline. Después de comer. Elsa y yo, supongo, fuimos los últimos en verle vivo. Debía haber empezado a obrar ya el veneno entonces... Tenía... un aspecto raro. Prefiero no hablar de eso. Se lo diré por escrito. Resulta más difícil así.

Dio media vuelta bruscamente y salió de la batería. Poirot le siguió sin despegar los labios.

Los dos hombres siguieron ascendiendo por el sendero en zigzag. En un nivel más alto que la batería había otra meseta pequeña. Los árboles la cobijaban con su sombra y había allí un banco y una mesa.

Dijo Meredith:

—No ha cambiado esto mucho. Aunque el banco no era rústico como éste, sino de hierro pintado. Un poco duro para sentarse en él; pero la vista era sumamente hermosa.

Poirot asintió. Por entre los árboles podía mirarse por encima de la batería hasta la boca de la caleta.

—Estuve sentado aquí parte de la mañana —explicó Meredith—. Los árboles no habían crecido tanto entonces. Se veían las almenas de la batería claramente. Allí era donde estaba Elsa haciendo de modelo, ¿sabe? Sentada en una almena con la cabeza vuelta.

Hizo un leve movimiento nervioso con los hombros.

—Los árboles crecen más aprisa de lo que uno cree —murmuró—. Bueno, supongo que me estoy haciendo viejo. Venga a la casa.

Siguieron el sendero hasta que salió cerca de la casa. Había sido un edificio hermoso, de estilo georgiano. Le habían sido agregados otros pisos posteriormente y, sobre el verde césped cerca de él, había unas cincuenta casetas de baño, de madera.

—Los muchachos duermen allí. Las muchachas en la casa —explicó Meredith—. No creo que haya aquí nada que quiera usted ver. Todas las habitaciones han sido subdivididas. Antiguamente había un invernadero pegado aquí. Esta gente ha construido una galería. Bueno... Supongo que disfrutan de sus vacaciones. No se puede conservar todo como estaba... por desgracia.

Dio media vuelta.

—Bajaremos por otro camino. Lo... lo vuelvo a recordar todo, ¿sabe? Fantasmas por todas partes.

Volvieron al embarcadero por un camino más largo, dando un rodeo. Ninguno de los dos habló. Poirot respetó el humor de su compañero.

Cuando llegaron a Handcross Manor de nuevo, Meredith Blake dijo bruscamente:

—Compré ese cuadro, ¿sabe? El que estaba pintando Amyas. No podía soportar la idea de que se vendiera por... bueno... por su valor publicitario... para que una serie de bestias con mente de pocilga lo miraran boquiabiertos. Era una obra magnífica. Amyas decía que era lo mejor que había hecho en su vida. No me extrañaría que tuviese razón. Casi estaba terminado. Sólo quería trabajar en él un día o dos más. ¿Le... le gustaría verlo?

Hércules Poirot contestó rápidamente:

—Ya lo creo que sí.

Blake cruzó el vestíbulo y sacó una llave del bolsillo. Abrió una puerta y entraron en una habitación bastante grande que olía a polvo. Las ventanas tenían echados los postigos. Blake cruzó el cuarto y los abrió. Luego, con cierta dificultad, hizo lo propio con una de las ventanas y entró en el cuarto una ráfaga de aire fragante, primaveral.

Dijo Meredith:

—Ahora se respira...

Se quedó junto a la ventana aspirando el aire y Poirot se reunió con él. No había necesidad de preguntar qué había sido aquella habitación. Los estantes estaban vacíos pero quedaban en ellos las señales donde en otros tiempos había habido frascos. Contra la pared había un aparato de química y un sumidero. El cuarto estaba lleno de polvo.

Meredith estaba mirando por la ventana. Dijo:

—¡Cuán fácilmente me vuelve todo a la memoria! De pie aquí, oliendo los jazmines... y hablando... hablando... idiota que fui... de mis pociones y destilaciones...

Distraído, Poirot alargó la mano por la ventana. Arrancó una rama de hojas de jazmín que justamente empezaba a brotar.

Meredith Blake cruzó el cuarto, resuelto. De la pared colgaba un cuadro cubierto con una tela para protegerlo contra el polvo. La quitó de un tirón.

Poirot contuvo el aliento. Había visto hasta entonces cuatro cuadros de Amyas Crale: dos en la Galería Tate; otro en un comercio londinense: el cuarto era el jarrón de rosas que ya se ha mencionado. Pero ahora estaba contemplando lo que el propio artista había considerado su mejor cuadro y el detective se dio cuenta en seguida qué soberbio artista había sido aquel hombre.

El cuadro era muy liso en la superficie. A primera vista, hubiera podido pasar por un cartel de propaganda, tan crudos eran sus contrastes. Una muchacha, una muchacha con camisa amarillo canario y pantaloncitos azul oscuro sentada sobre una pared gris, a pleno sol, con su fondo de mar violentamente azul. La clase de asunto apropiado para un cartelón.

Pero la primera vista engañaba. Había una desproporción muy sutil, un brillo y una claridad sorprendentes en la luz. Y la muchacha...

Sí, aquello era vida. Todo lo que había, todo lo que podía haber de vida, de juventud, de radiante vitalidad. El rostro estaba vivo, y los ojos...

¡Tanta vida! ¡Tanta juventud y tan apasionada! Aquello, pues, era lo que Amyas Crale había visto en Elsa Greer, lo que le había hecho ciego y sordo para con su dulce esposa. Elsa era la vida. Elsa era la juventud.

Una criatura soberbia, esbelta, erguida, arrogante, vuelta la cara, insolente de triunfo su mirada. Mirándole a uno, observándole... aguardando...

Hércules Poirot extendió las manos. Dijo:

—Es muy grande... sí; muy grande.

Meredith dijo con voz entrecortada:

—¡Era tan joven...!

Poirot movió afirmativamente la cabeza. Pensó para sus adentros:

«¿Qué quiere decir la mayoría de la gente cuando dice eso? ¡Tan joven! Algo inocente, algo suplicante, algo indefenso. Pero la juventud no es eso. La juventud es cruda: la juventud es fuerte; la juventud es poderosa... sí, ¡y cruel! Y una cosa más: la juventud es vulnerable».

Siguió a su anfitrión hacia la puerta. Había aumentado su interés por Elsa Greer, a quien pensaba visitar a continuación. ¿Qué le habrían hecho los años a aquella criatura apasionada, triunfante, cruda?

Miró atrás en dirección al cuadro.

Aquellos ojos. Observándole... observándole... diciéndole algo...

¿Y si no lograra él comprender lo que decían? ¿Podría decírselo la mujer de carne y hueso? O ¿estarían diciendo algo aquellos ojos que la mujer real no sabía?

Tal arrogancia, tal anticipación triunfante...

Y entonces la muerte había intervenido, arrebatando su presa a aquellas manos ávidas tendidas hacia ella...

Y la luz había desaparecido de los apasionados ojos. ¿Qué aspecto tendrían los ojos de Elsa ahora?

Salió del cuarto tras echar una última mirada.

Pensó:

«Estaba excesivamente viva».

Se sentía... un poco asustado...

Capítulo VIII

ESTE CERDITO COMIÓ ROSBIF

La casa de la calle Brook tenía tulipanes del Darwin en los tiestos de las ventanas. En el vestíbulo, un gran jarrón de lilas blancas despedían remolinos de perfume hacia la abierta puerta principal de la casa.

Un mayordomo de edad madura tomó el sombrero y el bastón de Poirot. Se presentó un lacayo para hacerse cargo de ello y el mayordomo dijo con respeto:

—¿Tiene la bondad de seguirme, señor?

Poirot le siguió y bajó tres escalones. Se abrió una puerta. El mayordomo pronunció su nombre sin equivocarse en una sola sílaba.

Luego se cerró la puerta tras él y un hombre alto y delgado se levantó de un asiento que ocupaba junto al fuego y le salió al encuentro.

Lord Dittisham frisaba en los cuarenta años. No sólo era par del reino, sino que era poeta. Dos de sus fantásticos dramas poéticos se habían representado con grandes gastos y habían logrado un *succès d'estime*. Tenía la frente bastante saliente; la barbilla expresaba avidez; los ojos y la boca resultaban inesperadamente bellos.

Dijo:

—Siéntese, monsieur Poirot.

Poirot se sentó y aceptó el cigarrillo que le ofrecía su anfitrión. Lord Dittisham cerró la caja, encendió una cerilla, la sostuvo mientras Poirot encendía el cigarrillo. Luego se sentó y miró pensativo al visitante.

Dijo a continuación:

—Es a mi esposa a quien ha venido usted a ver, ya lo sé.

Respondió Poirot sumamente encantado de su cortesía:

—Lady Dittisham tuvo la amabilidad de concederme una entrevista.

—Sí.

Hubo una pausa. Poirot aventuró:

—¿No tendrá usted nada que objetar supongo, lord Dittisham?

El delgado rostro del soñador se iluminó con una repentina sonrisa.

—En estos tiempos, monsieur Poirot, lo que un marido pueda objetar no se toma nunca en serio.

—Así, pues, ¿tiene usted objeciones?

—No, no puedo decir eso. Pero experimento temor, lo confieso, por el efecto que pueda surtir la entrevista en mi esposa. Permítame que le sea completamente sincero. Hace muchos años, cuando mi esposa era casi una niña, hubo de soportar una prueba terrible. Espero que se haya repuesto de la impresión. He llegado a creer que la ha olvidado. Ahora se presenta usted y sus preguntas despertarán, forzosamente, antiguos recuerdos.

—Es de lamentar —dijo Hércules Poirot cortésmente.

—No sé exactamente cuál será el resultado.

—Sólo puedo asegurarle, lord Dittisham, que seré todo lo discreto posible y que haré todo lo que esté en mis manos para no disgustar a lady Dittisham. Tendrá, sin duda, un temperamento delicado y nervioso.

Entonces de pronto y sorprendentemente, el otro rompió a reír. Dijo:

—¿Elsa? ¡Elsa es más fuerte que un roble!

—Entonces…

Poirot se interrumpió con diplomacia. La situación le intrigaba. Dijo lord Dittisham:

—Mi mujer es capaz de soportar una cantidad ilimitada de sacudidas fuertes. No sé si adivinará usted por qué le concede una entrevista.

Poirot replicó con placidez:

—¿Curiosidad?

Una expresión de respeto y admiración apareció en el rostro del otro.

—¡Ah! ¿Se da usted cuenta de eso?

Dijo Poirot:

—Es inevitable. Las mujeres *siempre* están dispuestas a recibir a un detective particular. Los hombres le mandan al demonio.

—Algunas mujeres también le mandarán al demonio.

—Después de haberle visto… pero no antes.

—Tal vez… ¿Cuál es el objeto de ese libro?

Hércules Poirot se encogió de hombros.

—Hay costumbre de resucitar canciones antiguas, viejos números de teatro, vestidos que pasaron a la historia. También suelen resucitar los asesinatos de antaño.

—¡Uf! —exclamó lord Dittisham.

—¡Uf!, si usted quiere. Pero no cambiará la naturaleza del hombre diciendo uf. El asesinato es un drama, y el deseo de dramas es muy fuerte en el género humano.

Lord Dittisham murmuró:

—Lo sé... lo sé...

—Conque, como comprenderá —prosiguió Poirot—, se escribirá el libro. Mi obligación en este asunto es encargarme de que no se exagere, de que no falseen los hechos conocidos.

—Los hechos son del dominio público... o así lo hubiera creído yo.

—Los hechos, sí; pero no la interpretación que pueda hacerse de ellos.

Preguntó el otro con viveza:

—¿Qué quiere usted decir con eso exactamente, monsieur Poirot?

—Mi querido lord Dittisham, hay muchas maneras de ver, por ejemplo, un hecho histórico. Tomemos un ejemplo. Se han escrito muchos libros sobre María Estuardo, reina de Escocia. Según unos, fue una mártir; según otros, una mujer licenciosa y sin principios; aún hay otros que la consideran una santa ingenua; y no faltan los que la llaman asesina e intrigante, ni los que ven en ella a una víctima de las circunstancias y del destino. Uno puede escoger lo que quiera. Hay para todos los gustos.

—¿Y en este caso? Crale murió a manos de su mujer. Eso, claro está, no lo discute nadie. En la vista de la causa, mi esposa fue objeto de calumnias, en mi opinión inmerecidas. Hubo que sacarla de la sala a escondidas después. La opinión pública se mostró muy hostil hacia ella.

—Los ingleses —dijo Poirot— son un pueblo muy moral.

Dijo lord Dittisham:

—¡Maldita sea su estampa, sí que lo son! —Agregó mirando a Poirot—: ¿Y usted?

—Yo —respondió Poirot— llevo una vida muy moral. Eso no es exactamente igual que el tener ideas morales.

Dijo lord Dittisham:

—Me he preguntado más de una vez cómo sería en realidad esa mistress Crale. Todo eso de esposa ultrajada... tengo el presentimiento de que algo se ocultaba *detrás* de todo eso.

—Su esposa tal vez lo sepa.

—Mi esposa —aseguró el otro— no ha mencionado el caso ni una sola vez.

Poirot le miró con creciente interés. Dijo:

—Ah, empiezo a ver...

—¿Qué es lo que ve?

—La imaginación creadora del poeta... —dijo Poirot.

Lord Dittisham se puso en pie e hizo sonar el timbre. Dijo con brusquedad:

—Mi esposa le estará aguardando.

Se abrió la puerta.

—¿Llamaba, señor?

—Conduzca a monsieur Poirot a donde lo aguarda la señora.

Dos tramos de escalera arriba, hundiéndose los pies en la gruesa y mullida alfombra. Luz indirecta amortiguada. Dinero, dinero por todas partes. En cuanto al gusto, no tanto. Se había notado una austeridad sombría en la habitación de lord Dittisham. Pero allí, en la casa, sólo una franca prodigalidad. Lo mejor, no necesariamente lo más llamativo, ni lo más sorprendente. Sólo «no se repara en gastos» aliado a una falta de imaginación.

Poirot se dijo para sí:

—¿*Rosbif*? ¡*Sí*! ¡*Rosbif*!

No era muy grande la habitación a la que le condujeron. La sala grande estaba en el primer piso. Ésta era la salita particular de la dueña de la casa, y la dueña de la casa estaba de pie junto a la chimenea cuando Poirot fue anunciado y entró:

Surgió una frase en su sobresaltada mente y se negó a dejarse desterrar.

Murió joven...

Eso pensó al mirar a Elsa Dittisham, que fuera antaño Elsa Greer.

Jamás la hubiera reconocido por el cuadro que Meredith Blake le había enseñado. Aquél había sido, sobre todo, una representación de la juventud, de la vitalidad. Allí no había juventud... Era como si no la hubiese habido nunca. Sin embargo, se dio cuenta, como no se había dado cuenta al ver el cuadro de Crale, que Elsa era hermosa. Sí; fue una mujer muy hermosa la que le salió al encuentro. Y no vieja, desde luego. Después de todo, ¿qué edad tendría? No más de treinta y seis años si tenía veinte años en la época de la tragedia. La negra cabellera estaba ordenada a la perfección en torno a la bien formada cabeza; las facciones eran casi clásicas; el maquillado era exquisito.

Experimentó una extraña punzada. Tal vez fuera culpa del viejo míster Jonathan por haber hablado de Julieta... No era Julieta aquélla... a menos que uno pudiera imaginarse a Julieta como superviviente quizá... viviendo aún sin su Romeo... ¿No era esencial en Julieta el morir joven?

Elsa Greer había quedado viva...

Le estaba saludando con voz inexpresiva, casi monótona.

—No sabe el interés que tengo, monsieur Poirot. Siéntese y dígame lo que quiere que haga.

Pensó él:

«Pero no tiene interés. Nada le interesa a ella».

Ojos grandes, grises, como lagos muertos.

Poirot se hizo, como tenía por costumbre, un poco extranjero.

—Estoy confuso, madame, verdaderamente confuso.

—No. ¿Por qué?

—Porque me doy cuenta de que esta... esta reconstrucción de un drama del pasado ha de ser excesivamente dolorosa para usted.

Ella pareció regocijada. Sí; era regocijo, auténtico y sincero regocijo. Murmuró:

—¿Supongo que mi esposo le metería esa idea en la cabeza? Le vio a usted cuando llegó. Claro está, él no comprende en absoluto. Jamás ha comprendido. No soy, ni mucho menos, de una sensibilidad tan grande como él me imagina. —Seguía notándose el regocijo en su voz. Prosiguió—: Mi padre, ¿sabe usted?, fue un peón de una fábrica. Subió a fuerza de trabajar y ganó una fortuna. No se ganan fortunas siendo susceptible. Yo soy como él.

Poirot pensó para sus adentros: «Eso es cierto. Una persona medianamente sensitiva no hubiera ido a parar a casa de Caroline Crale».

Lady Dittisham dijo:

—¿Qué es lo que quiere usted que haga?

—¿Está segura, madame, que revivir el pasado no será doloroso para usted?

Reflexionó ella un momento y se le ocurrió a Poirot que lady Dittisham era una mujer muy sincera. Podía mentir por necesidad, pero nunca por gusto.

Elsa Dittisham le dijo lentamente:

—No, doloroso, no. Hasta cierto punto, me gustaría que lo fuese.

—¿Por qué?

Dijo ella con impaciencia:

—Es tan estúpido... no sentir nunca nada...

Y Hércules Poirot pensó:

«Sí, Elsa Greer ha muerto...».

En voz alta dijo:

—Sea como fuere, lady Dittisham, eso hace más fácil mi tarea.

Preguntó ella alegremente:

—¿Qué desea usted saber?

—¿Tiene buena memoria, madame?

—Creo que bastante buena.

—¿Y está segura de que no le causará dolor recordar detalladamente aquellos días?

—No me producirá el menor dolor. Las cosas sólo pueden producirlo cuando están ocurriendo.

—Así sucede con algunas personas, lo sé.

Laddy Dittisham dijo:

—Eso es lo que Edward… mi esposo… no puede comprender. Cree que el juicio y todo eso resultó una dura prueba para mí.

—¿Y no lo fue?

—No. Me divirtió.

La voz denotaba satisfacción.

Prosiguió:

—¡Cielos! ¡Cómo se metió conmigo ese bestia de Depleach! Es un verdadero demonio. Gocé luchando con él. No pudo tumbarme.

Miró a Poirot con una sonrisa.

—Espero que no le estaré dando una desilusión. Una muchacha de veinte años… Debiera de haber quedado postrada, supongo… angustiada de vergüenza o algo así. No me ocurrió tal cosa. Me tenía sin cuidado lo que dijeran. Sólo deseaba una cosa.

—¿Cuál?

—Que la ahorcaran, claro está —dijo Elsa Dittisham.

Se fijó en sus manos, manos muy bellas; pero con uñas largas y curvadas. Manos de ave de rapiña.

Dijo ella:

—¿Me cree usted vengativa? Sí que soy vengativa…, para con cualquiera que me haya hecho daño. Aquella mujer era, a mi modo de ver, lo más bajo que existe entre las mujeres. Sabía que Amyas estaba enamorado de mí… que iba a abandonarla… y le mató para que no fuese para *mí*.

Miró a Poirot.

—¿No le parece a usted eso muy ruin?

—¿Usted no comprende los celos ni simpatiza con ellos?

—No; me parece que no. Si una ha perdido, ha perdido. Si no puede conservar a su marido, que le deje marchar, poniendo al mal tiempo buena cara. Lo que yo no comprendo es este sentimiento de propiedad exclusiva.

—Tal vez lo hubiese comprendido de haberse casado con él.

—No lo creo. No fuimos…

Le sonrió de pronto a Poirot. Su sonrisa, pensó él, asustaba un poco. Estaba demasiado lejos de expresar sentimiento alguno real.

—Me gustaría que comprendiera esto bien —exclamó ella—. No crea que Amyas Crale sedujo a una muchacha inocente. ¡Yo no lo era ni mucho menos! De los dos, yo fui la responsable. Le conocí en una fiesta y me enamoré de él… Comprendí que era necesario que fuese mío…

Una parodia, una parodia grotesca, pero…

… Y mi destino a vuestros pies pondré…
Y os seguiré a través del mundo, dueño mío.

—¿Aunque estaba casado?

—¿Coto vedado, prohibido el paso? Hace falta algo más que un aviso en letras de molde para mantenerle a una alejada de la realidad. Si era desgraciado con su esposa y podía ser feliz conmigo, ¿por qué no? Sólo se vive una vez.

—Pero se ha dicho que era feliz con su mujer.

Elsa movió negativamente la cabeza.

—No; peleaban como perro y gato. Ella le regañaba. Ella era… ¡Oh! ¡Era una mujer horrible!

Se puso en pie y encendió un cigarrillo. Dijo con una sonrisa:

—Probablemente soy injusta con ella. Pero sí creo, de verdad, que era bastante odiosa.

Poirot dijo lentamente:

—Fue una gran tragedia.

—Sí; fue una tragedia muy grande.

Se volvió hacia él de pronto. En la muerta monotonía y en el hastío de su rostro, algo diferente adquirió trémula vida.

—Me mató a mí, ¿comprende? Me mató a mí. Desde entonces no ha habido nada… nada en absoluto —bajó la voz—. ¡El vacío! —agitó las manos con impaciencia—. ¡Como un pez disecado dentro de una vitrina!

—¿Tanto representaba para usted Amyas Crale?

Ella asintió con un movimiento de cabeza. Fue un gesto extraño, como de quien hace una confidencia singularmente conmovedora.

—Creo que siempre he sido persona de una sola idea —musitó sombría—. Supongo que… en realidad… una debiera clavarse un puñal... como Julieta. Pero... pero el hacer eso es reconocer que una está acabada... que la vida te ha vencido.

—Y... ¿en lugar de eso?

—Debiera hacerlo igual... de todas formas... una vez una ha logrado que se le pase. Y sí que se me pasó. Ya no significa nada para mí. Me dije que iniciaría la etapa siguiente de mi vida.

Sí; la etapa siguiente. Poirot se la imaginó claramente haciendo todo lo posible por cumplir tal determinación. La vio hermosa y rica, seductora para los hombres, buscando con codiciosas garras de ave de presa llenar una vida que estaba vacía. Culto a los héroes, matrimonio con un aviador famoso, luego un explorador; el gigantesco Arnaldo Stevenson, posiblemente muy parecido a Amyas en el físico; vuelta a las artes creadoras después: Dittisham.

Elsa Dittisham dijo:

—¡Jamás he sido hipócrita! Hay un proverbio español que siempre me ha gustado: *Toma lo que quieras y paga por ello, dice Dios*. Bueno, pues yo he hecho eso. He tomado lo que he querido.... pero siempre he estado dispuesta a pagar el precio.

Dijo Hércules Poirot:

—Lo que usted no comprende es que hay cosas que no pueden comprarse.

Le miró con fijeza. Contestó:

—No me refiero a pagarla con dinero tan sólo.

Dijo Poirot:

—No, no. Comprendo lo que quiere decir. Pero no todas las cosas en esta vida llevan etiqueta con el precio. Hay cosas que *no están en venta*.

—¡Tonterías!

Él sonrió levemente. En la voz de la mujer se notaba la arrogancia del peón de fábrica hecho millonario.

Hércules Poirot se sintió invadido de pronto por una oleada de compasión. Contempló el rostro liso, sin edad; los ojos con mirada de hastío... Y recordó a la muchacha que había pintado Amyas Crale.

Dijo Elsa Dittisham:

—Hábleme de ese libro. ¿Cuál es su objeto? ¿De quién es la idea?

—Mi querida señora, ¿qué otro fin puede haber que el servir la sensación de ayer con la salsa de hoy?

—Pero ¿*usted* no es escritor?

—No; soy experto en criminología.

—¿Quiere decir con eso que le consultan cuando han de escribirse libros sobre crímenes?

—No siempre. En este caso concreto he recibido un encargo.

—¿De quién?

—Voy... ¿cómo dirían ustedes?... a lanzar esta publicación por cuenta de una parte interesada.

—¿Qué parte?

—La señorita Carla Lemarchant.

—¿Quién es esa señorita?

—La hija de Amyas y de Caroline Crale.

Elsa se le quedó mirando unos instantes. Luego empezó a recordar.

—Ah, claro, había una niña, lo recuerdo. ¿Supongo que será una mujer ahora?

—Sí; tiene veintiún años.

—¿Cómo es?

—Alta y morena, y en mi opinión hermosa. Y tiene valor y personalidad.

Elsa dijo, pensativa:

—Me gustaría verla.

—Tal vez a ella no le gustará verla a usted.

Elsa pareció sorprenderse.

—¿Por qué? Ah, comprendo. Pero ¡qué tontería! No es posible que recuerde ella nada del asunto. No puede haber tenido más de seis años por entonces.

—Sabe que a su madre la juzgaron por el asesinato de su padre.

—¿Y cree que la culpa es mía?

—Es una interpretación posible.

Elsa se encogió de hombros. Dijo:

—¡Qué estupidez! Si Caroline se hubiera portado como un ser razonable...

—Conque... ¿no acepta usted responsabilidad alguna?

—¿Por qué había de aceptarla? Yo no tengo nada de qué avergonzarme. Le amaba. Le hubiera hecho enteramente feliz.

Miró a Poirot. El rostro pareció desarticularse. De pronto, increíblemente, el detective vio a la muchacha del cuadro. Dijo ella:

—Si pudiera hacerle a usted ver... Si pudiera usted verlo desde mi punto de vista... Si supiese...

Poirot se inclinó hacia delante.

—Eso es precisamente lo que deseo. Verá... míster Philip Blake, que se hallaba presente por entonces, va a escribirme un relato meticuloso de todo lo que sucedió. Meredith Blake, igual. Ahora, si usted…

Elsa Dittisham respiró profundamente. Dijo con desdén:

—¡Esos dos! Philip siempre fue estúpido. Meredith acostumbraba ir pegado a Caroline…. pero era una buena persona. No sacará usted la *menor* idea del relato que *ellos* hagan.

La observó. Vio surgir la animación en sus ojos. Vio formarse una mujer viva de otra muerta. Dijo Elsa aprisa, casi con ferocidad:

—¿Le gustaría conocer la verdad? Oh, no para que la publique, sino para su exclusivo conocimiento… y solo.

—Me comprometeré a no publicarla sin su consentimiento.

—Me gustaría escribir la verdad…

Guardó silencio un par de minutos, pensando, y Poirot vio temblar en ella la vida al volver a reclamar el pasado.

—Volver atrás… escribirlo todo… para enseñarle a usted lo que esa mujer era…

Centellearon sus ojos. Agitóse tumultuosamente su pecho.

—Ella le mató. Ella mató a Amyas. A Amyas, que quería vivir… que gozaba viviendo. El odio no debiera ser más fuerte que el amor… pero su odio lo era. Y el odio que yo le profeso también… La odio… la odio… la odio…

Cruzó hasta donde él estaba. Se inclinó. Le asió de la manga. Dijo con vehemencia:

—Tiene que comprender… *tiene* que comprender lo que sentíamos el uno por el otro. Amyas y yo, quiero decir. Hay algo… Le enseñaré.

Cruzó otra vez el cuarto. Abrió un buró pequeño, sacó un cajoncito oculto en una gaveta.

Luego volvió. En la mano llevaba una carta doblada con la tinta descolorida. Se la metió en la mano y a Poirot le acudió de pronto el agudo recuerdo de una niña a la que había conocido, que le había metido en la mano uno de sus tesoros, una concha especial recogida en la playa y celosamente guardada. De igual manera se había retirado después la criatura para observarle. Orgullosa, temerosa, queriendo juzgar la acogida que recibía su tesoro.

Desdobló las descoloridas hojas.

«Elsa, ¡maravillosa criatura! Jamás hubo nada tan bello. Y no obstante, tengo miedo. Soy demasiado viejo. Un demonio de edad madura y genio horrible, sin estabilidad alguna. No te fíes de mí; no creas en mí, nada valgo, excepto mi trabajo. Lo mejor que hay en mí está en eso. Bueno. No digas ahora que no te he advertido.

» ¡Qué demonios, preciosa! ¡Igual has de ser mía! Al diablo me iría por ti y bien lo sabes. Y pintaré de ti un cuadro que hará que este mundo idiota se lleve las manos a los costados y se quede boqueando. Estoy loco por ti… No puedo dormir… No puedo comer. Elsa… Elsa… Elsa… soy tuyo para siempre, tuyo hasta la muerte. Hasta más allá de la eternidad. *Amyas.*»

Dieciséis años antes. Tinta descolorida; papel que se deshacía. Pero las palabras aún vivas, aún vibrantes…

Miró a la mujer a la que habían sido dirigidas.
Pero ya no era a una mujer a la que miraba.
Era a una muchacha enamorada.
Volvió a pensar en Julieta…

Capítulo IX

ESTE CERDITO NO COMIÓ NADA

—¿Me es lícito preguntar por qué, monsieur Poirot?

Hércules Poirot pensó la contestación que debía dar a esta pregunta. Notaba que unos ojos grises muy perspicaces le observaban desde una carita marchita.

Había ascendido hasta el último piso de un edificio desnudo y llamado a la puerta número 584 de Gillespie Buildings, cuya existencia obedecía a un deseo de proporcionar lo que llamaban «pisitos» a mujeres trabajadoras.

Allí, en un espacio pequeño, cúbico, existía miss Cecilia Williams, en una habitación que era alcoba, gabinete, comedor y mediante el juicioso uso de un fogoncito de gas cocina. Una especie de cuchitril anexo contenía un baño la cuarta parte del tamaño corriente y los servicios de rigor.

A pesar de lo reducido del lugar, miss Williams había logrado imprimir en él el sello de su personalidad.

Las paredes estaban pintadas al temple, de un color gris pálido ascético, y de ellas colgaban varias reproducciones. Dante encontrándose con Beatriz en el puente, y ese cuadro que una vez describió una niña como «una ciega sentada encima de una naranja» a la que llaman, no sé por qué, *La Esperanza*. Había también dos acuarelas de Venecia y una copia en sepia de la *Primavera* de Botticelli. Encima de la baja cómoda se veía una gran cantidad de fotografías descoloridas, datando la mayoría, a juzgar por los peinados, de veinte a treinta años antes.

El trozo cuadrado de alfombra estaba raído; los muebles maltratados y de mala calidad. Hércules Poirot comprendió que Cecilia Williams vivía con verdadera estrechez. Allí no había rosbif. Aquél era el cerdito que no comió nada.

Clara, incisiva e insistente, la voz de miss Williams repitió su pregunta:

—¿Desea conocer mis recuerdos del caso Crale? ¿Me es lícito preguntar por qué?

Habían dicho de Hércules Poirot algunos de sus amigos y asociados, en momentos en que más les había exasperado, que el detective prefería mentir a decir la verdad y que podía cambiar su estilo para lograr sus fines por medio de complicadísimas aseveraciones falsas en lugar de confiar en la simple verdad.

Pero en aquel caso tomó rápidamente una decisión. Hércules Poirot no procedía de la clase de niños franceses o belgas que han tenido institutriz inglesa; pero reaccionó tan sencilla e inevitablemente como muchos niños pequeños al ser preguntados: «¿Te limpiaste los dientes esta mañana, Harold (o Richard, o Anthony)?». Consideran durante un segundo la posibilidad de mentir, pero rechazan la idea inmediatamente para replicar, lastimeramente: «No, miss Williams».

Porque miss Williams poseía lo que todo buen educador de niños ha de tener: la misteriosa cualidad a la que se llama autoridad. Cuando miss Williams decía: «Sube y lávate las manos, John», o «Espero que leerás este capítulo sobre los poetas de la época isabelina y que podrás responder a cuantas preguntas te haga yo sobre él», se la obedecía invariablemente. Jamás se le había ocurrido pensar a miss Williams que pudieran desobedecerla.

Conque en este caso, Hércules Poirot no habló de un libro que había de publicarse sobre crímenes pasados. En lugar de eso, se limitó a narrar las circunstancias en que Carla Lemarchant había ido a verle.

La señorita, pequeña, entrada en años, con su vestido elegante y limpio aunque raído, le escuchó con atención.

Dijo:

—Me interesa mucho tener noticias de esa niña... saber cómo le ha ido.

—Es una jovencita muy encantadora y atractiva, con mucho valor y mucha voluntad.

—Magnífico —dijo miss Williams muy lacónicamente.

—Y es, por añadidura, una jovencita muy persistente. No es una persona a la que pueda fácilmente negársele una cosa ni a quien pueda dársele largas.

La ex institutriz movió afirmativa y pensativamente la cabeza. Preguntó:

—¿Tiene aficiones artísticas?

—Creo que no.

Dijo la dama con sequedad:

—¡Ya es algo que agradecerle a Dios!

El tono del comentario no dejó lugar a dudas acerca del concepto que a miss Williams le merecían los artistas.

Agregó:

—Por lo que dice usted de ella, me imagino que se parece a su madre más bien que a su padre.

—Es muy posible. Eso me lo podrá usted decir cuando la haya visto. Porque le gustaría verla, ¿verdad?

—Me gustaría mucho verla, en efecto. Siempre resulta interesante ver cómo se ha desarrollado una niña a quien se ha conocido.

—¿Sería muy joven, supongo, cuando la vio usted por última vez?

—Tenía cinco años y medio. Una criatura encantadora… un poco demasiado callada quizá. Pensativa. Dada a jugar sola y a no solicitar la cooperación de nadie. Natural y sin estropear.

Dijo Poirot:

—Fue una suerte que fuera tan joven.

—Ya lo creo. De haber sido mayor, la impresión de la tragedia hubiera podido tener muy malas consecuencias.

—No obstante —dijo Poirot—, a uno se le antoja que hubo trabas, obstáculos… Por muy poco que comprendiera la niña o por poco que se le dejara saber, siempre habría cierta atmósfera de misterio, de evasión, de brusco desarraigo. Esas cosas no son buenas para una criatura.

Miss Williams replicó pensativa:

—Pueden haber sido menos dañinas de lo que usted cree.

Dijo Poirot:

—Antes de que abandonemos el tema de Carla Lemarchant… de la pequeña Carla Crale de antaño… hay algo que quisiera preguntarle. Si hay alguien que sea capaz de explicarlo, ese alguien es usted.

—¿Bien?

La voz era interrogadora, pero no se comprometía a nada.

Poirot agitó las manos, haciendo un esfuerzo por expresar lo que quería decir.

—Hay algo… una *nuance* que no puedo definir… pero se me antoja a mí que la niña, cuando la menciono, nunca recibe todo su valor representativo. Cuando hablo de ella, la respuesta viene siempre con cierta vaga sorpresa, como si la persona con quien hablo hubiese olvidado por completo que *había* una niña. Con franqueza, mademoiselle, ¿verdad que eso no es natural? Una criatura, en tales circunstancias, es una persona importante, no en sí, sino como eje. Amyas Crale puede haber tenido motivos para abandonar a su esposa… o para no abandonarla. Pero en un matrimonio que se deshace, la criatura constituye un punto importante. En este caso, la niña parece haber representado muy poco. Eso me parece a mí… raro.

Miss Williams se apresuró a contestar:

—Ha puesto usted el dedo en un punto vital, monsieur Poirot. Tiene usted muchísima razón. Y eso explica en parte lo que he dicho hace un instante… que el trasladar a Carla a un ambiente distinto puede haber sido, en algunas cosas, bueno para ella. Cuando fuera mayor, ¿comprende?, hubiese podido padecer de cierta carencia en su vida doméstica.

Se inclinó hacia delante y miss Williams siguió hablando lenta y cuidadosamente.

—Como es natural, en mis años de trabajo he visto muchos aspectos del problema de padres e hijos. Muchos niños… la mayoría debiera decir… reciben exceso de atención por parte de los padres. Hay demasiado amor, demasiado cuidado. El niño se da cuenta, se inquieta y busca librarse de ello, apartarse y no ser observado. Este caso se da especialmente cuando se trata de un hijo único y, claro está, las madres son las que pecan en este sentido. Las consecuencias son a veces desgraciadas para el matrimonio. El marido se resiente de que le hagan ocupar el segundo lugar y busca consuelo… o más bien, adulación y atenciones… por otro lado y tarde o temprano se llega al divorcio. Lo mejor para una criatura, estoy convencida de ello, es que experimente lo que yo llamaría un sano abandono por parte del padre y de la madre. Esto ocurre normalmente en el caso de una familia numerosa con poco dinero. Se abandona a los niños porque la madre no tiene tiempo para ocuparse de ellos. Ellos se dan perfecta cuenta de que la madre les quiere; pero no se ven molestados por demasiadas demostraciones de semejante hecho.

»Hay otro aspecto, no obstante. Una se tropieza de vez en cuando con un marido y una mujer que son tan suficientes el uno para el otro, que están tan enfrascados el uno en el otro, que la criatura fruto de su matrimonio apenas le parece real a ninguno de los dos. Y en tales circunstancias, yo creo que la criatura llega a sentir resentimiento, a considerarse defraudada y excluida. Comprenderá usted que no hablo de *descuido* en forma alguna. Mistress Crale, por ejemplo, era lo que se llama una excelente madre, siempre con ella en los momentos propicios y mostrándose siempre bondadosa y alegre. Pero a pesar de todo eso, mistress Crale estaba absorta por completo en su marido. Existía, podría decirse, sólo en él y para él.

La ex institutriz hizo una pausa y luego dijo:

—Eso, creo yo, es la justificación de lo que hizo más adelante.

Inquirió Poirot:

—¿Quiere usted decir con eso que más parecían novios que marido y mujer?

—Sí que podría decirlo así.

—¿Él estaba tan entregado a ella como ella a él?

—Se quería mucho la pareja. Pero él, claro está, era un hombre.

Miss Williams consiguió dar a dicha palabra un significado completamente decimonónico.

—Los hombres... —dijo la señorita.

Y se interrumpió.

Como un acaudalado propietario dice «¡Bolchevique!», como un comunista dice «¡Capitalista!», como una buena ama de casa dice «¡Cucarachas!», así dijo miss Williams «¡Hombres!».

De su vida de institutriz, de solterona, surgió una explosión de feroz feminismo. ¡Nadie que la oyera hablar podía dudar que para miss Williams los hombres eran el enemigo!

Poirot dijo:

—No es usted gran admiradora de los hombres.

Ella repuso con sequedad:

—Los hombres son los que sacan el mayor provecho del mundo. Espero que no siempre será así.

Hércules Poirot la miró, calculador. No le costaba trabajo imaginarse a miss Williams en plena huelga de hambre pidiendo el voto para la mujer como las antiguas sufragistas. Dejando las generalidades para individualizar, preguntó:

—¿No le era muy simpático Amyas Crale?

—No me era ni pizca de simpático míster Crale. Sólo merecía mi desaprobación. De haber sido yo su esposa, le hubiese abandonado. Hay cosas que ninguna mujer debiera soportar.

—Pero... ¿mistress Crale las soportó?

—Sí.

—¿Usted opinaba que hacía mal?

—Sí. Una mujer debe tenerse cierto respeto a sí misma y no someterse a una humillación.

—¿Le dijo usted algo de eso alguna vez a mistress Crale?

—Claro que no. No era cosa mía el decirlo. Se me había contratado para educar a Angela, no para ofrecerle a mistress Crale consejos que ella no me había pedido. El haberlo hecho hubiese sido una impertinencia.

—¿Quería usted a mistress Crale?

—Le tenía mucho afecto a mistress Crale. —La voz eficiente se dulcificó, adquirió un dejo de emoción, de sentimiento—. La quería mucho y la compadecía mucho también.

—¿Y su discípula... Angela Warren?

—Era una muchacha muy interesante... una de las discípulas

más interesantes que he tenido en mi vida. Un buen cerebro en verdad. Indisciplinada, de genio vivo, dificilísima de manejar en muchos aspectos; pero un carácter muy hermoso en realidad.

Hizo una pausa y luego continuó:

—Siempre tuve la esperanza de que lograría hacer algo que valiese la pena. ¡Y lo ha conseguido! ¿Ha leído usted su libro… sobre el Sahara? ¡Y excavó esas interesantes tumbas en el Fayum! Sí; estoy orgullosa de Angela. No estuve en Alderbury mucho tiempo… dos años y medio…, pero siempre aliento la creencia de que ayudé a estimular su mente juvenil y fomentar su gusto por la arqueología.

Murmuró Poirot:

—Tengo entendido que se decidió continuar su educación mandándola al colegio. Usted debió enterarse de tal decisión con resentimiento.

—Todo lo contrario, monsieur Poirot. Estaba completamente de acuerdo con esa decisión.

Hizo una pausa y continuó:

—Permítame que le explique claramente el asunto. Angela era una muchacha buena… una muchacha muy buena en verdad… de buen corazón e impulsiva… pero era también lo que yo llamo una muchacha difícil. Es decir, se encontraba en una edad difícil. Siempre existe un momento en que una muchacha no se siente segura de sí… no es ni niña ni mujer. Tan pronto se mostraba Angela sensata y juiciosa… una mujer en verdad… como recaía y se convertía en niña atrevida, haciendo travesuras, siendo grosera, perdiendo los estribos y enfureciéndose. Las muchachas, ¿sabe?, se *sienten* difíciles a esa edad… Son enormemente susceptibles. Todo lo que se les dice despierta su resentimiento. Les molesta que se las trate como personas mayores. Angela se encontraba en ese estado. Tenía accesos de ira. Se molestaba, de pronto, si la hacían rabiar y daba un estallido. Luego se pasaba días enteros con morros, sentada siempre, frunciendo el entrecejo… Y a continuación, con la misma brusquedad, volvía a animarse, a trepar por los árboles, a correr de un lado para otro con los chicos del jardinero, negándose a someterse a autoridad alguna.

Miss Williams hizo otra pausa y prosiguió:

—Cuando una muchacha llega a esta etapa de su vida, el colegio ayuda mucho. Necesita el estímulo de otras mentes… Eso, y la sana disciplina de una comunidad, la ayudan a convertirse en un miembro razonable de la sociedad. Las condiciones domésticas en que vivía Angela no eran lo que yo hubiese llamado ideales. En primer lugar, mistress Crale la mimaba demasiado. Ange-

107

la sólo tenía que dirigirle una súplica y podía contar con su apoyo. El resultado de ello era que Angela consideraba que tenía más derecho que nadie a ocupar el tiempo y la atención de su hermana, y cuando se hallaba de ese humor siempre chocaba con míster Crale. Como es natural, míster Crale consideraba que había de ser el primero *él*... y tenía la intención de serlo. En realidad, quería mucho a la muchacha. Eran buenos compañeros y discutían amigablemente; pero había veces en que míster Crale se despreocupaba de Angela. Como todos los hombres, era un niño mimado. Esperaba que todo el mundo le mirase a *él*. En tales ocasiones Angela y él regañaban en serio... y con mucha frecuencia mistress Crale se ponía de parte de Angela. Entonces él se ponía furioso. Era en casos así cuando Angela volvía a sentirse chiquilla y le hacía alguna treta para desahogar su rencor. Él tenía la costumbre de beberse los vasos de un trago y una vez ella puso sal en el líquido. Como es natural, la bebida hizo de emético y míster Crale quedó mudo de rabia. Pero lo que en realidad provocó el desenlace fue el que ella le metiera unas babosas en la cama.

Míster Crale les tenía una extraña aversión a las babosas. Perdió los estribos por completo y dijo que había que mandar a la muchacha al colegio. No estaba dispuesto a aguantar cosas así por más tiempo. Angela se llevó un disgusto terrible... Aunque en realidad, ella misma había expresado más de una vez el deseo de ir a un internado... cuando míster Crale lo propuso, lo tomó ella como un agravio terrible. Mistress Crale no quería que fuese pero se dejó convencer... en gran parte, creo yo, por lo que yo le dije sobre el asunto. Le hice ver que sería una gran ventaja para Angela y que estaba segura de que le haría mucho bien a la muchacha. Conque se acordó que iría a Helston... un colegio muy bueno de la costa del sur... para el curso de otoño. Mistress Crale, sin embargo, siguió muy disgustada por ello durante todas las vacaciones. Y Angela siguió dando muestras de rencor contra míster Crale siempre que se acordaba. No era cosa seria en realidad, ¿comprende, monsieur Poirot?, pero fue como una especie de corriente subterránea durante el verano de... bueno... de todo lo demás que estaba ocurriendo.

Dijo Poirot:

—¿Se refiere usted... a Elsa Greer?

Miss Williams contestó con viveza:

—Precisamente.

Y comprimió fuertemente los labios después de haber dicho esta palabra.

—¿Qué opinión tenía usted de Elsa Greer?

—No tenía opinión alguna de ella. Era una joven completamente sin principios. Se hace difícil diseñar su carácter.

—Era muy joven.

—Tenía edad suficiente para poseer más sentido común. Yo no le encuentro excusa... ninguna excusa en absoluto.

—Supongo que se enamoraría de él...

Miss Williams le interrumpió con un resoplido.

—¡Enamorarse de él! Me parece a mí, monsieur Poirot, que, sean cuales sean nuestros sentimientos, podemos dominarlos decentemente. Y desde luego, podemos dominar nuestros actos. Esa muchacha no tenía moralidad de ninguna clase. Para ella nada significaba que míster Crale fuera un hombre casado. Se mostró desvergonzada en todo el asunto... serena y decidida. Es posible que la hubieran criado mal... pero ésta es la única excusa que yo puedo encontrarle.

—La muerte de míster Crale debió de ser un golpe terrible para ella.

—Sí que lo fue. Pero toda la culpa la tuvo ella. Yo no llego al extremo de aprobar el asesinato. No obstante, monsieur Poirot, si alguna vez hubo mujer alguna empujada a cometerlo, esa mujer fue Caroline Crale. Le digo con franqueza que hubo momentos en que me hubiese gustado asesinarlos a los dos. Dándole en la cara a su mujer con esa muchacha, viendo cómo tenía que aguantar ésta la insolencia de la joven... porque *sí* que era insolente, monsieur Poirot. Oh, no. Amyas Crale se merecía lo que ocurrió. Ningún hombre debe tratar a su mujer como trató él a la suya y no ser castigado por ella. Su muerte fue un castigo justo.

Dijo Hércules Poirot:

—Tiene usted convicciones muy fuertes...

La mujercita le miró con aquellos indomables ojos grises. Contestó:

—Tengo convicciones *muy* fuertes en cuanto se refiere a lazos matrimoniales. A menos que éstos sean respetados y sostenidos, un país degenera. Mistress Crale era una esposa devota y fiel. El marido la insultó abiertamente, introduciendo a su amante en la casa. Como digo, mereció lo que ocurrió. La aguijoneó mucho más de lo que fuerza humana alguna es capaz de soportar y yo, por mi parte, no la culpo por lo que hizo.

Poirot dijo lentamente:

—Obró muy mal... eso lo reconozco..., pero era un gran artista, no lo olvide.

Miss Williams soltó un ruidoso resoplido:

—Sí, sí, ya lo sé. Ésa es la excusa siempre hoy en día. ¡Un artista! Una excusa para toda clase de vida licenciosa, borracheras, peleas, infidelidad. ¿Y qué clase de artista era míster Crale, después de todo? Podrá estar de moda admirar sus cuadros unos años. Pero no durará. Pero, ¡si ni siquiera sabía dibujar! ¡Su perspectiva es terrible! Hasta su anatomía era completamente inexacta. Sé algo de lo que hablo, monsieur Poirot. Estudié pintura una temporada, de niña, en Florencia y, para todo el que conoce y aprecia a los grandes maestros, esos manchones de míster Crale son verdaderamente risibles. Unos cuantos colores salpicados sobre el lienzo... nada de construcción... nada de dibujar cuidadosamente... no —sacudió la cabeza—, no me pida que admire los cuadros de míster Crale.

—Dos de ellos se encuentran expuestos en la Galería Tate —recordó Poirot.

Miss Williams soltó un respingo.

—Es posible. También hay allí una de las estatuas de míster Epstein, según tengo entendido.

Poirot se dio cuenta que, desde el punto de vista de miss Williams, se había dicho la última palabra. Abandonó el tema del arte. Preguntó:

—¿Estaba usted con mistress Crale cuando halló el cadáver?

—Sí; ella y yo bajamos de la casa después de comer. Angela se había dejado el jersey en la playa mientras se bañaba o en el bote. Siempre era muy descuidada con sus cosas. Me separé de mistress Crale a la puerta del jardín de la batería. Pero me llamó casi inmediatamente. Creo que míster Crale llevaba muerto más de una hora. Estaba echado en el banco cerca de su caballete.

—¿Quedó terriblemente impresionada al hacer el descubrimiento?

—¿Qué quiere usted decir, exactamente, con eso, monsieur Poirot?

—Le pregunto cuáles fueron sus impresiones por entonces.

—Ah, ya... Sí; me pareció completamente aturdida. Me mandó telefonear al médico. Después de todo, no podíamos tener la seguridad absoluta de que se hallara muerto... podía haber sido un ataque de catalepsia.

—¿Sugirió ella semejante posibilidad?

—No lo recuerdo.

—¿Y fue usted y telefoneó?

El tono de miss Williams se tornó seco y brusco.

—Había recorrido la mitad del camino cuando me encontré con míster Meredith Blake. Le encargué el recado y volví al lado de mistress Crale. Pensé, ¿comprende?, que pudiera haber sufrido un colapso... y los hombres no sirven para nada en un caso así.

—Y... ¿lo había sufrido?

Dijo miss Williams con sequedad:

—Mistress Crale era completamente dueña de sí misma. Se mostró completamente distinta de miss Elsa Greer, que tuvo un ataque de histeria y nos ofreció una escena desagradable.

—¿Qué clase de escena?

—Intentó atacar a mistress Crale.

—¿Quiere usted decir con eso que se dio cuenta de que mistress Crale era responsable de la muerte de su esposo?

Miss Williams reflexionó unos instantes.

—No; mal podía estar segura de eso. Esa... ah... terrible sospecha no había surgido aún. Miss Greer gritó: «Todo esto es obra tuya, Caroline. Tú le mataste. Tú tienes la culpa». No llegó a decir: «Tú le envenenaste», pero creo que no hay duda de que lo pensó.

—¿Y mistress Crale?

—¿Hemos de ser hipócritas, monsieur Poirot? No puedo decirle lo que mistress Carle sintió en realidad, ni lo que pensó en aquel momento. Si era horror por lo que había hecho.

—¿Parecía eso?

—No, no... no puedo decir que lo pareciera. Aturdida, sí... y, creo, asustada. Sí; estoy segura que asustada. Pero eso es muy natural.

Hércules Poirot dijo en tono descontento:

—Sí, tal vez sea eso muy natural... ¿Qué punto de vista adoptó ella oficialmente en la cuestión de la muerte de su esposo?

—El suicidio. Dijo, decididamente desde un principio, que tenía que tratarse de un suicidio.

—¿Dijo lo mismo cuando habló con usted particularmente, u ofreció alguna otra teoría?

—No. Se... se... esforzó en convencerme de que tenía que ser suicidio.

Miss Williams parecía experimentar cierto embarazo.

—¿Y qué dijo usted a eso?

—Vamos, monsieur Poirot, ¿importa mucho lo que yo dijera?

—Sí; creo que sí.

—No veo por qué...

Pero, como si su silencio la hipnotizara, dijo a regañadientes:

—Creo que dije: «Claro que sí, mistress Crale. Tiene que haber sido suicidio».

—¿Creía usted sus propias palabras?

La mujercita alzó significativamente la cabeza. Dijo con firmeza:

—No, señor. Pero entienda, monsieur Poirot, que yo estaba por completo de parte de mistress Crale, si le gusta expresarlo de esa manera. Simpatizaba con ella y no con la policía.

—¿Le hubiese gustado verla absuelta?

Respondió la mujer, en tono de desafío:

—Sí, señor.

Dijo Poirot:

—Así pues, ¿simpatiza con los sentimientos de su hija?

—Carla cuenta con todas mis simpatías.

—¿Tendría usted inconveniente en darme por escrito un relato detallado de la tragedia?

—¿Para que ella lo lea quiere decir?

—Sí.

Miss Williams dijo lentamente:

—No, no tengo inconveniente. Está completamente decidido a investigar el asunto, ¿verdad?

—Sí. Seguramente hubiera sido preferible que se le hubiese ocultado la verdad…

—No; siempre es preferible hacer frente a la verdad. Es inútil esquivar la infelicidad falseando los hechos. Carla ha recibido una fuerte impresión al saber la verdad… Ahora desea saber exactamente cómo tuvo lugar la tragedia. Ésa me parece a mí la actitud que debe adoptar una joven valerosa. Una vez conozca todo lo ocurrido detalladamente, podrá olvidarlo de nuevo y preocuparse de vivir su propia vida.

—Tal vez tenga usted razón —dijo Poirot.

—Estoy completamente segura de que la tengo.

—Pero es que hay algo más que eso en el asunto. No sólo quiere saber… quiere demostrar la inocencia de su madre.

Dijo miss Williams:

—¡Pobre niña!

—¿Eso es lo que usted dice, no?

—Ahora comprendo por qué dijo usted que tal vez hubiera sido mejor que no hubiese conocido la verdad nunca. No obstante, creo que es mejor así. El desear hallar inocente a su madre es una esperanza muy natural. Y, a pesar de lo dura que puede ser la revelación de los hechos, creo, por lo que usted dice de ella, que Carla es lo bastante valerosa para descubrir la verdad y no retroceder ante ella.

—¿Está usted completamente segura de que es la verdad?

—No lo comprendo.

—¿No ve usted posibilidad alguna de creer inocente a mistress Crale?

—No creo que haya pensado nunca en serio en semejante posibilidad.

—Y, sin embargo, ¿ella siguió aferrada a la teoría del suicidio? Dijo miss Williams, con sequedad:

—La pobre mujer tenía que decir *algo*.

—¿Sabe usted que, cuando estaba muriéndose, mistress Crale escribió una carta para su hija en la que jura solemnemente que es inocente?

Miss Williams le miró boquiabierta.

—Eso estuvo muy mal hecho por su parte —dijo con viveza.

—¿Lo cree usted así?

—Sí que lo creo. Oh, seguramente será usted un sentimental como la mayoría de hombres…

Poirot la interrumpió, indignado:

—Yo no soy un sentimental.

—Pero existe también el sentimentalismo falso. ¿Por qué escribir eso, una mentira, en tan solemne momento? ¿Para ahorrarle dolor a su hija? Sí, muchas mujeres harían eso. Pero no lo hubiera creído en mistress Crale. Era una mujer valerosa, incapaz de mentir. Me hubiera parecido mucho más característico de ella que le hubiese dicho a su hija que no se erigiera en juez.

Poirot dijo, levemente exasperado:

—¿No está usted dispuesta, entonces, ni a admitir siquiera la posibilidad de que lo que escribió Caroline sea verdad?

—¡Claro que no!

—Y, sin embargo, ¿asegura usted haberla querido?

—Sí que la quise. Le tenía gran afecto.

—Pues entonces…

Miss Williams le miró de una forma muy rara.

—Usted no comprende, monsieur Poirot. No importa que diga esto ahora… habiendo transcurrido tanto tiempo. La verdad es que… ¡da la casualidad que sé que Caroline Crale era culpable!

—¿*Cómo*?

—Es cierto. Si hice bien o no al callar lo que sabía por entonces, es cosa de la que no estoy segura…, pero *sí* que lo callé. No obstante pueden tener la completa seguridad de que Caroline Crale era culpable. Lo *sé* yo.

Capítulo X

Y ESE CERDITO LLORÓ «¡UY, UY, UY!»

El piso de Angela Warren daba a Regent's Park. Allí, en aquel día primaveral, una suave brisa penetraba por la ventana abierta y hubiera podido hacerse uno la ilusión de que se encontraba en el campo, de no haber sido por el rumor ininterrumpido del tránsito que pasaba allá abajo.

Poirot se apartó de la ventana al abrirse la puerta y entrar Angela Warren en el cuarto.

No era la primera vez que la veía. Había aprovechado la oportunidad para asistir a una conferencia que había dado ella en la Real Sociedad Geográfica. Había sido, en su opinión, una conferencia excelente. Seca quizá, desde el punto de vista popular. Miss Warren era una oradora magnífica. Jamás hacía una pausa ni vacilaba en busca de una palabra. No se repetía. La voz era clara y bien modulada. No hacía concesiones al romanticismo ni al gusto por las aventuras. Había muy poco interés humano en la conferencia. Era un recital admirable de hechos concretos ilustrados con proyecciones, y adornado con deducciones inteligentes de los hechos expuestos. Seca, concisa, clara, lúcida, altamente técnica.

El alma de Hércules Poirot la aprobó. He ahí, se dijo, una mente ordenada.

Ahora que la veía de cerca, se dio cuenta de que Angela Warren hubiera podido ser una mujer muy hermosa. Sus facciones eran regulares, aunque severas. Las cejas eran oscuras, finas; los ojos, pardos, límpidos, inteligentes; el cutis, pálido y fino. Tenía muy cuadrados los hombros y unos andares ligeramente masculinos.

Desde luego, nada había en ella que sugiriera al cerdito que lloraba, «¡uy, uy, uy!». Pero en la mejilla derecha, desfigurando y arrugando la piel se veía la cicatriz. El ojo derecho estaba un poco torcido (la cicatriz parecía tirar de él hacia abajo por un lado); pero nadie se hubiera dado cuenta de que el ojo aquel había perdido la facultad de ver. Le pareció a Poirot casi seguro de que la muchacha se había acostumbrado tanto a su defecto con el tiempo, que había llegado ya a no darse cuenta de él. Y se le ocurrió que, de las cinco personas que le interesaban debido a su investigación, las que podía decirse que habían empezado con las mayores ventajas no eran las que habían alcanzado más éxito ni obtenido mayor felicidad.

Elsa, de quien podía decirse que había empezado con todas las ventajas, juventud, belleza, dinero, era la que menos había logrado. Era como una flor a la que hubiera alcanzado una helada fuera de tiempo. Seguía en capullo, pero sin vida. Cecilia Williams, según todas las muestras exteriores, carecía de bienes de que vanagloriarse. No obstante, Poirot no había visto en ella desaliento ni sensación alguna de fracaso. Para miss Williams, la vida había sido interesante (aún sentía interés por la gente y por los acontecimientos). Tenía la enorme ventaja mental y moral de una rigurosa crianza decimonónica, ventaja que se nos niega a nosotros en estos tiempos. Había cumplido con su deber en el nivel social que la envolvía en su armadura inexpugnable para las piedras y los dardos de la envidia, el descontento y el sentimiento. Tenía sus recuerdos, sus pequeñas diversiones hechas posibles gracias a un ahorro riguroso y gozaba de salud y vigor suficiente para seguir interesada en la vida.

Ahora, es Angela Warren, aquella joven con el impedimento que supone el estar desfigurada y las humillaciones consiguientes, en quien Poirot creyó ver un espíritu fortalecido por su necesaria lucha para adquirir confianza en sí y aplomo. La colegiala indisciplinada se había convertido en una mujer llena de vitalidad y decisión, una mujer de considerable poder mental, dotada de energía abundante para llevar a cabo planes ambiciosos. Era una mujer, Poirot tenía la seguridad de ello, feliz y próspera a la vez. Su vida era completa, vívida y agradable.

No era, incidentalmente, el tipo de mujer que agradaba a Poirot. Aunque admiraba lo despejado de su cerebro, su clara mentalidad, poseía suficientes características de *femme formidable* para alarmarle a él, como simple hombre. A él siempre le había gustado lo extravagante.

Con Angela Warren fue fácil llegar al objeto de su visita. No hubo subterfugios. Se limitó a relatar la entrevista que había tenido con Carla Lemarchant.

El rostro severo de Angela se iluminó.

—¿La pequeña Carla? ¿Está aquí? Me gustaría mucho verla.

—¿No se ha mantenido usted en contacto con ella?

—No tanto como debía de haberlo hecho. Yo era una colegiala cuando ella se marchó al Canadá y comprendí, claro está,

115

que dentro de un año o dos nos olvidaría. Los últimos años, alguno que otro regalo por Navidad ha sido el único eslabón que nos ha unido. Imaginé que a estas alturas estaría completamente sumida en el ambiente canadiense y que su porvenir se desarrollaría allí. Hubiera sido mejor en esas circunstancias.

Dijo Poirot:

—Uno podría creerlo así, en efecto. Cambio de nombre, cambio de escena. Una vida nueva. Pero no estaba destinada a ser tan feliz como todo eso.

Y entonces le habló del noviazgo de Carla, del descubrimiento que había hecho al llegar a la mayoría de edad, y de sus razones para presentarse en Inglaterra.

Angela Warren escuchó en silencio, apoyada la mejilla desfigurada en una mano. No dio muestras de emoción alguna durante el relato. Pero, al terminar Poirot, dijo:

—¡Bien por Carla!

Poirot se sobresaltó. Era la primera vez que se encontraba con reacción semejante. Dijo:

—¿Colaboraría usted conmigo?

—Ya lo creo. Y le deseo éxito. Todo lo que yo pueda hacer por ayudar, lo haré. Me siento culpable, ¿sabe?, por no haber intentado nada yo.

—Así, pues, ¿usted cree que existe la posibilidad de que tenga razón en opinar como opina?

—Claro que tiene razón. Caroline no lo hizo. Eso siempre lo he sabido.

Hércules Poirot murmuró:

—Me sorprende usted muchísimo, mademoiselle. Todas las demás personas con quienes he hablado…

Le interrumpió con brusquedad:

—No debe usted dejarse guiar por eso. No me cabe la menor duda de que las pruebas circunstanciales son abrumadoras. Mi propio convencimiento se basa en el conocimiento… conocimiento de mi hermana. Sólo sé, simple y decididamente, que Caroline *no hubiera* podido matar a nadie.

—¿Se puede decir eso con seguridad de ser humano alguno?

—Probablemente no, en la mayoría de los casos. Estoy de acuerdo en que el animal humano está lleno de curiosas sorpresas. Pero en el caso de Caroline había razones especiales… razones que yo tuve mejor ocasión de apreciar que ninguna otra persona.

Se tocó la desfigurada mejilla.

—¿Ve usted esto? ¿Probablemente habrá oído hablar de ello?

(Poirot asintió con la cabeza.) Caroline lo hizo. Por eso estoy segura... sé... que ella no cometió el asesinato.

—No resultaría un argumento muy convincente para la mayoría de las personas.

—No; resultaría todo lo contrario. Creo que llegó a usarse en ese sentido, incluso. ¡Como prueba de que Caroline tenía un genio violento e indomable! Porque me había hecho a mí daño de pequeña, hombres que se las daban de sabios arguyeron que sería igualmente capaz de envenenar a un marido infiel.

Dijo Poirot:

—Yo, por lo menos, me di cuenta de la diferencia. Un repentino acceso de rabia incontenible no le conduce a uno a robar un veneno primero y luego usarlo, deliberadamente, al día siguiente.

Angela Warren agitó una mano con impaciencia.

—No es eso lo que quiero decir ni mucho menos. He de procurar hacérselo ver claro a usted. Supóngase que es usted una persona afectuosa y de natural bondadoso normalmente... pero que también es propenso a unos celos intensos. Y supóngase que durante los años de su vida en que es más difícil ejercer dominio sobre sí llega usted, en un acceso de rabia, a aproximarse mucho a cometer lo que constituye, en efecto, un asesinato. Imagínese la terrible impresión, el horror, el remordimiento que se apodera de usted. A una persona de la sensibilidad de Caroline, ese horror y ese remordimiento nunca la abandonaron del todo. Ella jamás logró desvanecer estos sentimientos por completo. No creo que me diera yo cuenta, conscientemente, de ello por entonces; pero, mirándolo retrospectivamente, me doy perfecta cuenta. A Caroline la atormentaba continuamente el hecho de que me había desfigurado. La conciencia del hecho nunca la dejaba en paz. Coloreaba todos sus actos. Explicaba su actitud para conmigo. Nada era demasiado para mí. Para ella, yo siempre debía ser la primera. La mitad de las riñas que tuvo con Amyas fue por culpa mía. Yo tenía la tendencia a sentir celos de él y le hacía toda clase de jugarretas. Le metía cosas en las bebidas y una vez le metí un puercoespín en la cama. Pero Caroline siempre se ponía de mi parte.

Miss Warren hizo una pausa. Luego continuó:

—Fue muy malo para mí eso, claro está. Salí horriblemente mimada. Pero eso no hace al caso. Estamos discutiendo el efecto surtido en Caroline. El resultado de aquel impulso de violencia fue un odio eterno a todo acto de ese género. Caroline andaba siempre vigilándose, temiendo siempre que pudiera ocurrir algo así otra vez. Y recurrió a sistemas propios para prevenirse contra ello. Uno era el ser muy extravagante hablando. Tenía la sensación (y yo creo que psicológicamente era cierto) de que si era lo bastante violenta de palabra, no se vería empujada a ser violenta de obra. Descubrí, por experiencia, que el sistema funcionaba bien. Por eso he oído yo decir a Caro cosas como: «Me gustaría hacer pedacitos a tal o cual persona y hervirla lentamente en aceite». Por la misma razón regañaba con facilidad y violencia. Yo creo que reconocía el impulso a ser violenta que existía en su temperamento, y se desahogaba, deliberadamente, de esa manera. Amyas y ella solían tener las riñas más fantásticas y espeluznantes que puede uno imaginarse.

Hércules Poirot movió afirmativamente la cabeza.

—Sí; hubo declaraciones a ese efecto. Se dijo que se peleaban como el gato y el perro.

—En efecto —asintió Angela Warren—. Ahí tiene usted una prueba de lo estúpidas y engañosas que resultan a veces las declaraciones. ¡Claro que reñían Amyas y Caroline! ¡Claro que se decían cosas acerbas, ultrajantes y crueles! De lo que nadie parece darse cuenta es de que gozaban regañando. ¡Pero es así! Amyas gozaba también. Eran así los dos. A los dos les gustaba el drama y las escenas emocionantes. A la mayoría de los hombres les ocurre lo contrario. Les gusta la tranquilidad. Pero Amyas era un artista. Le gustaba gritar, amenazar y ser bruto en general. Era un desahogo para él. Era de esos hombres que, cuando se desabrochan el cuello, causan un escándalo en toda la casa. Suena muy raro, ya lo sé; pero el vivir así, en continuo pelear y hacer las paces era lo que Amyas y Caroline consideraban diversión.

Hizo un gesto de impaciencia.

—Si no se hubieran empeñado en quitarme del paso a toda prisa y me hubieran permitido declarar, yo les hubiese dicho eso. —Se encogió de hombros—. Pero supongo que no me hubieran creído. Y, de todos modos, no hubiera visto yo las cosas tan claras entonces como ahora. Era la clase de cosa que yo sabía, pero en la que no había pensado y la que, desde luego, nunca se me habría ocurrido expresar con palabras.

Miró a Poirot.

—¿Comprende usted lo que quiero decir?

Él movió vigorosa y afirmativamente la cabeza.

—Comprendo perfectamente... y me doy cuenta de cuánta razón tiene usted en lo que ha dicho. Hay gente para la que el estar de acuerdo resulta monótono. Requieren el estimulante de las disensiones para hacer dramática su vida.

—Justo.

—¿Me es lícito preguntarle, miss Warren, cuáles eran sus propios sentimientos por entonces?

Angela Warren exhaló un suspiro.

—Más que nada, aturdimiento e impotencia, creo. Parecía una pesadilla fantástica. A Caroline la detuvieron muy pronto… cosa de tres días después, si mal no recuerdo, aún me acuerdo de mi indignación, de mi rabia muda… y, claro está, de mi fe infantil de que todo ello era una estúpida equivocación y que se arreglaría. Caro estaba preocupada principalmente por mí… quería que me mantuviera apartada del asunto todo lo que me fuera posible. Consiguió de miss Williams que me llevara a casa de unos parientes casi inmediatamente. La policía no puso inconveniente alguno. Y luego, cuando se decidió que no era necesario que yo compareciera a declarar, se dieron los pasos para mandarme a un colegio al extranjero.

»No me gustaba marchar, naturalmente; pero me explicaron que Caro estaba muy preocupada por mí y que la única forma de ayudarle era obedecer y marchar.

Hizo una pausa. Luego agregó:

—Conque marché a Munich. Allí estaba cuando… cuando se dio a conocer el fallo. No me permitieron jamás ir a ver a Caro. Caro no quería consentirlo. Creo yo que ésa fue la única vez que no supo ser comprensiva. No entiendo el porqué de esa prohibición.

—No puede usted estar segura de eso, miss Warren. El visitar a una persona a la que se ama en la cárcel puede producir una impresión terrible a una muchacha joven que tenga sensibilidad.

—Es posible.

Angela Warren se puso en pie. Dijo:

—Después del fallo, cuando la hubieron condenado, mi hermana me escribió una carta. Jamás se la he enseñado a nadie. Creo que debo enseñársela a usted ahora. Quizá le ayude a comprender la clase de persona que era Caroline. Si quiere, puede llevársela para enseñársela a Carla también.

Se dirigió a la puerta. Luego, volviéndose, dijo:

—Venga conmigo. Hay un retrato de Caroline en mi cuarto.

Por segunda vez, Poirot contempló un retrato.

Como pintura, el retrato de Caroline era mediocre. Pero Poirot lo miró con admiración. No era su valor artístico lo que le interesaba.

Vio un rostro largo, ovalado, una barbilla de agradable contorno y una expresión dulce, levemente tímida. Era un rostro inseguro de sí, emotivo, con una belleza retraída, oculta. Carecía de la fuerza y vitalidad del semblante de su hija. La energía y el gozo de vivir los habría heredado Carla Lemarchand de su padre con toda seguridad. No obstante, contemplando el rostro pintado, Hércules Poirot comprendió por qué un hombre con imaginación como el fiscal Quentin Fogg no había podido olvidarla.

Angela Warren se hallaba a su lado de nuevo, con una carta en la mano.

Dijo:

—Ahora que ha visto usted cómo era... lea su carta.

La desdobló cuidadosamente y leyó lo que Caroline Crale había escrito dieciséis años antes.

«Mi queridísima Angela:

»Recibirás malas noticias y te apenarás; pero lo que quiero que comprendas es que todo, todo, está bien. Jamás te he dicho una mentira y no miento ahora al decirte que soy feliz de verdad... que experimento una sensación de rectitud y confianza hasta en este momento. No te preocupes, queridísima, todo está bien. No vuelvas el pensamiento y penes y sufras por mí... Sigue adelante con tu vida y triunfa. Puedes hacerlo: lo sé. Todo, todo está bien, querida, y marcho a reunirme con Amyas. No tengo la menor duda de que estaremos juntos. No hubiera podido vivir sin él... Haz esta cosa por mí... Sé feliz te digo... yo soy feliz. Una tiene que pagar sus deudas. Es muy hermoso sentirse en paz.

»Tu querida hermana,

Caro.»

Hércules Poirot la leyó dos veces. Luego la devolvió. Dijo:

—Es una carta muy hermosa, mademoiselle, y una carta extraordinaria. *Muy* extraordinaria.

—Caroline —dijo Angela Warren— era una mujer extraordinaria.

—Sí; de una mentalidad poco usual... ¿Usted considera que esta carta indica inocencia?

—¡Claro que sí!

—No lo dice explícitamente.

—¡Porque Caro sabía que jamás soñaría yo con creerla culpable!

—Quizá... Quizá... Pero podría tomarse de otra manera. En el sentido de que era culpable y que en la expiación de su culpa hallaría la paz.

Encajaba, se dijo, con la descripción que de ella habían hecho cuando se hallaba ante el tribunal. Y experimentó en aquel momento las dudas más fuertes que había sentido hasta entonces acerca del curso de la acción en la que se había comprometido. Todo, hasta aquel momento, había señalado, indiscutiblemente la culpabilidad de Caroline Crale. Ahora, hasta sus propias palabras declaraban contra ella.

En contra, sólo existía el firme convencimiento de Angela Warren. Angela la había conocido bien, indudablemente, pero ¿no podría su certidumbre ser la fanática lealtad de una adolescente alzada en armas a favor de una hermana muy querida?

Como si hubiera leído sus pensamientos, Angela Warren exclamó:

—No, monsieur Poirot...; no; yo *sé* que Caroline no era culpable.

Dijo Poirot, con animación:

—*Le Bon Dieu* sabe que no quiero hacerla dudar de eso. Pero seamos prácticos. Dice usted que su hermana no era culpable. Está bien, pues. Entonces, *¿qué es lo que ocurrió en realidad?*

Angela movió la cabeza en gesto afirmativo. Dijo:

—Eso es difícil, lo reconozco. Supongo que, como dijo Caroline, Amyas se suicidó.

—¿Es eso probable por lo que usted conoce de su carácter?

—Muy probable.

—¿Pero no dice usted, como hizo en el primer caso, que sabe que es imposible?

—No; porque, como dije hace unos momentos, la mayoría de la gente sí que hace cosas imposibles; es decir, cosas que no parecen en consonancia con su carácter. Pero supongo que, si uno la conociera íntimamente, resultaría que sí que estaba de acuerdo con su carácter.

—¿Conocía usted bien a su cuñado?

—Sí; pero no tan bien como a Caro. A mí me parece completamente fantástico que Amyas se suicidara... pero supongo que *podía* haberlo hecho. Es más, tiene que haberlo hecho.

—¿No encuentra usted ninguna otra explicación?

Angela aceptó la insinuación con tranquilidad, pero no sin ciertos indicios de interés.

—¡Ah! ¡Comprendo lo que quiere usted decir...! En realidad, nunca he llegado a pensar en semejante posibilidad. ¿Quiere decir con eso que puede haberle matado alguna de las otras personas? ¿Que fue asesinato premeditado?

—Podía haberlo sido, ¿verdad?

—Sí; podía haberlo sido... Pero me parece muy poco probable, desde luego.

—Más improbable que el suicidio.

—Eso es difícil de decir... Así, a simple vista, no había motivos para sospechar de ninguna otra persona. Tampoco los hay ahora... No los veo, por lo menos al examinar el asunto retrospectivamente.

—No obstante, admitamos la posibilidad. ¿Quién de todos los íntimamente relacionados con el asunto creería usted... pongámoslo así... la persona más probable?

—Déjeme que lo piense... Bueno, yo no le maté. Y esa Elsa tampoco lo hizo, eso es seguro. Se volvió loca de rabia cuando murió. ¿Quién más había? ¿Meredith Blake? Siempre le fue muy adicto a Caroline; rondaba como un gato por la casa. Supongo que eso podría proporcionar el móvil hasta cierto punto. En las novelas, hubiera podido querer quitar a Amyas del paso para casarse él con Caroline. Pero hubiese logrado eso de igual manera dejando que Amyas se marchara con Elsa y, a su debido tiempo, presentándose a consolar a Caroline. Además, no puedo imaginarme a Meredith como asesino. Demasiado pacífico y demasiado cauteloso. ¿Quién más había?

Sugirió Poirot:

—¿Miss Williams? ¿Philip Blake?

Una sonrisa iluminó el rostro de Angela durante un instante.

—¿Miss Williams? ¡Una no puede llegar nunca a creer que su propia institutriz haya cometido un asesinato! ¡Miss Williams era siempre tan inflexible, tan llena de rectitud!

Hizo una pausa y luego continuó:

—Quería mucho a Caroline, claro está. Hubiese hecho cualquier cosa por ella. Y odiaba a Amyas. Era una gran feminista y detestaba a los hombres. ¿Es eso lo suficiente para asesinar? Creo yo que no.

—No lo parecería, por lo menos —asintió Poirot.

Prosiguió Angela:

—¿Philip Blake?

Guardó silencio unos instantes. Luego dijo, serenamente:

—Yo creo, ¿sabe?, que si sólo estuviésemos hablando de *posibilidades,* *él* sería la persona más probable.

Dijo Poirot:

—Despierta usted mi interés, miss Warren. ¿Me es lícito preguntarle por qué dice usted eso?

—No puedo darle ninguna razón concreta. Pero por lo que de él recuerdo, yo diría que era una persona de imaginación muy limitada.

—Y... ¿una imaginación limitada le predispone a uno al asesinato?

—Pudiera conducirle a uno a recurrir a un procedimiento de cierta crudeza para resolver sus dificultades. Los hombres de esa clase logran cierta satisfacción de la acción de una clase o de otra. El asesinato es algo un poco crudo, ¿no le parece?

—Sí... creo que tiene usted razón... Es un punto de vista concreto por lo menos. No obstante, miss Warren, debe haber algo más que eso en el asunto. ¿Qué posible motivo pudo haber tenido Philip Blake?

Angela Warren no contestó inmediatamente. Se quedó mirando al suelo, frunciendo el entrecejo.

Hércules Poirot dijo:

—Era el mejor amigo de Amyas Crale, ¿verdad?

Ella movió afirmativamente la cabeza.

—La tiene a usted preocupada otra cosa, miss Warren. Algo que aún no me ha dicho usted a mí. ¿Eran acaso rivales los dos hombres en la cuestión de la muchacha... de Elsa?

Angela Warren sacudió negativamente la cabeza.

—¡Oh, no! Philip, no.

—¿De qué se trata entonces?

Angela dijo muy despacio:

—¿Se ha dado usted cuenta de cómo recuerda uno las cosas... años después? Le explicaré lo que quiero decir. Alguien me contó un chiste una vez, cuando tenía doce años de edad. No le vi la punta al chiste en absoluto. No me preocupó sin embargo. No creo que volviese ya a acordarme de él. Pero, hace cosa de uno o dos años, cuando estaba viendo una revista sentada en una butaca del teatro, el chiste me acudió a la memoria de nuevo, y me sorprendió tanto, que incluso dije, en alta voz: «¡Oh! *¡Ahora* le veo la punta a ese chiste tan estúpido del arroz con leche!». Y, sin embargo, nada se había dicho en escena que recordara ni remotamente el chiste en cuestión. Sólo que habían pronunciado unas palabras un poco atrevidas.

Poirot dijo:

—Comprendo lo que quiere decir, mademoiselle.

—Entonces comprenderá lo que voy a decirle. Paré una vez en un hotel. Al andar por un pasillo, se abrió una puerta de una de las habitaciones y salió por ella una mujer a la que yo conocía. La habitación no era la suya... cosa que su propio semblante delató claramente al verme.

»*Y comprendí entonces el significado de la expresión que había visto en el rostro de Caroline cuando la vi salir cierta noche del cuarto de Philip Blake, en Alderbury.*

Se inclinó hacia delante, impidiendo que Poirot hablara.

—No se me ocurrió pensar nada por *entonces,* ¿comprende? Yo sabía cosas... Las muchachas de la edad que yo tenía entonces suelen saberlas... pero no las relacionaba con la realidad. Para mí, el hecho de que Caroline saliera de la alcoba de Philip Blake no era más que eso: que Caroline había salido de la alcoba de Philip Blake. Hubiera podido ser la alcoba de miss Williams o de la mía. Pero lo que sí *noté* fue la expresión de su rostro... una expresión extraña que yo no conocía y que no pude comprender. No la comprendí, como le he dicho, hasta aquella noche que, en París, vi la misma expresión en el rostro de otra mujer.

Poirot dijo lentamente:

—Lo que usted me dice, miss Warren, es bastante asombroso. Del propio Philip Blake saqué la impresión de que le era antipática su hermana y que siempre se lo había sido.

Contestó Angela:

—Ya lo sé. No puedo explicarlo; pero ahí está.

Poirot asintió con un movimiento de cabeza. Ya, durante su entrevista con Philip Blake, había experimentado vagamente la sensación de que había algo en sus declaraciones que no sonaba bien. Aquella exagerada animosidad contra Caroline... no había resultado muy natural.

Y las palabras y frases de su conversación con Meredith acudieron a la memoria. «Muy disgustado cuando se casó Amyas... no se acercó a ellos en más de un año...»

Así, pues, ¿habría estado Philip enamorado de Caroline siempre? Y, al escoger ella a Amyas, ¿se habría convertido en odio el amor de Philip?

Sí; Philip se había mostrado demasiado vehemente... demasiado lleno de prejuicios. Poirot evocó su imagen, pensativo; el hombre alegre y próspero, con sus partidos de golf y su cómoda casa. ¿Qué habría sentido Philip Blake de verdad dieciséis años antes?

Angela Warren estaba hablando.

—No lo comprendo. Y es que no tengo experiencia en asuntos amorosos... no he tenido yo ninguno. Le he contado esto por lo que pudiera valer... por si... por si pudiera tener alguna relación con lo que después sucedió.

Libro segundo

Relato de Philip Blake

(Carta recibida con el manuscrito)

«Querido monsieur Poirot:

»Cumplo mi promesa. Adjunto hallará un relato de los acontecimientos relacionados con la muerte de Amyas Crale. Habiendo transcurrido tanto tiempo, es mi deber hacer constar que mis recuerdos pueden no ser rigurosamente exactos; pero he escrito lo que ocurrió tan exactamente como lo recuerdo.

»Suyo afectísimo,

Philip Blake.»

NOTAS SOBRE EL DESARROLLO DE LOS ACONTECIMIENTOS QUE CULMINARON EN EL ASESINATO DE AMYAS CRALE, EN SEPTIEMBRE DE 19...

Mi amistad con el difunto data de una época muy temprana. Su hogar y el mío estaban contiguos en el campo y nuestras familias eran amigas. Amyas tenía algo más de dos años que yo. Jugamos juntos de niños durante las vacaciones, aunque no fuimos al mismo colegio.

Desde el punto de vista de mi larga amistad con el hombre, me considero especialmente autorizado para dar fe de su carácter y de su forma de ver la vida. Y diré esto desde el primer momento: para cualquiera que conociera bien a Amyas Crale, la idea de que pudiera suicidarse resulta absurda. Crale jamás se hubiera suicidado. ¡Amaba demasiado la vida! La teoría de la defensa durante la vista de la causa de que Crale estaba obsesionado por su conciencia y que tomó veneno en un acceso de remordimiento, resulta completamente absurda para cualquiera que conociese al hombre.

Crale, justo es decirlo, tenía muy poca conciencia y esa poca no era morbosa. Por añadidura, su esposa y él se hallaban en malas relaciones y no creo que hubiese tenido escrúpulos de ningún

127

género en poner fin a lo que, para él, era una vida matrimonial muy poco satisfactoria. Estaba dispuesto a hacerse cargo de su bienestar económico y del de la hija del matrimonio y estoy seguro de que lo hubiera hecho con generosidad. Era un hombre muy generoso, y una persona de muy buen corazón que se hacía querer de todos. No sólo era un gran pintor, sino un hombre a quien todos sus amigos tenían devoción. Que yo sepa, no tenía ningún enemigo.

También había conocido yo a Caroline Crale durante muchos años. La conocía antes de su matrimonio, cuando solía ir a pasar a Alderbury algunas temporadas. Era entonces una muchacha algo neurótica; pero, indudablemente, persona con la que resultaba difícil convivir.

Dio muestras de tenerle cariño a Amyas casi inmediatamente. Yo no creo que él estuviera muy enamorado de ella en realidad. Pero se encontraban juntos con frecuencia; ella era, como he dicho, atractiva, y acabaron prometiéndose. Los mejores amigos de Amyas Crale miraron con cierta aprensión el matrimonio porque les pareció que Caroline no era la mujer que él necesitaba.

Esto fue causa de que, durante los primeros años, hubiera cierta tensión entre la esposa y los amigos de Crale; pero Amyas era un amigo leal y no estaba dispuesto a renunciar a sus amistades porque se lo ordenara su mujer. Después de unos cuantos años, él y yo seguimos en las mismas relaciones y estuve con frecuencia en Alderbury. Agregaré que fui padrino de la pequeña Carla. Esto demuestra, creo yo, que Amyas me consideraba su mejor amigo y me da autorización para hablar en nombre de un hombre que ya no puede hablar por su cuenta.

Y ahora me ocuparé de los acontecimientos acerca de lo que se me ha pedido que escriba. Llegué a Alderbury (según veo en un antiguo diario) cinco días antes del crimen. Es decir, el trece de septiembre. Noté en seguida cierta tensión. También se hallaba en la casa miss Greer, a quien Amyas estaba pintando por entonces.

Era la primera vez que veía a miss Greer en persona; pero hacía algún tiempo que conocía su existencia. Amyas me había hablado encomiásticamente de ella un mes antes. Había conocido, me dijo, a una muchacha maravillosa. Habló de ella con tanto entusiasmo, que yo le dije, bromeando: «Cuidado o volverás a perder la cabeza». Me dijo que no fuera imbécil. Estaba pintando a la muchacha; no tenía el menor interés personal por ella. Le contesté: «¡Cuéntale eso a tu abuela!». Replicó él: «Esta vez es distinto». A lo que yo respondí con cierto cinismo: «¡Siempre lo es!». Amyas pareció entonces preocupado y lleno de ansiedad. Dijo: «No comprendes. Es una niña… casi una criatura». Agregó que tenía puntos de vista muy modernos y estaba completamente libre de prejuicios anticuados. Dijo: «¡Es honrada, y natural, y no le teme a nada en absoluto!».

Pensé para mis adentros, aunque no lo dije, que a Amyas le había dado muy fuerte aquella vez. Unas semanas más tarde oí comentarios de otras personas. Se decía que «la Greer estaba completamente chiflada por él». No sé que otra persona dijo que no había derecho por parte de Amyas, teniendo en cuenta lo joven que era la muchacha, al oír lo cual alguien se echó a reír y dijo que Elsa Greer sabía andar por el mundo sola divinamente. Otros comentarios fueron que la muchacha nadaba en dinero y que había logrado lo que se proponía, y también que «ella era la que estaba poniendo el mayor interés». Hubo quien preguntó qué pensaría la mujer de Crale del asunto… y la expresiva contestación fue que ya debía estar acostumbrada a eso. Alguien aseguró que se decía que era muy celosa y que le hacía tan imposible la vida a Crale, que cualquiera en su lugar hubiera estado justificado por echar de vez en cuando una cana al aire.

Menciono todo esto, porque creo que es importante que se comprenda la situación a mi llegada.

Vi a la muchacha con interés. Era sorprendentemente hermosa y muy atractiva y he de confesar que vi con malicioso regocijo que Caroline se hallaba de pésimo humor en verdad.

El propio Amyas Crale parecía menos animado que de costumbre. Aunque para cualquiera que no le conociese bien hubiera parecido poco más o menos igual que siempre, yo, que tan íntimamente le conocía, noté en seguida varias señales de tensión, de humor incierto, accesos de abstracción y melancolía, irritabilidad general.

Aun cuando siempre mostraba cierta tendencia a la abstracción cuando pintaba, el cuadro que estaba haciendo no era la causa de toda la tensión que se observaba en él. Se alegró de verme y dijo, en cuanto estuvimos solos: «¡Gracias a Dios que has vuelto, Phil! El vivir en una casa con cuatro mujeres es lo bastante para volver loco a cualquiera. Entre todas ellas me mandarían al manicomio».

La atmósfera estaba sumamente cargada, en efecto. Caroline estaba tomando las cosas bastante mal. De una manera cortés estaba siendo más grosera con Elsa de lo que uno hubiera creído posible, sin llegar a usar una sola palabra ofensiva. Por su parte,

Elsa se mostraba abiertamente grosera con Caroline. Tenía la sartén por el mango y lo sabía... y careciendo de buena crianza, ningún escrúpulo le impedía ser abiertamente mal educada. La consecuencia era que Crale se pasaba la mayor parte del tiempo peleándose con la señorita Angela cuando no estaba pintando. Las relaciones entre ellos solían ser afectuosas, aunque se hacían rabiar mutuamente y se peleaban una barbaridad. Pero en esta ocasión todo lo que decía o hacía Amyas parecía tener filo y herir y ambos se enfadaron el uno con el otro. La cuarta persona del grupo era la institutriz. «Una bruja de cara agria», la llamaba Amyas. «Me odia como al mismísimo veneno. Se está sentada, con los labios comprimidos, expresando sin cesar con sus ademanes lo mucho que desaprueba de mí.»

Fue entonces cuando dijo:

—¡Al diablo con todas las mujeres! Si uno quiere vivir en paz, es preciso que se mantenga alejado de todas ellas.

—No debieras haberte casado —dije yo—. Eres la clase de hombre que debiera haber rehuido a toda costa los lazos domésticos.

Replicó que era demasiado tarde para hablar de eso ahora. Agregó que, sin duda, Caroline quedaría encantada de deshacerse de él. Ésa fue la primera indicación que tuve de que estaba ocurriendo algo fuera de lo normal.

Dije:

—¿Qué ocurre? ¿Es que va en serio eso de la bella Elsa?

Él respondió con una especie de gemido:

—Sí que es hermosa, ¿verdad? A veces siento haberla conocido.

Dije:

—Mira, vas a tener que dominarte un poco. No te conviene enredarte con más mujeres.

Me miró y se echó a reír. Dijo:

—Es muy fácil decir todo eso. No puedo dejar en paz a las mujeres... me es completamente imposible... Y, si pudiera, ellas no me dejarían en paz a mí.

Luego se encogió de hombros, me sonrió y dijo:

—Bueno, supongo que a fin de cuentas todo saldrá bien. Y tendrás que reconocer que el cuadro es bueno.

Se refería al retrato de Elsa que estaba pintando y, aunque yo entendía muy poco de la técnica de la pintura, me di cuenta de que el cuadro iba a ser algo de fuerza excepcional.

Mientras pintaba, Amyas era un hombre distinto. Aunque gruñía, gemía, fruncía el entrecejo, mascullaba maldiciones extravagantes y tiraba a veces los pinceles con rabia, en realidad, era intensamente feliz.

Sólo al volver a casa a comer era cuando el ambiente hostil entre las mujeres le abrumaba. La hostilidad llegó a su punto culminante el diecisiete de septiembre. La comida había transcurrido en una atmósfera violenta. Elsa se había mostrado especialmente... creo que *insolente* es la única palabra que puede expresar su proceder. Había hecho caso o miso de la presencia de Caroline deliberadamente, insistiendo en dirigir sus palabras a Amyas, como si ella y él estuviesen solos en la habitación. Caroline había hablado animada y alegremente con los demás, arreglándoselas hábilmente de forma que varios comentarios al parecer inocentes tuvieran un aguijón. No poseía ella la desdeñosa franqueza de Elsa Greer; en el caso de Caroline todo era oblicuo... insinuado más bien que dicho.

La crisis llegó después de comer, en la sala, cuando terminábamos de tomar el café. Yo había hecho un comentario sobre una cabeza esculpida en madera de haya (una obra muy curiosa) y Caroline dijo:

—Es obra de un escultor noruego muy joven. Amyas y yo admiramos mucho su trabajo. Esperamos poder ir a verle el verano que viene.

El aire sereno de posesión con que fueron pronunciadas estas palabras fue demasiado para Elsa. No era mujer que dejara pasar un desafío. Aguardó unos instantes y luego habló con voz clara y exageradamente enfática. Dijo:

—Esta habitación sería muy linda si estuviese bien arreglada. Actualmente tiene demasiados muebles. Cuando yo viva aquí sacaré toda la porquería, dejando sólo dos o tres piezas buenas. Y me parece que haré poner cortinas color cobre, para que el sol poniente dé sobre ellas al entrar por esa ventana del oeste.

Se volvió hacia mí y preguntó:

—¿No le parece que esto resultará muy bonito?

No tuve tiempo de contestar, Caroline habló, y su voz era dulce, sedosa y lo que sólo puedo describir como peligrosa. Dijo:

—¿Estabas pensando en comprar esta casa, Elsa?

Contestó la otra:

—No habrá necesidad de que la compre.

Exclamó Caroline:

—¿Qué quieres decir con eso?

Y no había dulzura en su voz. Era dura y metálica. Elsa se echó a reír. Dijo:

—¿Es necesario que finjamos? ¡Vamos, Caroline... demasiado sabes lo que quiero decir!

Dijo Caroline:

—No tengo la menor idea.

Y Elsa respondió a eso:

—No seas tan avestruz. Es inútil fingir que no ves y que no estás enterada de todo. Amyas y yo nos queremos. Esta casa no es tuya. Es de Amyas. Y cuando nos hayamos casado, ¡viviré aquí con él!

Dijo Caroline:

—¡Tú estás loca!

Y Elsa contestó:

—¡Oh, no!, no estoy loca, querida, y tú lo sabes. Resultaría mucho más sencillo si fuéramos sinceras la una con la otra. Amyas y yo nos queremos: eso lo has visto ya con bastante claridad. Lo decente sería que le dieses la libertad.

Dijo Caroline:

—No creo una palabra de lo que estás diciendo.

Pero su voz no sonaba convincente. Ella la había herido en lo vivo.

En aquel instante, Amyas Crale entró en el cuarto y Elsa dijo riendo:

—Si no me crees, pregúntaselo a él.

Y Caroline respondió:

—Eso pienso hacer.

No hizo una pausa siquiera. Preguntó:

—Amyas. Ella dice que quieres casarte con ella. ¿Es cierto eso?

¡Pobre Amyas! Le compadecí. Un hombre se siente ridículo cuando le meten en una situación así. Se puso colorado y empezó a rabiar. Se volvió hacia Elsa y le preguntó por qué diablos no se había mordido la lengua.

Caroline dijo:

—Entonces, ¿es verdad?

Él no dijo nada. Se quedó parado, pasándose el dedo por el interior del cuello de la camisa, como si le apretara. Acostumbraba hacer eso de niño siempre que se encontraba en un atolladero. Dijo... e intentó que sus palabras sonaran dignas y autoritarias... y, claro está, no pudo conseguirlo, pobre infeliz:

—No quiero discutirlo.

Caroline contestó:

—¡Pero vamos a discutirlo!

Elsa intervino y dijo:

—Yo creo que, en justicia, debe decírsele a Caroline.

Caroline preguntó con voz normal:

—¿Es cierto, Amyas?

Él pareció un poco avergonzado. Eso suele ocurrirle siempre a un hombre cuando una mujer le acorrala.

Ella insistió:

—Haz el favor de contestarme. Necesito saberlo, ahora mismo.

Alzó él la cabeza entonces... algo así como hace el toro al salir al ruedo.

Dijo, con brusquedad:

—Es cierto... pero no quiero discutirlo ahora.

Y dio media vuelta y salió del cuarto. Yo me marché tras él. Le alcancé en la terraza. Estaba mascullando maldiciones. Jamás he oído maldecir a un hombre con tantas ganas. Luego rabió:

—¿Por qué no calló? ¿Por qué diablos no pudo morderse la lengua? ¡Buena se ha armado ahora! Y yo tengo que acabar el cuadro... ¿Lo has oído, Phil? Es lo mejor que he hecho. Es la mejor cosa que he hecho en vida. ¡Y un par de mujeres imbéciles quieren echarlo a perder entre las dos ahora!

Luego se tranquilizó un poco y dijo que las mujeres no tenían sentido de la proporción.

Sonreí sin poderlo remediar. Dije:

—¡Qué rayos! ¡Te lo has buscado tú mismo!

Y soltó un gemido.

Agregó:

—Pero has de reconocer, Phil, que no es de extrañar que un hombre pierda la cabeza por ella. Hasta Caroline debiera comprender eso.

Le pregunté qué ocurriría si Caroline se enfadaba y se negaba a concederle el divorcio.

Pero se había enfrascado ya en sus pensamientos. Repetí la pregunta y él contestó, distraído:

—Caroline jamás sería vengativa. Tú no comprendes, chico.

—Hay que pensar en la niña —le recordé.

Me asió del brazo.

—Phil, chico, tu intención es buena... pero déjate de crascitar como un cuervo. Puedo arreglar divinamente mis asuntos yo mismo. Todo saldrá bien. Ya verás como sí.

Así era Amyas... un hombre de optimismos absolutamente injustificados. Dijo alegremente:

—¡Al diablo con toda la cuadrilla!

No sé si hubiéramos dicho algo más; pero unos minutos más tarde Caroline salió a la terraza. Llevaba el sombrero puesto...

un sombrero raro, caído, color pardo oscuro, que resultaba bastante atractivo.

Dijo con voz completamente normal:

—Quítate esa chaqueta manchada de pintura, Amyas. Vamos a casa de Meredith a tomar el té..., ¿no te acuerdas?

Se quedó mirándola, tartamudeó un poco y dijo:

—¡Ah! ¡Me había olvidado! Sí; cla... claro que sí.

Dijo ella:

—Bueno, pues ve a arreglarte un poco para parecerte lo menos posible a un trapero.

Aunque su tono de voz era normal, no le miró. Se acercó al cuadro de dalias y se puso a recoger algunas flores.

Amyas se volvió lentamente y entró en la casa.

Caroline me habló. Me habló mucho. Acerca de las probabilidades que había de que durase el buen tiempo. Y de si habría caballas por ahí en cuyo caso, según Amyas, Angela y yo podríamos ir de pesca. He de reconocer que supo mostrarse asombrosamente tranquila.

Pero yo, personalmente, creo que eso demuestra la clase de persona que era. Tenía una fuerza de voluntad enorme y un dominio completo sobre sí. No sé si habría decidido ya matarle por entonces..., pero nada me sorprendería. Y era capaz de hacer sus planes cuidadosamente sin la menor emoción... con una mente despejada y completamente implacable.

Caroline Crale era una mujer muy peligrosa. Debía haber comprendido entonces que no estaba dispuesta a soportar aquello pasivamente. Pero, idiota que fui, imaginé que se había resignado a aceptar lo inevitable... o que había creído que si seguía como si tal cosa, quizá cambiara Amyas de parecer.

No tardaron en salir los demás. Elsa, con expresión desafiante, pero triunfante al mismo tiempo. Caroline no le hizo el menor caso. Fue Angela quien salvó aquella situación en realidad. Salió discutiendo con miss Williams que no pensaba cambiarse la falda por nadie. Estaba bien, lo bastante bien para su querido Meredith, por lo menos; *él nunca* se fijaba en nada.

Nos pusimos en marcha por fin. Caroline iba con Angela; yo, con Amyas. Y Elsa caminaba sola, sonriendo, sonriendo siempre.

Yo no la admiraba (era un tipo demasiado violento); pero he de reconocer que estaba increíblemente hermosa aquella tarde. Eso suele ocurrirles siempre a las mujeres cuando han conseguido lo que quieren.

No recuerdo los acontecimientos de aquella tarde con mucha

claridad. Lo veo todo confuso. Recuerdo que Merry salió a nuestro encuentro. Creo que dimos una vuelta por el jardín, primero. Recuerdo que tuve una discusión muy larga con Angela acerca de cómo han de entrenarse los perros para que cacen ratas. Ella comió una cantidad increíble de manzanas e intentó persuadirme de que hiciera yo otro tanto.

Cuando volvimos a la casa, estaban sirviendo el té a la sombra del cedro grande. Recuerdo que Merry parecía muy disgustado. Supongo que Caroline o Amyas le habían dicho algo. Estaba mirando, dubitativo, a Caroline y luego miró a Elsa. El pobre parecía disgustadísimo. Claro está que a Caroline le gustaba llevar siempre a remolque a Meredith, amigo devoto, platónico, que jamás se propasaría. Ella era así.

Después del té, Meredith halló ocasión de hablar conmigo unas palabras. Dijo:

—Escucha, Phil. ¡Amyas *no puede hacer* eso!

Le contesté:

—No te hagas ilusiones; piensa hacerlo.

—No puede abandonar a su mujer y a su hija y marcharse con esa muchacha. Tiene muchos más años que ella, que no debe de tener más de dieciocho.

Le aseguré que miss Greer tenía los veinte cumplidos, y que andaba muy lejos de ser una ingenua.

Respondió él:

—Sea como fuere, es menor de edad. No puede saber lo que hace.

¡Pobre Meredith! ¡Siempre caballeresco! Le dije:

—No te preocupes, chico. Ella sabe lo que hace y, *además,* le gusta.

No tuvimos tiempo de decir nada más. Pensé para mí que Merry se sentía turbado, probablemente, por el pensamiento de que Caroline se convirtiera en una esposa abandonada. Una vez se consiguiera el divorcio, tal vez esperara que él, su rendido admirador, se casara con ella. A mí se me antoja que Meredith había nacido más bien para amar sin esperanza que para casarse. Y he de reconocer que esa parte del asunto me resultaba divertida.

Cosa rara, recuerdo muy poco de nuestra visita al laboratorio de Meredith. Le gustaba hacer alarde de su afición ante la gente. Yo siempre lo encontraba aburridísimo. Supongo que estaría allí dentro con los demás cuando dio su conferencia sobre las propiedades de la conicina; pero no lo recuerdo. Y no vi a Caroline apoderarse del veneno. Como ya he dicho, era una mujer muy diestra. Sí que recuerdo que Meredith leyó en alta voz un extracto de Platón que describía la muerte de Sócrates. Me pareció muy aburrido. Siempre me han aburrido los clásicos.

Poca cosa más recuerdo de aquel día. Amyas y Angela tuvieron una riña mayúscula y los demás nos alegramos más que otra cosa. Evitaba otras dificultades. Angela corrió a acostarse tras un estallido final de improperios. Dijo: A, que se las pagaría todas juntas, B, que era una lástima que no estuviera muerto; C, que ojalá se muriera de lepra, que le estaría muy bien empleado; D, que le deseaba que se le quedara pegada una salchicha en la nariz, como en el cuento de hadas, y que no se despegara nunca. Cuando se marchó, nos echamos a reír todos. No pudimos remediarlo, tan cómica resultaba la mezcla de insultos.

Caroline se fue a la cama inmediatamente después. Miss Williams desapareció tras su discípula. Amyas y Elsa salieron juntos al jardín. Era evidente que yo estaba de más. Me fui a dar un paseo solo. Era una noche muy hermosa.

Bajé de mi cuarto tarde a la mañana siguiente. No había nadie en el comedor. Es raro las cosas que uno recuerda. Recuerdo el sabor de los riñones y el tocino que comí con apetito. Eran unos riñones muy buenos. Asados con picantes.

Después anduve vagando por ahí en busca de todo el mundo. Salí y no vi a nadie; fumé un cigarrillo; me encontré con miss Williams que corría de un lado a otro buscando a Angela. Ésta se había escapado como de costumbre cuando debiera de haber estado arreglándose un vestido roto. Volví al vestíbulo y me di cuenta de que Amyas y Caroline estaban sosteniendo un altercado en la biblioteca. Hablaban en voz muy alta. Le oí cómo le dijo ella:

—¡Tú y tus mujeres! Me gustaría matarte. Un día te mataré.

Amyas contestó:

—No seas estúpida, Caroline.

Y ella repuso:

—Lo digo en serio, Amyas.

Bueno; yo no quería oír más. Volví a salir. Vagué por la terraza unos instantes, por el otro lado, y me encontré con Elsa.

Estaba sentada en uno de los bancos largos. El banco estaba por debajo mismo de la ventana de la biblioteca y la ventana estaba abierta. Me imagino que no se le habrían escapado muchas palabras de las pronunciadas en el interior. Cuando me vio, se levantó más fresca que una lechuga y salió a mi encuentro. Estaba sonriendo. Me cogió del brazo y dijo:

—Qué mañana más hermosa, ¿verdad?

Y era una hermosa mañana para ella, ¡en efecto! Una muchacha algo cruel. No; sólo sincera y falta de imaginación. No era capaz de ver más que lo que ella quería.

Llevábamos cosa de cinco minutos hablando en la terraza, cuando oí que se cerraba la puerta de la biblioteca de golpe y salió Amyas Crale. Tenía el rostro congestionado.

Asió a Elsa del hombro sin andarse con miramientos.

—Vamos. Es hora de que tengamos una sesión. Quiero adelantar el cuadro.

Ella contestó:

—Bueno. Subiré un momento a buscar un jersey. La brisa es un poco fresca.

Me pregunté si Amyas iría a decirme algo; pero no habló mucho. Sólo dijo:

—¡Es demasiado cruel!

Le dije:

—¡Ánimo, chico!

Y ya no dijimos nada, ninguno de los dos, hasta que Elsa volvió a salir.

Se marcharon juntos al jardín de la batería. Yo entré en casa. Caroline estaba de pie en el vestíbulo. No creo que se fijara en mí siquiera. Era así a veces. Parecía retraerse... concentrarse dentro de sí misma como quien dice. Murmuró algo. No se dirigió a mí, sino para sí. Sólo entendí las palabras:

—Es demasiado cruel.

Eso fue lo que dijo. Luego pasó por delante de mí y subió al piso, todavía sin verme... igual que una persona que contempla una visión interior. Yo creo (no tengo autoridad para decir esto, ¿comprende?) que subió a buscar el veneno y que fue entonces cuando decidió hacer lo que hizo.

Y, en aquel preciso instante, sonó el teléfono. En algunas casas, uno esperaría a que contestara la servidumbre; pero yo iba con tanta frecuencia a Alderbury, que obraba poco más o menos igual que uno de la familia. Descolgué el auricular.

Fue la voz de mi hermano Meredith la que me contestó. Estaba muy disgustado. Explicó que había entrado en su laboratorio y que la botella de la conicina estaba medio vacía.

No es necesario que repita aquí la serie de cosas que ahora sé que debiera haber hecho. La cosa era tan sorprendente, que fui lo bastante tonto para quedarme parado. Meredith hablaba con voz trémula. Oí pasos en la escalera y me limité a decirle con brusquedad que acudiera a Alderbury inmediatamente.

Yo le salí al encuentro. Por si no conoce usted la topografía de Alderbury, le diré que el camino más corto de una finca a otra era cruzar en barca una caleta. Yo bajé el camino hasta donde estaban los botes, junto a un pequeño embarcadero. Para hacerlo pasé por el pie del muro del jardín de la batería. Pude oír a Elsa y Amyas hablar mientras éste pintaba. Parecían muy alegres y sin preocupaciones. Amyas dijo que era un día sorprendentemente caluroso (hacía mucho calor, en efecto, para ser septiembre), y Elsa dijo que sentada donde estaba, sobre las almenas, se notaba una brisa fresca procedente del mar. Después dijo:

—Estoy entumecida de estar tanto rato así. ¿No puedo descansar un poco, querido?

Y le oí gritar a Amyas:

—¡No lo sueñes siquiera! Aguanta. Tienes resistencia. Y esto marcha bien.

Oí que Elsa decía: «¡Bruto!» y que se echaba a reír en el momento en que yo me alejaba.

Meredith se acercaba remando desde la otra orilla cuando yo llegué a la ensenada. Le esperé. Amarró el bote y subió la escalera. Estaba muy pálido y preocupado. Me dijo:

—Tienes mejor cabeza que yo, Phil. ¿Qué debiera hacer? Ese preparado es peligroso.

Le pregunté:

—¿Estás completamente seguro de que te lo han quitado?

Porque Meredith siempre ha sido un poco distraído. Quizá por eso no lo tomé yo tan en serio como hubiera podido hacerlo. Me contestó que estaba completamente seguro. La botella estaba llena el día anterior por la tarde.

—¿No tienes la menor idea de quién se lo llevó?

Me dijo que no y quiso conocer mi opinión. ¿Podía haber sido alguien de la servidumbre? Dije que suponía que sí podía haber sido pero me parecía poco probable. Siempre tenía cerrada la puerta con llave, ¿verdad? Él dijo que sí. Y luego empezó a decir no sé qué, de que había encontrado una ventana alzada unos centímetros. Alguien podía haber entrado por allí.

—¿Un ladrón casual? —le pregunté, con escepticismo—. Se me antoja, Meredith, que existen posibilidades muy desagradables.

Me pidió que le dijera francamente lo que pensaba. Y yo le contesté que, si estaba seguro de que no se equivocaba, era muy probable que Caroline se hubiera llevado el veneno para quitar del paso a Elsa. O si no, que se lo hubiera quitado Elsa para envenenar a Caroline y allanar así el camino.

Meredith aseguró que eso era absurdo y melodramático, y que no podía ser verdad. Yo dije:

—Bueno, el veneno ha desaparecido. ¿Cómo explicas eso *tú*?

No pudo explicarlo de ninguna manera, claro está. En realidad, pensaba exactamente igual que yo, pero no quería enfrentarse con aquel hecho.

Volvió a preguntar:

—¿Qué hacemos?

Yo repuse (idiota que fui):

—Más vale que lo pensemos detenidamente. Será mejor que des a conocer la desaparición claramente en presencia de todo el mundo, o que llames aparte a Caroline y la acuses de haberte quitado el veneno. Si estás convencido de que ella no tiene nada que ver con el asunto, usa la misma táctica con Elsa.

Él dijo:

—¡Una muchacha como ella! Ella no puede habérselo llevado.

Yo le respondí que la creía muy capaz.

Subíamos por el camino hacia la casa mientras hablábamos. Después de las últimas palabras mías, ninguno de los dos habló durante unos segundos. Dábamos la vuelta al pie del jardín de la batería otra vez, cuando oí la voz de Caroline.

Pensé que a lo mejor se estaban peleando los tres; pero, en realidad, estaban discutiendo sobre Angela. Caroline estaba protestando. Dijo:

—Es muy duro eso para la muchacha.

Y Amyas contestó con impaciencia. Entonces se abrió la puerta del jardín, en el preciso instante en que nosotros llegábamos a su altura. Amyas pareció un poco asombrado al vernos. Caroline salía en aquel momento. Dijo:

—Hola, Meredith. Hemos estado discutiendo la marcha de Angela a un colegio. No estoy segura, ni mucho menos, de que sea eso lo que conviene.

Intervino Amyas:

—No des tanto la lata por la muchacha. Estará divinamente. Y me quedaré descansando cuando me la quite de encima.

Elsa bajó corriendo por el camino procedente de la casa. Llevaba un moderno jersey encarnado en la mano. Amyas gruñó:

—Vamos. Vuelve a tu sitio. No quiero perder tiempo.

Volvió donde tenía el caballete. Noté que se tambaleaba un poco y me pregunté si había estado bebiendo. Se le hubiera podido perdonar eso, teniendo en cuenta la serie de disgustos que le estaban dando.

Gruñó:

—La cerveza de aquí está ardiendo. ¿Por qué no tenemos hielo en el jardín?

Y Caroline Crale le contestó:

—Te mandaré cerveza recién sacada de la nevera.

Amyas gruñó:

—Gracias.

Entonces Caroline cerró la puerta del jardín y subió con nosotros a la casa. Nos sentamos en la terraza y ella entró en el edificio. Cosa de cinco minutos más tarde, salió Angela con un par de botellas de cerveza y unos vasos. Hacía calor y nos alegramos de que nos la hubiera traído. Mientras bebíamos, Caroline pasó junto a nosotros. Tenía en la mano una botella y nos dijo que iba a llevársela a Amyas. Meredith dijo que iría él; pero Caroline anunció con firmeza que se la llevaría ella misma. Yo pensé, tonto de mí, que aquélla era una simple muestra de celos. No podía soportar que aquellos dos estuvieran solos en el jardín. Eso era lo que le había hecho ir ya una vez so pretexto de discutir la partida de Angela.

Bajó el zigzagueante camino y Meredith y yo la vimos marchar. Aún no habíamos decidido nada, y entonces Angela se empeñó en que fuera a nadar con ella. Parecía imposible estar a solas con Meredith. Le dije: «Después de comer». Y él movió afirmativamente la cabeza.

Luego me fui a nadar con Angela. Cruzamos la caleta a nado y volvimos. Después nos echamos sobre las rocas a tomar un baño de sol. Angela estaba un poco taciturna, cosa de la que me alegré. Decidí que, inmediatamente después de la comida, llamaría aparte a Caroline y la acusaría a boca de jarro de haber robado el veneno. Inútil dejar que lo hiciera Meredith: era demasiado débil. Sí; la acusaría a boca de jarro. Entonces no le quedaría más remedio que devolver la conicina o, si no la devolvía, no se atrevería a usarla por lo menos. Después de pensarlo me sentía bastante seguro de que había sido ella. Elsa era demasiado sensata para atreverse a andar con venenos. Tenía bien sentada la cabeza y cuidaría su propio pellejo. Caroline era más peligrosa, desequilibrada, dejándose llevar de impulsos y completamente neurótica. Y, sin embargo, en el fondo de mi conciencia, seguía existiendo la sospecha de que Meredith pudiera haberse equivocado. O alguien de la servidumbre podía haber andado enredando por el laboratorio y derramado el líquido, no atreviéndose a confesar su falta. Y es que los venenos parecen una cosa tan melodramática, que uno no puede creer que se los lleve alguien.

No, hasta que sucede.

Era bastante tarde cuando consulté mi reloj y Angela y yo volvimos a casa corriendo. Se estaban sentando a la mesa cuando entramos, todos menos Amyas, que se había quedado en la batería pintando. Era cosa corriente en él, y yo consideré muy prudente por su parte el haberlo hecho aquel día. Su presencia hubiera hecho más violenta la situación durante la comida.

Tomamos el café en la terraza. Quisiera poder recordar mejor qué aspecto tenía Caroline y cuáles fueron sus actos. No parecía excitada en forma alguna. Mi impresión es que estuvo callada y algo triste. ¡Qué diablesa era aquella mujer!

Porque es una cosa diabólica envenenar a un hombre a sangre fría. Si hubiese habido un revólver por allí, y ella lo hubiese cogido y le hubiera pegado un tiro... bueno, eso hubiese podido comprenderse. Pero aquel envenenamiento frío, deliberado, vengativo... Y tan tranquila y con tanto aplomo.

Se puso en pie y dijo que le llevaría el café, de la forma más natural del mundo. Y, sin embargo, sabía, debía saber, que iba a encontrarle muerto. Miss Williams se fue con ella. No recuerdo si eso fue por indicación de Caroline o no. Me inclino a creer que sí.

Las dos mujeres se marcharon juntas. Meredith se levantó y se alejó poco después. Yo empezaba a dar una excusa para salir tras él cuando volvió corriendo por el camino. Tenía el rostro de color plomizo. Exclamó:

—¡Hemos de llamar a un médico...! Aprisa... Amyas...

Me puse en pie de un brinco.

—¿Está enfermo... muriéndose?

Dijo Meredith:

—Me temo que está muerto...

Nos habíamos olvidado de Elsa de momento. Pero exhaló un grito de pronto. Fue como el gemido de un animal en pena.

Exclamó:

—¿Muerto?

Y echó a correr. No creía que pudiera correr así, como un gamo, como un animal herido. Y como una furia vengadora también.

Meredith jadeó:

—Corre tras ella. Telefonearé yo. Corre tras ella. No sabemos lo que hará.

Sí que corrí tras ella, y fue una suerte que lo hiciera. Hubiese podido matar a Caroline. Jamás he presenciado tal dolor ni tal frenético odio. La leve capa de refinamiento y de educación desapareció. Se veía que su padre, y los padres de su padre, habían sido peones de fábrica. Privada de su amante, no era más que una mujer elemental. Le hubiera rasgado el rostro a Caroline con las uñas, le hubiese arrancado el pelo y arrojado por encima de las almenas si hubiera podido. Pensó, no sé por qué razón, que Caroline lo había apuñalado. Lo había interpretado todo mal, naturalmente.

Yo la sujeté, y entonces miss Williams se encargó de la situación. He de reconocer que se mostró muy eficiente. Consiguió, en menos de un minuto, que Elsa se dominara, le dijo que tenía que tranquilizarse, que no podíamos consentir que hubiera tanto alboroto y violencia. Era autoritaria aquella mujer. Y consiguió su propósito. Elsa calló, se limitó a permanecer allí, boqueando y temblando de pies a cabeza.

En cuanto a Caroline, quedó desenmascarada para mí. Allí estaba, completamente callada, aturdida, hubiera podido decirse. Pero no estaba aturdida. Los ojos la delataban. Estaban alerta, dándose cuenta de todo y serenamente alerta. Había empezado, supongo, a tener miedo.

Me acerqué a ella y le hablé. Lo dije en voz baja. No creo que las otras dos mujeres me oyeran.

Dije:

—¡Maldita asesina! ¡Has matado a mi mejor amigo!

Ella retrocedió, sobrecogiéndose. Dijo:

—No... oh, no... él... él mismo se lo hizo...

La miré de hito en hito. Dije:

—Puedes contarle eso... a la policía.

Y ella así lo hizo. Pero no quisieron creerla.

Fin de la declaración de Philip Blake

Relato de Meredith Blake

Querido monsieur Poirot:

Como le prometí, hago por escrito un relato de todo cuanto recuerdo acerca de los trágicos sucesos que se desarrollaron hace dieciséis años. Primeramente, quisiera decir que he reflexionado cuidadosamente sobre todo lo que usted me dijo durante nuestra reciente entrevista. Y, tras madura reflexión, me siento más convencido de lo que estaba antes: de que es altamente improbable que Caroline Crale envenenase a su esposo. Siempre me pareció incongruente; pero la ausencia de toda otra explicación y su propia actitud me indujeron a seguir sumisamente las opiniones de otras personas y a decir con ellas que, si ella no lo había hecho, ¿qué otra explicación podía haber?

Desde que hablé con usted, he meditado sobre la única otra solución propuesta por entonces y ofrecida por la defensa durante el juicio. A saber, que Amyas Crale se quitó él mismo la vida. Aun cuando por lo que de él sabía semejante solución me pareció fantástica por entonces, ahora creo conveniente modificar mi opinión. En primer lugar, y ello es muy significativo, Caroline lo creía así. Hemos de considerar ahora que dicha encantadora y dulce dama fue condenada injustamente; entonces su propia creencia, frecuentemente repetida, ha de tener cierto peso. Ella conocía a Amyas mejor que ninguna otra persona. Si ella creyó posible el suicidio, el suicidio pudo ser posible a pesar del escepticismo de sus amigos.

Aventuré, por consiguiente, la teoría de que existía en Amyas Crale un núcleo de conciencia, una corriente subterránea de remordimiento y hasta de desesperación por los excesos a los que su temperamento le había conducido, estado de ánimo del que sólo su esposa tenía conocimiento. Ésta, según yo opino, no es una suposición imposible. Puede haber dado a conocer ese lado de su carácter solamente a ella. Aunque no está en consonancia con cosa alguna que le haya oído decir jamás, es, no obstante, cierto que en la mayoría de los hombres existe una característica insospechada e inconsciente que resulta con frecuencia una sorpresa para las personas que le han conocido íntimamente. Un hombre respetable y austero resulta haber tenido ocultas cualidades más ordinarias. Un vulgar sacadineros aprecia, quizás en secreto, una delicada obra de arte. Se ha descubierto más de una vez que personas duras e implacables habían sido autoras de ocultas e insospechadas bondades. El carácter de hombres generosos y joviales ha resultado tener facetas miserables y crueles.

Conque pudiera ser que en Amyas Crale existiese un germen de morbosa autoacusación y que cuanto más exhibiera su egoísmo y clamara tener derecho a hacer su antojo, más fuertemente trabajara ese lado oculto de su conciencia. Bien mirado, es improbable; sin embargo, creo ahora que debe haber sido así. Y vuelvo a repetirlo, la propia Caroline tenía esa opinión. Eso, digo, es muy significativo.

Y ahora examinemos los *hechos* o, mejor dicho, mis recuerdos de los hechos, a la luz de esta nueva creencia.

Creo que viene a cuento aquí dar razón de una conversación que sostuve con Caroline unas semanas antes de la tragedia. Fue durante la primera visita que hizo Elsa Greer a Alderbury.

Caroline, como le he dicho, estaba enterada del profundo afecto y amistad que yo le profesaba. Y era, por consiguiente, la persona en quien con más facilidad podía confiar. No tenía aspecto de ser muy feliz. No obstante, quedé sorprendido cuando me preguntó, cierto día, si yo creía que Amyas profesaba mucho afecto a la muchacha que había hecho ir a su casa.

—Le interesa pintarla. Ya sabes tú cómo es Amyas.

—No; está enamorado de ella.

—Bueno... un poco sí, quizá.

—Yo creo que mucho.

Dije yo:

—Es extraordinariamente atractiva, lo reconozco. Y ambos sabemos que Amyas es muy impresionable. Pero debes saber ya, querida, que Amyas sólo quiere a una persona, y esa persona eres tú. Tiene estos devaneos... pero no duran. Tú eres la única mujer para él y, aunque se porta mal, ello no afecta, en realidad, los sentimientos que tú le inspiras.

—Eso era lo que yo acostumbraba a creer.

—Créeme, Caro —le dije—, es así.

Dijo ella:

—Pero esta vez, Merry, tengo miedo. Esa muchacha es tan... tan terriblemente sincera. Es tan joven... y tan vehemente. Tengo el presentimiento de que esta vez... va en serio.

—El mero hecho de que es tan joven, como tú dices y tan sincera, la protegerá. Hablando en general, Amyas considera a to-

144

das las mujeres un juego agradable; pero en el caso de una muchacha como ésta, será distinto.

—Sí —respondió ella—, eso es lo que temo... será distinto.

Y prosiguió:

—Tengo treinta y cuatro años, ¿sabes, Merry? Y llevamos casados diez años. En cuanto a belleza, esa Elsa me da ciento y raya y bien lo sé.

Repuse yo:

—Pero sabes, Caroline... tú sabes... que Amyas te quiere de verdad.

Ella contestó a eso:

—¿Sabe una acaso a qué atenerse con los hombres, Merry?

Y luego rió con cierta tristeza y dijo:

—Soy una mujer muy primitiva, Merry. Me gustaría cargar contra esa muchacha con un hacha en la mano.

Le dije que era posible que la muchacha no se diera la menor cuenta de lo que estaba haciendo. Admiraba profundamente a Amyas y probablemente le tributaría una admiración parecida a la que se tributa a un héroe; pero no se daría cuenta, con toda seguridad, de que Amyas se estaba enamorando de ella.

Caroline se limitó a decirme:

—¡Querido Merry!

Y empezó a hablar del jardín. Confié que no se preocuparía más del asunto.

Poco después Elsa regresó a Londres. Amyas estuvo ausente también varias semanas. Yo había olvidado, de verdad, todo el asunto. Y luego oí que Elsa se hallaba de nuevo en Alderbury para que Amyas pudiera terminar el cuadro.

Me turbó un poco la noticia. Pero Caroline, cuando la vi, no se mostró de humor muy comunicativo. Parecía la misma de antaño, sin preocupación de ninguna clase. Imaginé que todo iba bien.

Por eso me impresionó tanto saber a qué extremo habían llegado las cosas.

Le he contado mi conversación con Crale y con Elsa. No tuve oportunidad de hablar con Caroline. Sólo pudimos decirnos esas cuantas palabras de las que ya le he hablado.

Me parece ver su rostro ahora, los ojos oscuros muy abiertos y la emoción contenida. Aún me parece escuchar su voz al decir:

—*Todo ha terminado...*

No puedo describirle a usted la infinita desolación expresada por estas palabras. Eran una declaración literal de la verdad. Con la defección de Amyas todo había terminado para ella. Ésa, estoy convencido, fue la razón de que se apoderase de la conicina. Era una salida, una solución. Una solución que mi estúpida conferencia sobre la droga le había sugerido. Y el extracto que leí del *Fedón* da una descripción muy benévola de la muerte.

He aquí mi opinión actual. Se llevó la conicina, resuelta a quitarse la vida cuando Amyas la abandonara. Él puede haberla visto cogerla... o puede haberlo descubierto más tarde.

El descubrimiento le afectó con fuerza terrible. Le horrorizó lo que sus actos le habían impulsado a meditar, pero pese al horror y remordimiento que experimentaba, siguió sintiéndose incapaz de renunciar a Elsa. Eso lo comprendo. Cualquiera que se hubiese enamorado de ella hubiera hallado casi imposible arrancarse de su lado.

Él no podía imaginarse la vida sin Elsa. Se daba cuenta de que Caroline no podía vivir sin él. Decidió que no había más que una solución: usar la conicina él... suicidarse.

Y la forma en que lo hizo pudiera ser característica del hombre en mi opinión. La pintura era la cosa que más quería en esta vida. Decidió morir con el pincel en la mano. Y la última cosa que verían sus ojos sería el rostro de la mujer a quien tan desesperadamente amaba. Puede haber creído también que su muerte sería lo mejor para ella...

Reconozco que esta teoría deja ciertos hechos curiosos sin explicar. Por qué, por ejemplo, sólo se encontraron las huellas de Caroline en la botella de conicina. Sugiero que, después de haberla tocado Amyas, se borraron o quedaron borrosas todas las huellas por su roce con la ropa que había encima del frasco y que, después de su muerte, Caroline la examinó para ver si alguien la había tocado. ¿Acaso no es eso posible y plausible? En cuanto a las pruebas de las huellas halladas en la botella de cerveza, los testigos de descargo opinaban que la mano de un hombre podía agarrotarse después de haber ingerido el veneno, de forma que agarraría la botella de una manera anormal.

Queda otra cosa por explicar, la actitud de Caroline durante todo el juicio. Pero creo haber comprendido ahora la causa de eso. *Fue ella quien se llevó el veneno de mi laboratorio.* Fue la determinación de *ella* de suicidarse lo que había impulsado a su esposo a suicidarse en su lugar. Creo yo que no carece de razón suponer que, en un exceso morboso de responsabilidad, se considerara ella responsable de su muerte... que se persuadiera a sí misma que era reo de asesinato, aunque no de la clase de asesinato que se le achacaba.

Yo creo que todo pudo ser así. Y si tal es el caso, opino que no le será a usted difícil convencer a la pequeña Carla de que así sucedió. Y puede casarse con su prometido y quedar satisfecha de que la única cosa de que era culpable su madre fue de impulso, nada más que de un impulso, a quitarse ella la vida.

Nada de esto es, ¡ay de mí!, lo que usted me pidió, que fue un relato de los acontecimientos tal como yo los recordaba. Permítame ahora que subsane esa omisión. Ya le he contado detalladamente lo que ocurrió el día anterior al de la muerte de Amyas. Ahora llegamos al día en sí.

Yo había dormido muy mal, preocupado por el desastroso giro que tomaban los acontecimientos para mis amigos. Después de un largo rato durante el cual intenté en vano pensar en algo útil que pudiera yo hacer para conjurar la catástrofe, me sumí en un profundo sueño a eso de las seis de la mañana. La llegada del té a primera hora no me despertó y abrí finalmente los ojos a eso de las nueve y media, sin haber descansado y con mucha pesadez en la cabeza. Fue poco después de eso cuando creí oír movimiento en el cuarto debajo del mío, que era el que yo usaba como laboratorio.

He de advertir aquí que, con toda seguridad, el ruido lo haría un gato al introducirse en la habitación. Encontré la ventana alzada un poco como se había dejado, por descuido, el día anterior. El espacio era justamente lo bastante grande para dar paso a un gato. Sólo menciono el ruido para explicar por qué entré en el laboratorio.

Entré allí en cuanto me hube vestido, y mirando los estantes, observé que el frasco que contenía el preparado de conicina no estaba del todo en línea con los demás. Por eso me llamó la atención y me sobresalté al comprobar que una gran parte de su contenido faltaba. El frasco había estado casi lleno el día anterior… ahora estaba casi vacío.

Cerré la ventana y salí, echando la llave a la puerta. Estaba disgustado y aturdido al propio tiempo. Me temo que, cuando me sobresalto, mi cerebro funciona con lentitud.

Primero me turbé, luego sentí aprensión y, por último, me alarmé. Interrogué a la servidumbre y me negaron todos haber entrado en el laboratorio. Reflexioné un rato más y luego decidí telefonear a mi hermano y pedirle consejo.

Philip fue más perspicaz que yo. Comprendió la gravedad del descubrimiento y me instó a que fuera a verle inmediatamente para discutir el caso.

Salí, encontrándome con miss Williams que había cruzado del otro lado en busca de su discípula. Le aseguré que no había visto a Angela y que no había estado la muchacha en mi casa.

Creo que miss Williams se dio cuenta de que había sucedido algo anormal. Me miró con cierta extrañeza. Yo no tenía la menor intención de contarle lo ocurrido. Sin embargo, le sugerí que mirara en el huerto de atrás —allí había un manzano favorito de Angela— y bajé apresuradamente a la playa y crucé al lado de Alderbury. Mi hermano estaba allí aguardándome.

Subimos a la casa juntos por el camino que usted y yo seguimos el otro día. Habiendo visto la topografía, comprenderá que al pasar al pie del muro de la batería teníamos que oír cualquier cosa que se estuviera diciendo dentro.

Aparte de que Amyas y Caroline estaban en desacuerdo acerca de algo, no presté mucha atención a lo que se hablaba.

Desde luego, no le oí pronunciar a Caroline amenaza de ninguna clase. El tema de discusión era Angela, y supongo que Caroline le estaba suplicando que no insistiera en que la muchacha marchara inmediatamente al colegio. Amyas, sin embargo, se mostró inflexible, gritando, irritado, que todo estaba decidido y que él se encargaría de que hicieran el equipaje.

La puerta del jardín se abrió en el preciso momento en que llegábamos nosotros a ella y salió Caroline. Parecía turbada..., pero no en exceso. Me sonrió algo distraída y dijo que habían estado discutiendo la cuestión de Angela. Elsa apareció en el camino, bajando de la casa y, como era evidente que Amyas quería continuar pintando sin que le interrumpiéramos, seguimos nuestro camino.

Philip se reprochó duramente después el que no hubiésemos hecho algo inmediatamente. Pero yo no lo veo así. No teníamos el menor derecho a suponer que se meditaba cometer un asesinato (es más, ahora creo que no se meditaba tal cosa). No cabía la menor duda de que tendríamos que trazar algún plan de acción; pero sigo sosteniendo que hicimos bien en querer discutir el asunto cuidadosamente primero. Era necesario descubrir cuál era nuestro mejor plan y qué era lo que teníamos la obligación de hacer, y más de una vez me pregunté si no habría cometido yo, después de todo, un error.

¿Había estado lleno el frasco el día anterior, como yo creía? Yo no soy una de esas personas (como mi hermano Philip) que está siempre seguro de todo. La memoria a veces me traiciona. Con cuánta frecuencia, por ejemplo, cree uno haber dejado una cosa en cierto sitio y luego descubre que la ha dejado en un sitio completamente distinto. Cuanto más intenté recordar el estado de la botella la tarde anterior, tanto más inseguro y dudoso quedé. Eso le molestó mucho a Philip, que empezó a perder la paciencia conmigo.

No pudimos continuar nuestra discusión por entonces y acordamos, tácitamente, aplazarla hasta después de comer. (He de advertir que siempre tuve libertad para presentarme a comer en Alderbury cuando me viniese en gana.)

Más tarde, Angela y Caroline nos sirvieron cerveza. Le pregunté a Angela qué travesura había estado meditando al hacer novillos y le advertí que miss Williams la andaba buscando de muy mal humor. Ella me respondió que se había estado bañando, y agregó que no veía ella por qué había de zurcirse la falda vieja cuando iban a comprarle ropa nueva para el colegio.

Comoquiera que no parecía haber oportunidad ya de hablar más rato con Philip a solas y puesto que tenía vivos deseos de reflexionar por mi cuenta sobre el asunto, me fui por el camino en dirección a la batería. Por encima del jardín, donde le enseñé, hay un claro entre los árboles donde solía haber un banco viejo. Me senté en él, fumando y pensando, y mirando a Elsa sentada en las almenas.

Siempre la recordaré como la vi aquel día. Rígida en su postura, con su camisa amarilla y pantalón azul oscuro, y un jersey encarnado echado sobre los hombros para protegerlos contra la brisa.

El rostro estaba radiante de vida y salud. La alegre voz recitaba planes para el porvenir.

Esto suena como si estuviese escuchando su conversación, oculto a sus miradas. Pero no es así. Elsa me veía perfectamente. Tanto ella como Amyas sabían que estaba yo allí. Agitó ella el brazo, saludándome, y gritó que Amyas estaba hecho un verdadero oso aquella mañana… no quería dejarla descansar. Estaba entumecida y le dolía todo el cuerpo.

Amyas gruñó que más entumecido estaba él. Se sentía rígido de pies a cabeza… reuma muscular.

Elsa respondió burlona.

—¡Pobre viejo!

Y agregó que iba a cargar con un inválido cuyas articulaciones rechinarían al menor movimiento.

Me escandalizó, ¿sabe?, que hablaran con tanta despreocupación del porvenir que les aguardaba juntos, cuando tanto sufrimiento estaban causando. Y sin embargo, no puedo tenérselo en cuenta. Era tan joven, tenía tanta confianza, estaba tan enamorada… Y no sabía, en realidad, lo que hacía. No comprendía el sufrimiento. Daba por sentado, con ingenuidad infantil, que Caroline estaría bien, que «pronto se le pasaría». No veía nada más que a sí misma y Amyas, felices juntos. Me había dicho ya que mi punto de vista era anticuado. No tenía dudas, ni remordimientos… ni piedad tampoco. Pero ¿puede uno esperar piedad en la radiante juventud? Esa emoción es más bien característica de la edad madura, hija de la experiencia.

No hablaron mucho, claro está. A ningún pintor le gusta estar charlando cuando pinta. Cada diez minutos o así, quizás, Elsa hacía un comentario y Amyas gruñía una contestación.

Una vez dijo ella:

—Creo que tienes razón en lo que dices de España. Ése será el primer sitio al que vayamos. Y has de llevarme a ver una corrida de toros. Debe de ser maravilloso. Sólo que me gustaría que el toro matara al hombre… y no lo contrario. Comprendo los sentimientos de las mujeres romanas al ver morir a un hombre. Los hombres no son gran cosa; pero los animales son algo magnífico.

Supongo que ella misma se parecía bastante a un animal: joven, primitiva, sin haber alcanzado aún nada de la triste experiencia del hombre ni de su dudosa sabiduría. No creo que Elsa hubiera empezado aún a *pensar*… ella sólo *sentía*. Pero rebosaba vida, más vida que ninguna otra persona que haya conocido yo jamás.

Aquélla fue la última vez que la vi radiante y segura de sí, con el mundo a sus pies. Extravagantemente animada, como sucede con frecuencia con aquellos sobre los que una muerte violenta empieza a proyectar su sombra.

Sonó la campana llamándonos a comer y yo me puse en pie, bajé al camino y entré por la puerta del jardín de la batería. Elsa se reunió conmigo. La claridad era deslumbradora allí, tras salir de la sombra de los umbríos árboles. Apenas me era posible ver. Amyas estaba echado hacia atrás en el banco, con los brazos extendidos. Estaba contemplando el cuadro. ¡Le he visto con tanta frecuencia así! ¿Cómo iba a saber yo que el veneno ya llevaba a cabo su obra, entumeciéndole los miembros mientras estaba sentado?

Odiaba tanto la enfermedad, tal era el resentimiento que en él despertaba, que jamás quería reconocer hallarse enfermo. Seguramente creería haber cogido un poco de insolación —los síntomas son los mismos—; pero a él no se le ocurriría quejarse.

Amyas dijo:

—No quiero ir a comer.

Yo pensé que hacía muy bien. Dije:

—Hasta luego, pues.

Él apartó la mirada del cuadro hasta posarla en mí. Había una extraña… ¿cómo la describiré?; parecía malevolencia. Una especie de mirada malévola.

Como es natural, no la comprendí entonces. Si el trabajo no le salía a medida de sus deseos, solía poner cara verdaderamente asesina. Creí que sería eso. Emitió una especie de gruñido.

Ni Elsa ni yo vimos nada anormal en él… nada más que el temperamento artístico.

Conque le dejamos allí, y ella y yo subimos a la casa riendo y charlando. Si ella hubiera sabido, pobre niña, que jamás volvería a verle con vida... Bueno, a Dios sean dadas las gracias de que no lo supiera. Pudo ser feliz un rato más.

Caroline estuvo completamente normal durante la comida, un poco preocupada... nada más. ¿Y no demuestra eso que ella nada tuvo que ver con el asunto? *No hubiera podido* ser tan buena actriz.

Ella y la institutriz bajaron después y le encontraron. Yo me encontré con miss Williams cuando subía. Me pidió que telefonease al médico y volvió al lado de Caroline.

¡La pobre criatura...! Me refiero a Elsa. Daba rienda suelta a su dolor de esa manera frenética, desenfrenada, característica de los niños. No pueden creer que la vida sea capaz de hacerles esas cosas. Caroline estaba completamente serena. Sí; completamente serena. Sabía, claro está, dominarse mejor que Elsa. No parecía tener remordimientos... entonces. Se limitó a decir que debía haberse quitado la vida él mismo. Y no podíamos creer eso. Elsa estalló y la acusó en su propia cara.

Claro está que tal vez se habría dado cuenta ya de que se sospecharía de ella. Sí; eso explica probablemente su actitud.

Philip estaba completamente convencido de que ella le *había* matado.

La institutriz fue una gran ayuda y se mostró digna de la confianza que en ella se tenía. Obligó a Elsa a echarse y le dio un sedante. Y mantuvo alejada a Angela cuando se presentó la policía. Sí; esa mujer fue un verdadero puntal para todos en el momento crítico.

Se convirtió todo en una especie de pesadilla. La policía registró la casa... haciendo preguntas... tomando fotografías... pidiendo entrevistas con miembros de la familia...

Una verdadera pesadilla.

Sigue siendo una pesadilla al cabo de tantos años. Quiera Dios que, una vez haya convencido a la pequeña Carla de lo que realmente ocurrió, podamos olvidarlo todo y no volver a recordarlo jamás.

Amyas *tiene* que haberse suicidado... por muy poco probable que parezca.

Fin de la narración de Meredith Blake

Relato de lady Dittisham

Doy cuenta aquí de toda la historia de mi encuentro con Amyas Crale hasta el momento de su trágica muerte.

Le vi por primera vez en una fiesta dada en un estudio. Estaba de pie, lo recuerdo, junto a una ventana y le vi entrar en la habitación. Pregunté quién era. Alguien contestó: «Es Crale, el pintor». Dije inmediatamente que me gustaría conocerle.

Hablamos en esa ocasión unos diez minutos. Cuando alguien crea en uno la impresión que Amyas Crale creó en mí, es inútil intentar describirla. Si digo que cuando vi a Amyas Crale todas las demás personas parecieron disminuir de tamaño hasta desaparecer por completo, creo que habré expresado la sensación que causó en mí, todo lo bien que puede expresarse.

Inmediatamente después de ese encuentro fui a ver todos los cuadros suyos que me fue posible. Había inaugurado una exposición por entonces en Bond Street. Y había uno de sus cuadros en Manchester; otro en Leeds y dos en galerías públicas de Londres. Fui a verlos todos. Luego volví a verle a él. Dije:

—He ido a admirar todos sus cuadros. Me parecen maravillosos.

Pareció hacerle gracia. Preguntó:

—¿Quién le ha dicho que usted puede juzgar si un cuadro es bueno o malo? No creo que sepa usted una palabra del asunto.

Contesté:

—Tal vez no. Pero son maravillosos de todas formas.

Él rió y dijo:

—No sea usted una exagerada estúpida.

—No lo soy —contesté yo—. Quiero que me pinte.

Dijo Crale:

—Si tiene usted una pizca de sentido común, se dará cuenta de que yo no pinto retratos de mujeres bonitas.

Contesté:

—No es preciso que sea un retrato, y yo no soy una mujer bonita.

Me miró entonces como si empezara a verme. Dijo:

—No; tal vez no lo sea.

Pregunté:

—Así, pues, ¿me pintará?

Me contempló un rato, con la cabeza ladeada. Luego dijo:

—Es usted una criatura extraña, ¿verdad?

Contesté:

—Soy rica, ¿sabe? Puedo permitirme el lujo de pagar bien.

Quiso él saber:

—¿Por qué tiene tantas ganas de que la pinte?

Respondí:

—Porque lo deseo así.

Dijo él:

—¿Es ésa una razón?

—Sí —dije yo—. Siempre obtengo lo que deseo.

Exclamó entonces:

—¡Pobre niña! ¡Cuán joven es usted!

—¿Me pintará?

Me asió de los hombros, me volvió hacia la luz y me examinó. Luego se apartó unos pasos de mí. Yo me quedé inmóvil aguardando.

Dijo:

—He tenido a veces deseos de pintar una bandada de guacamayos australianos de imposible colorido, posándose sobre la catedral de San Pablo. Si la pintara a usted con un paisaje bonito tradicional como fondo, creo que obtendría el mismo resultado.

—Así, pues —inquirí yo—, ¿me pintará?

Contestó él:

—Es usted uno de los trozos de colorido exótico más hermosos, más crudos y más extravagantes que en mi vida he visto. ¡La pintaré!

Dije yo:

—Entonces, queda acordado.

Prosiguió él:

—Pero le voy a hacer una advertencia, Elsa Greer. Si yo la pinto, probablemente le haré el amor.

Yo contesté:

—Ojalá sea así...

Lo dije con voz serena, con firmeza. Le oí contener el aliento y vi la expresión que apareció en sus ojos.

Así de repente fue.

Un día o dos más tarde volvimos a vernos. Me dijo que quería que bajase a Devonshire. Allí tenía el paisaje que deseaba usar como fondo. Dijo:

—Soy casado, ¿sabe? Y quiero mucho a mi esposa.

Le contesté que si tanto la quería debía de ser una mujer muy agradable.

Él dijo que lo era... y mucho.

—Es más —agregó—, es una mujer adorable... y yo la adoro. Conque chúpate ésa, jovencita Elsa.

Le dije que comprendía perfectamente.

Dio inicio al cuadro una semana después. Caroline Crale me dio la bienvenida muy agradablemente. No le fui muy simpática... pero después de todo, ¿por qué se lo había de ser? Amyas fue circunspecto. Jamás me dijo una palabra que no hubiera podido escuchar su esposa y yo me mostré muy cortés y formal con él. Por dentro, sin embargo, ambos sabíamos...

Al cabo de diez días me dijo que debía regresar a Londres.

Le dije:

—El cuadro no está terminado.

Dijo él:

—Apenas está empezado. La verdad es que no puedo pintar, Elsa.

—¿Por qué?

—De sobra sabes por qué, Elsa. Y por eso tienes que largarte de aquí. No puedo pensar en la pintura... no puedo pensar más que en ti.

Estábamos en el jardín de la batería. Era un día caluroso, soleado. Había pájaros y se oía el zumbido de abejas. Debiera haber sido una escena feliz y apacible. Pero no era ésa la sensación que se tenía. Parecía más bien... trágica. Como si... como si lo que habría de ocurrir ya se reflejara allí.

Yo sabía que de nada serviría que regresase a Londres; pero respondí:

—Bien. Me marcharé si tú me lo pides.

Amyas dijo:

—Buena chica.

Conque me fui. No le escribí.

Aguantó diez días y luego vino. Estaba tan delgado, tan demacrado, tan lleno de melancolía, que me impresionó.

Dijo:

—Te lo advertí. No digas que no te lo advertí.

Le contesté:

—Te he estado esperando. Sabía que vendrías.

Exhaló una especie de gemido y dijo:

—Hay cosas que son demasiado fuertes para cualquier hombre. No puedo comer, ni dormir, ni descansar, de tanto que te anhelo.

Le dije que lo sabía y que a mí me ocurría lo mismo y me había ocurrido siempre desde el primer momento que le conociera. Era el destino y resultaría inútil luchar contra él.

Dijo él:

—Tú no has luchado mucho, ¿verdad, Elsa?

Y le contesté que no había luchado en absoluto.

Dijo que ojalá no hubiera sido yo tan joven, y yo le contesté que era igual. Supongo que podría decir que durante las siguientes semanas fuimos muy felices. Pero felicidad no es la palabra adecuada. Fue algo más profundo y que asustaba más.

Habíamos sido creados el uno para el otro y nos habíamos encontrado y ambos sabíamos que teníamos que seguir juntos siempre.

Pero ocurrió algo más también. El cuadro sin terminar empezó a convertirse en obsesión para Amyas. Me dijo:

—Es raro que no pudiera pintarte antes... tú misma lo impedías. Pero *quiero* pintarte, Elsa. Quiero pintarte de forma que ese cuadro sea el mejor que haya hecho en mi vida. Me hormiguean los dedos ahora por coger los pinceles y verte sentada allí, sobre ese viejo paredón almenado, con el convencional mar azul y los decorativos árboles ingleses... y tú... tú... sentada allí como un discordante aullido de triunfo.

Agregó:

—¡Y tengo que pintarte así! Y no puedo consentir que se me moleste, ni se me distraiga mientras lo hago. Cuando esté terminado el cuadro, le diré a Caroline la verdad y arreglaremos todo este desagradable asunto.

Pregunté:

—¿Pondrá Caroline inconvenientes al divorcio?

Él contestó que no lo creía. Pero nunca sabía lo que haría una mujer.

Dije que lo sentiría si se llevaba ella un disgusto; pero que esas cosas ocurrían y que nunca podían remediarse.

Dijo él:

—Eso es muy bonito y razonable, Elsa. Pero Caroline no es razonable, nunca ha sido razonable, y es seguro que no será razonable. Me quiere, ¿sabes?

Le dije que eso lo comprendía perfectamente; pero que si ella le quería de verdad, pondría la felicidad de él por encima de todo y, fuera como fuese, no se empeñaría en sujetarle si él deseaba ser libre.

Contestó él:

—La vida no puede resolverse con máximas admirables extraídas de la literatura moderna. La naturaleza es roja en diente y garra, no lo olvides.

Dije:

—¿Acaso hoy en día no somos gente civilizada?

Y Amyas se echó a reír y contestó:

—¡Qué gente civilizada ni qué niño muerto! Con toda seguridad Caroline la emprendería a hachazos contigo de muy buena gana. Y a lo mejor lo hace. ¿No te das cuenta, Elsa, que ella va a sufrir… a *sufrir*? ¿No sabes tú lo que significa sufrir?

Contesté:

—Pues entonces no se lo digas.

Replicó él:

—No. La ruptura ha de llegar. Tienes que pertenecerme como es debido, Elsa. Ante el mundo entero. Ser abiertamente mía.

Pregunté:

—¿Y si ella no quiere aceptar el divorcio?

Dijo él:

—No temo eso.

—¿Qué es lo que temes, pues?

Él replicó lentamente:

—No lo sé…

Y es que él conocía a Caroline. Yo no.

Si hubiese tenido yo la menor idea…

Volvimos a ir a Alderbury. La situación fue difícil esta vez. Caroline había concebido sospechas. A mí no me gustó… no me gustó… no me gustó ni pizca. Siempre he odiado el engaño, el obrar a escondidas. Opiné que debíamos decírselo. Amyas se negó rotundamente.

Lo más gracioso del caso es que le tenía sin cuidado en realidad. A pesar de querer a Caroline y de no desear hacerle daño, le tenía completamente sin cuidado la honradez o falta de honradez del asunto. Estaba pintando con una especie de frenesí, y ninguna otra cosa le importaba. Yo no le había visto en uno de sus accesos de trabajo intenso antes. Me di cuenta ahora de que era un gran genio en realidad. Era natural en él dejarse arrastrar de tal manera por su trabajo, que nada le importaba la decencia común. Pero era distinto para mí. Me encontraba en una situación horrible. Caroline estaba resentida conmigo… y con razón. La única manera de arreglar la situación era ser completamente sinceros con ella y decirle la verdad.

Pero lo único que decía Amyas fue que no iba a consentir que le molestaran, ni le armaran escándalo hasta que hubiese terminado el cuadro. Le dije que probablemente no habría escándalo. Caroline tendría demasiada dignidad y orgullo para eso.

Yo dije:

—Quiero obrar con sinceridad. *Tenemos* que ser sinceros; muy sinceros.

Dijo Amyas:

—¡Al diablo con la sinceridad! Estoy pintando un cuadro, maldita sea.

Yo comprendía su punto de vista; pero él no quería comprender el mío.

Y a última hora, lo eché todo a rodar. Caroline había estado hablando de no sé qué plan que iban a poner en ejecución Amyas y ella el otoño siguiente. Habló de él con toda confianza. Y de pronto sentí que era abominable lo que estábamos haciendo… dejarla continuar así. Tal vez estuviera yo furiosa también porque Caroline estaba siendo, en realidad, muy desagradable conmigo de una manera tan hábil que era difícil de soportar. Conque salté yo y le dije la verdad. Hasta cierto punto, sigo creyendo que hice bien. Aunque, claro está, no lo hubiese hecho de haber sabido las consecuencias que iba a tener.

El choque vino inmediatamente. Amyas se puso furioso conmigo; pero tuvo que reconocer que lo que yo había dicho era cierto.

Yo no comprendí ni pizca a Caroline. Fuimos a casa de Meredith Blake a tomar el té y Caroline desempeñó maravillosamente su papel… riendo y hablando. Yo, idiota de mí, creí que estaba tomando la cosa bien. Era un poco embarazoso que no pudiera yo abandonar la casa; pero Amyas se hubiera vuelto loco de rabia si lo hubiese hecho.

No la vi llevarse la conicina. Quiero ser honrada. Conque diré que creo que existe la posibilidad de que la hubiese cogido con la intención que ella mismo dijo: la de suicidarse.

Pero no lo creo *en serio*. Yo creo que era una de esas mujeres intensamente celosas que no quieren soltar nada que ellas creen les pertenece. Amyas era propiedad suya. Creo que estaba dispuesta a matarle antes de soltarle, antes de renunciar a él definitivamente para que se lo llevara otra mujer. Creo que decidió inmediatamente matarle. Era una mujer muy vengativa. Amyas sabía desde el primer momento que era peligrosa. Yo no lo sabía.

A la mañana siguiente tuvo una discusión final con Amyas. Oí la mayor parte de ella desde fuera, desde la terraza. Él se portó espléndidamente... tuvo mucha paciencia y conservó la serenidad. Le imploró que fuera razonable. Él dijo que les tenía mucho afecto a ella y a la niña y que siempre se lo seguiría teniendo. Haría todo lo que pudiera para asegurar su porvenir. Luego se endureció y dijo:

—Pero ten bien entendido esto: voy a casarme con Elsa y nada me lo impedirá. Tú y yo siempre estuvimos de acuerdo en dejarnos mutuamente en libertad. Estas cosas suceden.

Caroline le contestó:

—Haz lo que te dé la gana. Yo ya te he avisado.

Su voz era tranquila, pero tenía un dejo extraño.

—¿Qué quieres decir, Caroline?

Contestó ella:

—Eres mío *y no pienso dejarte marchar.* Antes de permitir que te vayas con esa muchacha, *te mataré.*

En aquel preciso instante Philip Blake bajó por la terraza. Me puse en pie y le salí al encuentro. No quería que oyese él la discusión.

A los pocos momentos salió Amyas y dijo que era hora de continuar con el cuadro. Bajamos a la batería. Él no dijo gran cosa. Se limitó a murmurar que Caroline estaba siendo difícil; pero que, por el amor de Dios, no habláramos del asunto. Quería concentrarse en lo que estaba haciendo. Con un día más, dijo, seguramente quedaría terminado el cuadro.

Agregó:

—Y será lo mejor que haya hecho, Elsa, aun cuando haya habido que pagarlo con sangre y lágrimas.

Un poco más tarde subí a la casa a buscar un jersey. Soplaba un viento fresco. Cuando volví, Caroline estaba allí. Supongo que había bajado a dirigirle su última súplica. Philip y Meredith Blake estaban allí también.

Fue entonces cuando dijo Amyas que tenía sed y que quería beber. Dijo que había cerveza allí, pero que no estaba fría.

Caroline dijo que le mandaría cerveza helada. Lo dijo con toda naturalidad, en tono amistoso. Era actriz aquella mujer. Seguramente sabría ya entonces lo que iba a hacer.

Bajó la cerveza diez minutos más tarde. Amyas estaba pintando. Llenó el vaso y lo colocó junto a él. Ninguno de los dos la mirábamos. Amyas estaba absorto en lo que hacía y yo no podía moverme para conservar la postura.

Amyas se la bebió de la misma manera que bebía siempre la cerveza, de un solo trago. Luego hizo una mueca y dijo que sabía a rayos..., pero que estaba fresca por lo menos.

Y aun entonces, cuando dijo él eso, no entró en mi cabeza la menor sospecha. Me eché a reír y dije: «¡Eso es del hígado!».

Después de haberle visto bebérsela, Caroline se marchó. Debió ser cosa de cuarenta minutos más tarde cuando Amyas se quejó de entumecimiento y dolores. Dijo creer que tenía algo de reumatismo. Amyas siempre se había mostrado intolerante con las enfermedades y no le gustaba que le mimasen. Después de hablar quitó importancia a la cosa agregando:

—Achaques de la vejez, supongo. Vas a cargar con un viejo que rechinará a cada movimiento que haga, Elsa.

Le seguí la corriente. Pero observé que movía las piernas con dificultad y de una manera rara; que hizo una mueca más de una vez. Jamás soñé que pudiera no ser reuma. Al poco rato acercó el banco y se dejó caer en él, alargando el brazo de vez en cuando para dar un pincelazo aquí o allá. Hacía eso a veces cuando pintaba. Quedárseme mirando fijamente, y luego hacer lo propio con el lienzo. En ocasiones lo hacía media hora seguida. Conque no me pareció especialmente extraño.

Oímos tocar la campana que llamaba a comer y él dijo que no pensaba subir. Se quedaría donde estaba y no quería nada. Tampoco eso resultaba anormal. Y desde luego, resultaría mucho más fácil para él que tener que estar sentado frente a Caroline en la mesa.

Hablaba de una manera extraña… gruñendo las palabras. Pero a veces hacía eso cuando no estaba satisfecho con el progreso del cuadro.

Meredith Blake vino a buscarme. Le dirigió la palabra a Amyas, pero éste se limitó a gruñirle.

Subimos a la casa juntos y le dejamos allí. Le dejamos allí… para que muriera solo. En mi vida había visto yo mucha enfermedad… no sabía nada de eso… creí que Amyas se encontraba en uno de sus humores de pintor. Si yo hubiese sabido… si me hubiera dado cuenta… quizás hubiese podido salvarle un médico… ¡Dios mío! ¿Por qué no haría yo…? Pero nada se adelanta pensando en eso ahora. Fui una ciega y una imbécil. Una loca estúpida y ciega.

No queda mucho más que contar.

Caroline y la institutriz bajaron allí después de comer. Meredith las siguió. Al poco rato volvió corriendo. Nos dijo que Amyas había muerto.

¡Entonces comprendí! Comprendí que había sido Caroline, quiero decir. Aún no pensé en el veneno, sin embargo, creí que habría bajado y le habría pegado un tiro o dado una puñalada.

Yo quería llegar donde ella estuviese... matarla...

¿Cómo *pudo* hacerlo? ¿Cómo *pudo*? Amyas estaba tan vivo, tan lleno de vida y de vigor. Quitarle todo eso... convertirle en una masa inerte y fría... Sólo para que no pudiera ser mío.

Horrible mujer...

Horrible, desdeñosa, cruel y vengativa...

La odio. Aún la odio.

Ni siquiera la ahorcaron.

Debieron haberla ahorcado...

Hasta la horca era demasiado poco para ella...

La odio... la odio... la odio...

Fin del relato de lady Dittisham

Relato de Cecilia Williams

«Querido monsieur Poirot:

»Le envío un relato de aquellos acontecimientos de septiembre de 19..., de los que yo personalmente fui testigo.

He sido completamente sincera y no he ocultado nada. Puede enseñárselo a Carla Crale. Podrá ser doloroso para ella; pero yo siempre he sido partidaria de la verdad. Los paliativos son dañinos. Una ha de tener el valor necesario para enfrentarse con la realidad. Sin ese valor, la vida carece de significado. La gente que más daño nos hace es la que nos escuda contra la realidad.

»Sinceramente suya,

Cecilia Williams.»

Me llamo Cecilia Williams. Mistress Crale contrató mis servicios como institutriz para su hermanastra Angela Warren en 19... Tenía yo entonces cuarenta y ocho años de edad.

Empecé a cumplir mi cometido en Alderbury, una finca muy hermosa en el sur de Devon, que pertenecía a la familia Crale desde hacía muchas generaciones. Sabía que míster Crale era un pintor muy conocido; pero nunca le había visto hasta que tomé residencia en Alderbury.

La casa estaba ocupada por míster y mistress Crale, Angela Warren (que tenía entonces trece años), y tres sirvientes que llevaban muchos años en la familia.

Encontré a mi discípula interesante y de carácter que prometía. Tenía notable habilidad y resultaba un verdadero placer enseñarle. Era algo alocada e indisciplinada; pero estos defectos nacían principalmente de su exuberancia de espíritu y confieso que siempre he preferido que mis discípulas fueran vivaces. Un exceso de vitalidad puede ser adiestrado y encauzado por vías de verdadera utilidad que pueden proporcionar grandes triunfos a quien lo posee.

En general, encontré a Angela disciplinable. Había sido mimada en exceso, principalmente por mistress Crale, que se mostraba exageradamente indulgente en cuanto con ella estaba relacionado. La influencia de míster Crale era, en mi opinión, mala. La mimaba absurdamente un día y se mostraba innecesariamente perentorio en otras ocasiones. Era hombre de cambiante humor, posiblemente debido a lo que llamaban temperamento artístico.

Yo, personalmente, nunca he comprendido por qué ha de considerarse el poseer habilidad artística una excusa para que una persona deje de ejercer un dominio decente sobre sí. Yo no admiraba las pinturas de míster Crale. El dibujo se me antojaba defectuoso y el colorido exagerado; pero, naturalmente, a mí no se me pedía que expresara mi opinión sobre estos asuntos.

No tardé en cobrarle un profundo afecto a mistress Crale. Admiraba su carácter y su fortaleza en las dificultades de su vida. Míster Crale no era un marido fiel, y creo que ello era manantial de mucho dolor para ella. Una mujer de mayor determinación le hubiese dejado; pero mistress Crale nunca pareció pensar hacer cosa semejante. Soportaba sus infidelidades y se las perdonaba; pero he de decir que no las aceptaba con humildad. Protestaba... ¡y con energía!

Se dijo durante la vista de la causa que llevaban una vida de perro y gato. Yo no diría tanto. Mistress Crale tenía demasiada dignidad para que pudiera cuadrar semejante descripción, pero sí que regañaban. Y yo considero eso muy natural en tales circunstancias.

Llevaba yo poco más de dos años con mistress Crale cuando miss Elsa Greer apareció en escena. Llegó a Alderbury en el verano de 19... Mistress Crale no la había visto hasta entonces. Era amiga de míster Crale y se dijo que estaba allí para que pintara su retrato.

Se vio en seguida que míster Crale estaba enamorado de la muchacha y que ella nada hacía por desanimarlo. Se portó Elsa, en mi opinión, de una manera vergonzosa, mostrándose abominablemente grosera con mistress Crale y coqueteando abiertamente con su esposo.

Como es natural, mistress Crale no me dijo nada a mí; pero me di cuenta de que estaba perturbada y no era feliz. Yo hice todo lo posible por distraerla y hacer más ligera su carga. Miss Greer tenía sesión con míster Crale todos los días; pero observé que el cuadro no hacía grandes progresos. ¡Tendrían, sin duda, otras cosas de que hablar!

Mi discípula, lo digo con satisfacción, se daba cuenta de muy poco de lo que estaba pasando. Angela era, en ciertos aspectos, muy ingenua para la edad que tenía. Aun cuando su entendimiento estaba bien desarrollado. No era ni mucho menos, lo que yo llamaría precoz. No parecía tener el menor deseo de leer libros indeseables, ni daba muestras de curiosidad morbosa, como hacen otras niñas a su edad.

Por consiguiente, no vio nada censurable en la amistad existente entre míster Crale y miss Greer. No obstante, encontraba antipática a miss Greer y la consideraba estúpida. En esto tenía razón. Miss Greer había sido educada, supongo, convenientemente; pero jamás abría un libro y desconocía por completo las alusiones literarias al uso. Por añadidura, era incapaz de sostener una discusión sobre tema intelectual alguno.

Estaba completamente absorta en su aspecto personal, en los vestidos y en los hombres.

Angela, creo yo, ni siquiera se daba cuenta de que su hermana no era feliz. No era, por entonces, persona de mucha percepción. Se pasaba mucho rato en distracciones traviesas, tales como encaramarse a los árboles y hacer locuras en bicicleta. Era también una gran lectora y daba muestras de excelente gusto en lo que le agradaba y desagradaba.

Mistress Crale tenía un buen cuidado de ocultarle a Angela toda muestra de infelicidad y se esforzaba en parecer animada y alegre cuando la niña andaba por las cercanías.

Miss Greer regresó a Londres, y puedo asegurarle que todos quedamos encantados. La servidumbre le tenía tanta antipatía como pudiera tenerle yo. Era una de esas personas que da mucho más trabajo del necesario y que se olvida hasta de dar las gracias.

Míster Crale se marchó poco después y, claro está, comprendí que había salido tras la muchacha. Compadecí mucho a mistress Crale. Ella sentía hondamente estas cosas. Míster Crale me inspiraba bastante aversión. Cuando un hombre tiene una mujer encantadora, gentil e inteligente, no hay derecho a que la trate mal.

Sin embargo, tanto ella como yo confiamos que la cosa pasaría pronto. Y no era que mencionásemos el asunto entre nosotras (no lo hacíamos, desde luego), pero ella sabía muy bien cuáles eran mis sentimientos.

Por desgracia, la pareja volvió a presentarse al cabo de unas semanas. Parecía que iban a reanudar las sesiones de pintura.

Míster Crale estaba pintando ahora con verdadero frenesí. Parecía preocuparle mucho menos la muchacha que el retrato que estaba haciendo de ella. No obstante, me di cuenta que aquello no era una repetición de lo que habíamos visto en otras ocasiones. Aquella muchacha le había echado la garra y no pensaba soltarle. Él era como de cera en sus manos.

La cosa cambió algo el día anterior al de su defunción, es decir, el diecisiete de septiembre. Los modales de miss Greer habían sido insoportablemente insolentes durante los últimos días. Se sentía segura de sí misma y quería hacer alarde de su importancia. Mistress Crale se portó como una verdadera señora. Se mostró fríamente cortés, pero no le dejó a la otra lugar a dudas acerca de lo que opinaba de ella.

Dicho día diecisiete de septiembre, estando sentados en la sala después de comer, miss Greer hizo un comentario sorprendente acerca de cómo pensaba reformar la habitación cuando estuviese viviendo ella en Alderbury.

Como es natural, la señora Crale no pudo dejarlo pasar. Le paró los pies. Y miss Greer tuvo la impertinencia de decir ante todos nosotros que iba a casarse con míster Crale. ¡Se atrevió a hablar de casarse con un hombre casado… y decírselo a su mujer!

Yo me enfadé mucho con míster Crale. ¿Cómo se atrevió a consentir que aquella muchacha insultase a su mujer en su propia casa? Si quería fugarse con la muchacha, podía haberlo hecho en lugar de meterla en casa de su esposa y secundarla en sus insolencias.

A pesar de lo que debió sentir, mistress Crale no perdió su dignidad. El marido entró en aquel instante y ella le exigió inmediatamente que confirmara lo que la otra había dicho.

Él se molestó, y se comprende, con miss Greer por haber forzado la cosa sin la menor consideración. Aparte de todo lo demás, le dejaba a él en muy mal lugar y a los hombres no les gusta eso. Les hiere en su vanidad.

Se quedó parado allí, enorme como era, tan corrido y sintiéndose tan ridículo como un colegial travieso. Fue su mujer quien dominó la situación. Él tuvo que murmurar, aturdido, que era cierto, pero que no había sido su intención que se enterara ella de aquella manera.

Jamás he visto cosa alguna como la mirada de desprecio que ella le dirigió. Salió de la habitación con la cabeza muy alta. Era una mujer muy hermosa, mucho más hermosa que aquella muchacha tan llamativa, y andaba como una emperatriz.

Deseé de todo corazón que Amyas Crale fuera castigado por la crueldad de que había dado muestras y por la indignidad a que había sometido a una mujer paciente y noble.

Por primera vez intenté decirle a mistress Crale algo de lo que sentía; pero ella, interponiéndose, me contuvo. Dijo:

—Hemos de procurar seguir como de costumbre. Es lo mejor. Vamos a ir todos a tomar el té a casa de Meredith Blake.

Le dije yo entonces:

—Es usted maravillosa, mistress Crale.

Contestó ella:

—Usted no lo sabe…

Luego, cuando iba a salir del cuarto, volvió atrás y me besó. Dijo:

—Es usted, en estos tristes momentos, un gran consuelo para mí.

Se retiró a su cuarto y creo que lloró. La vi cuando marcharon todos. Llevaba un sombrero de alas muy anchas que sombreaban su rostro, un sombrero que se ponía en raras ocasiones.

Míster Crale estaba inquieto; pero intentaba hacer frente a la situación con desfachatez. Míster Philip Blake hacía lo posible por portarse como de costumbre. Miss Greer tenía la misma cara que el gato que ha conseguido beberse el jarro de leche. ¡Todo satisfacción y ronroneo!

Se pusieron en marcha. Regresaron a eso de las seis. No volví a ver a mistress Crale sola aquella tarde. Estuvo muy callada durante la cena y se acostó temprano. No creo que se diera cuenta nadie más que yo de lo mucho que estaba sufriendo.

La velada transcurrió en una especie de pelea continua entre Angela y míster Crale. Volvieron a poner sobre el tapete la cuestión del colegio. Él estaba irritado y tenía todos los nervios de punta y la niña estaba más insoportable que de costumbre. El asunto estaba resuelto y se le había comprado el equipo y nada se adelantaba volviendo a discutir el tema. Pero a ella se le había ocurrido de pronto sentirse una mártir. No me cabe la menor duda que se daba cuenta instintivamente de la tensión del ambiente, y que ésta producía en ella una reacción como en todos los demás. Me temo que estaba yo demasiado absorta en mis pensamientos para intentar frenarla como debía de haber hecho. Acabó el asunto tirándole Angela un pisapapeles a míster Crale y saliendo a todo correr de la habitación.

Yo salí tras ella y le dije vivamente que me avergonzaba de que se hubiese portado como una criatura, pero seguía bastante alborotada y creí preferible dejarla en paz.

Estuve indecisa unos momentos, estudiando la conveniencia de dirigirme al cuarto de mistress Crale; pero decidí, por último, que tal vez se molestase. Me ha pesado más de una vez, desde entonces, no haber dominado mi respeto y haber insistido en que hablara conmigo. De haberlo hecho, tal vez hubiesen cambiado las cosas. Porque, claro, ella no tenía persona alguna a quien confiar sus penas. Aunque admiro a las personas que tienen dominio sobre sí mismas, he de reconocer, mal que me pese, que ese dominio puede llevarse a extremos poco gratos. Es preferible buscar un escape para los sentimientos.

Me encontré con míster Crale cuando me dirigía a mi cuarto. Me dio las buenas noches, pero yo no le contesté.

La mañana siguiente fue, según recuerdo, muy hermosa. Se tenía la sensación, al despertarse, de que reinando tanta paz a su alrededor hasta los hombres debían recobrar el sentido.

Entré en el cuarto de Angela antes de bajar a desayunar; pero ella ya se había levantado y salido. Recogí una falda rota que había dejado tirada en el suelo y me la llevé para hacer que se la cosiera después del desayuno.

Ella, sin embargo, había conseguido pan y mermelada en la cocina y se había marchado. Después de desayunar, salí en su busca. Menciono estos detalles para explicar por qué no estuve más con mistress Crale aquella mañana. Quizá parezca ésta una desatención por mi parte; no obstante, me pareció deber mío buscar a Angela. Era muy traviesa y muy testaruda cuando se trataba de arreglarse la ropa y yo no tenía la menor intención de permitirle que me desafiara de semejante manera.

Faltaba su traje de baño; conque bajé a la playa. No vi ni rastro de ella en el agua ni en las rocas; o sea que creí posible que hubiese cruzado a casa de míster Blake. Ella y él eran buenos amigos. No la encontré y acabé regresando. Mistress Crale, míster Blake y míster Philip Blake estaban en la terraza.

Hacía mucho calor aquella mañana si no estaba uno donde le diera el viento, y la casa y la terraza estaban al abrigo del mismo. Mistress Crale sugirió que tal vez les gustase tomar un poco de cerveza helada.

Había un invernadero pequeño que había sido edificado junto a la casa en tiempos de la reina Victoria. A mistress Crale no le gustaba y no se usaba para plantas; pero lo había convertido en una especie de bar, colocando varias botellas de ginebra, vermouth, limonada, gaseosa, etcétera, en los estantes e instalando una nevera pequeña que se llenaba con hielo todas las mañanas y en la que siempre había cervezas y gaseosas. Recuerdo muy bien estos detalles.

Mistress Crale fue allí en busca de cerveza y yo la acompañé. Angela estaba junto a la nevera y sacaba en aquel instante una botella de cerveza.

La señora entró delante de mí. Dijo:

—Quiero una botella de cerveza para llevársela a Amyas.

¡Es tan difícil ahora saber si debía yo haber sospechado algo! Su voz, casi tengo el convencimiento de ello, era completamente normal. Pero he de reconocer que, en aquel instante estaba absorta, no en ella, sino en Angela. Angela junto a la nevera se había puesto muy colorada y daba sensación de culpabilidad.

La reñí con cierta brusquedad y, con gran sorpresa mía, ella se mostró muy sumisa. Le pregunté dónde había estado y me contestó que bañándose. Dije:

—No te vi en la playa.

Y ella se echó a reír. Luego le pregunté dónde tenía el jersey y me contestó que seguramente se lo habría dejado en la playa.

Menciono estos detalles para explicar por qué le dejé a mistress Crale llevar la cerveza al jardín de la batería.

Del resto de la mañana no guardo el menor recuerdo. Angela fue en busca de aguja e hilo y se cosió la falda sin dar más quehacer. Yo creo que me puse a coser algo de ropa blanca de la casa. Míster Crale no subió a comer. Me alegré de que tuviera por lo menos *esa* decencia.

Después de comer, mistress Crale dijo que iba a la batería. Yo quería ir a buscar el jersey de Angela a la playa. Echamos a andar juntas por el camino. Ella entró en la batería. Yo iba a seguir adelante cuando me hizo retroceder un grito suyo. Como le dije cuando vino usted a verme, ella me pidió que volviera a la casa y telefonease. Camino de la casa me encontré con míster Meredith Blake y regresé al lado de mistress Crale.

Tal fue la historia que conté cuando se hizo la investigación judicial y que repetí más tarde ante el tribunal.

Lo que estoy a punto de decir ahora, no se lo he dicho nunca a un alma viviente. No se me hizo pregunta alguna a la que diera contestación falsa. No obstante, sí que oculté ciertos hechos, y no me arrepiento de haberlo hecho. Volvería a hacer lo mismo. Me doy perfecta cuenta que, al revelar eso, me expongo a ser censurada; pero no creo que después de haber transcurrido tanto tiempo tomara nadie las cosas demasiado en serio, sobre todo habida cuenta que Caroline Crale fue condenada sin necesidad de mi declaración.

Esto, pues, fue lo que ocurrió.

Me encontré con míster Meredith, como ya he dicho, y bajé corriendo de nuevo el camino tan aprisa como me fue posible. Llevaba zapatillas y siempre he tenido una pisada ligera. Llegué a la puerta de la batería y he aquí lo que vi.

Mistress Crale estaba muy ocupada limpiando con su pañuelo la botella de cerveza que había sobre la mesa. Una vez hecho eso, tomó la mano de su esposo y apretó los dedos muertos contra el vidrio de la botella. Mientras tanto, escuchaba alerta. Fue el temor que vi retratado en su semblante lo que me dijo la verdad.

Comprendí entonces, sin el menor género de duda, que Caroline Crale había envenenado a su esposo. Y yo por mi parte, no la culpo a ella. Su marido la había hecho sufrir mucho más de lo que es capaz de soportar ser humano alguno. Él mismo fue culpable de su suerte.

Jamás mencioné el incidente a mistress Crale y nunca supo ella que yo la había visto.

Jamás se lo hubiese dicho a nadie; pero hay una persona que yo creo tiene derecho a saberlo.

La hija de Caroline Crale no debe apuntalar su vida con una mentira. Por mucho que le duela saber la verdad, la verdad es la única cosa que importa.

Dígale de mi parte que su madre no debe ser juzgada. Fue empujada más allá de los límites que una mujer amante puede soportar. A su hija le corresponde comprender y perdonar.

Fin del relato de Cecilia Williams

Relato de Angela Warren

Querido monsieur Poirot:

Cumplo la promesa que le hice y hago constar por escrito todo lo que recuerdo de aquellos terribles días de hace dieciséis años. Pero sólo fue al empezar a hacerlo cuando me di cuenta de cuán poco recordaba en realidad.

Hasta que la cosa llegó a suceder, no hay nada que pudiera servir para fijar los recuerdos.

Recuerdo vagamente días veraniegos... e incidentes aislados... pero no podría asegurar siquiera en qué verano ocurrieron. La muerte de Amyas fue un rayo caído del cielo. Para mí, ocurría sin previo aviso, parece como si se me hubiera pasado por alto todo lo que condujo a su muerte.

He estado intentando pensar si era de esperar o no. ¿Son la mayoría de las muchachas de quince años tan ciegas, sordas y obtusas como parezco haberlo sido yo? Tal vez sí. Era yo rápida en juzgar el humor de las personas; pero nunca me molesté en pensar a qué podían *obedecer* los mismos.

Además, por aquella época, acababa de empezar a descubrir la intoxicación de las palabras. Cosas que había leído, trozos de poesía, de Shakespeare, repercutían en mi cabeza. Recuerdo ahora que bajaba por el sendero del huerto repitiendo para mis adentros, en una especie de delirio de éxtasis: «... bajo la onda verdosa, vítrea y traslúcida...». Me resultaba tan precioso que no hacía más que repetirlo.

Y mezclados con estos nuevos descubrimientos y emociones, estaban todas las cosas que me habían gustado desde que yo recuerdo. Nadar y trepar por los árboles; comer fruta y hacerle jugarretas al mozo de cuadra y dar de comer a los caballos.

Daba por sentada la existencia de Caroline y Amyas. Eran las figuras centrales de mi mundo; pero jamás *pensaba* en ellos, ni en sus asuntos, ni en lo que pudieran pensar ni sentir.

No presté atención a la llegada de Elsa Greer. Me pareció estúpida, y ni siquiera la creí guapa. La acepté como persona, guapa pero un tanto pesada, a quien Amyas estaba pintando.

En realidad, la primera noticia que tuve yo de todo el asunto fue lo que oí desde la terraza adonde había escapado un día después de comer. ¡Elsa dijo que iba a casarse con Amyas! Me pareció absurdo. Recuerdo que le hablé a Amyas del asunto. Fue en el jardín de Handcross. Le dije:

—¿Por qué dice Elsa que se va a casar contigo? No puede. Nadie puede tener dos mujeres: es bigamia y los meten en la cárcel.

Amyas se enfadó mucho y dijo:

—¿Cómo diablos te enteraste tú de eso?

Le dije que lo había oído por la ventana de la biblioteca.

Se enfureció más que nunca entonces y dijo que iba siendo hora de que me fuera a un colegio y perdiera la costumbre de escuchar conversaciones ajenas.

Aún recuerdo el resentimiento que experimenté cuando dijo él eso. Porque era tan injusto. Completa y absolutamente injusto.

Farfullé, con ira, que yo no había estado escuchando, y de todas formas, dije: ¿Por qué había dicho Elsa una estupidez como ésa?

Amyas dijo que había sido una broma sin importancia, nada más.

Eso debiera de haberme dejado satisfecha. Y lo consiguió casi. Pero no del todo.

Le dije a Elsa, cuando íbamos camino de regreso:

—Le pregunté a Amyas qué querías decir cuando aseguraste que te ibas a casar con él, y él me dijo que sólo había sido una broma.

Me pareció que con eso le bajaría un poco los humos; pero ella se limitó a sonreír.

No me gustó esa sonrisa suya. Subí al cuarto de Caroline. Era cuando se estaba vistiendo para comer. Le pregunté entonces, sin rodeos, si le era posible a Amyas casarse con Elsa.

Recuerdo la contestación de Caroline como si la estuviera escuchando en este instante. Debió de hablar con mucho énfasis.

—Amyas sólo se casará con Elsa después de haberme muerto yo —dijo.

Eso me tranquilizó por completo. La muerte parecía muy lejos de todos nosotros. No obstante, seguía muy resentida con Amyas por lo que había dicho aquella tarde, y me metí violentamente con él durante toda la cena. Recuerdo que tuvimos una bronca bastante seria y que yo salí corriendo del comedor, subí a mi cuarto, y me quedé dormida a fuerza de berrear.

Es muy confuso el concepto que tengo de lo ocurrido en casa de Meredith Blake. Aunque sí recuerdo que leyó en voz alta el pasaje del *Fedón* en que se describe la muerte de Sócrates. Nunca lo había oído hasta entonces. Me pareció que era la cosa más hermosa que había escuchado en mi vida. Recuerdo eso, pero no recuerdo cuándo fue. Que yo recuerde ahora, puede haber sido cualquier día de aquel verano.

No recuerdo nada de lo que sucedió a la mañana siguiente, aunque he pensado y pensado hasta hartarme. Tengo una vaga idea de que debí ir a bañarme y creo que recuerdo que me hicieron coser algo.

Pero todo parece muy nebuloso hasta el momento en que Meredith subió por el camino a la terraza, con la cara muy gris y rara. Recuerdo que una taza de café cayó al suelo y se rompió; eso lo hizo Elsa. Y recuerdo que echó a correr como una desesperada camino abajo… así como recuerdo la expresión terrible de su semblante.

Me puse a repetir para mis adentros: «Amyas ha muerto». Pero no parecía verosímil.

Recuerdo la llegada del doctor Faussett y la seriedad que reflejaba su semblante. Miss Williams estaba ocupada cuidando a Caroline. Yo vagué por ahí algo desolada, estorbando a todo el mundo. Experimentaba una sensación muy desagradable. No me querían dejar ir a ver a Amyas. Pero más tarde llegó la policía y anotó cosas en libros y por fin subieron el cuerpo de Amyas, en una camilla, cubierto con una sábana.

Miss Williams me llevó al cuarto de Caroline más tarde. Caroline estaba en el sofá. Parecía muy pálida y enferma.

Me besó y me dijo que quería que me marchase tan pronto como fuera posible, y que todo era horrible, pero que no debía preocuparme ni pensar en ello, si podía evitarlo. Debía reunirme con Carla en casa de lady Tressilian, porque aquella casa había que conservarla tan vacía como fuera posible.

Me abracé a Caroline y dije que no quería marcharme. Quería quedarme con ella. Ella me contestó que ya lo sabía; pero que era mejor que me marchase y que con ello le quitaría a ella muchas preocupaciones de encima. Y miss Williams intervino y dijo:

—La mejor manera de que ayudes a tu hermana, Angela, es que hagas lo que ella te pide sin poner dificultades.

Conque contesté que haría lo que Caroline quisiese. Y Caroline dijo: «Así quiero que seas, queridísima Angela». Y me abrazó, y me dijo que no había por qué preocuparse, y que hablara y pensara de ello lo menos posible.

Tuve que bajar y hablar con un superintendente de la policía.

Fue muy bondadoso, y me preguntó cuándo había visto a Amyas por última vez y muchas otras cosas que me parecieron sin pies ni cabeza entonces, pero que, claro está, comprendo perfectamente ahora. Se aseguró de que nada podía decirle yo que no se lo hubiese dicho ya alguno de los otros. Conque le dijo a miss Williams que no veía razón para impedirme que marchara a Ferrilby Grange, la casa de lady Tressillian.

Fui allí, y lady Tressillian fue muy bondadosa para conmigo. Pero, claro, pronto tuve que saber la verdad. Detuvieron a Caroline casi inmediatamente. Me horroricé tanto y quedé tan estupefacta que me puse bastante enferma.

Supe después que Caroline estaba muy preocupada por mí. Fue a instancias suyas que se me sacó de Inglaterra antes de que se viera la causa. Pero eso se lo he contado ya a usted.

Como verá, lo que tengo que contar es bien poca cosa. Desde que hablé con usted, he repasado lo poco que recuerdo concienzudamente, devanándome los sesos para recordar algo que pudiera denotar culpabilidad. El frenesí de Elsa, el semblante preocupado y gris de Meredith, el dolor y la furia de Philip... todo ello parecía bastante natural. Supongo, sin embargo, que alguien *puede haber* estado desempeñando un papel, ¿verdad?

Yo sólo sé una cosa: *Caroline no lo hizo.*

Estoy completamente segura de eso y siempre lo estaré; pero no tengo prueba alguna que ofrecer de ello, salvo mi propio conocimiento de su carácter.

Fin del relato de Angela Warren

Libro tercero

Capítulo primero

CONCLUSIONES

Carla Lemarchant alzó la mirada. Tenía los ojos llenos de fatiga y dolor. Se apartó el cabello de la frente con gesto de cansancio.

Dijo:

—¡Es tan desconcertante todo esto! —tocó el montón de manuscritos—. Porque ¡el punto de vista es diferente cada vez! Todos ven a mi madre de una manera distinta, pero los hechos son los mismos. Todos están de acuerdo en lo que a los hechos se refiere.

—¿Le ha desanimado el leerlos?

—Sí, ¿no le ha desanimado a usted?

—No; he encontrado esos documentos de gran valor... y muy informativos.

Poirot hablaba lenta y pensativamente.

Dijo Carla:

—¡Ojalá no los hubiese leído nunca!

Poirot la miró.

—¡Ah...! ¿Conque le producen ese efecto?

Carla dijo con amargura:

—Todos creen que lo hizo ella, todos ellos, menos tía Angela, y lo que ella piensa no puede ser tenido en cuenta. No tiene razón alguna para creerlo. Es una de esas personas leales a las que nada ni nadie puede hacer flaquear en su lealtad. Se limita a seguir diciendo: «Caroline no puede haberlo hecho».

—¿Ésa es su impresión?

—¿Qué otra impresión puede producirme? Me he dado cuenta de que, si mi madre no lo hizo, una de estas cinco personas tiene que haberlo hecho. Hasta he tenido mis teorías en lo que se refiere al porqué.

—¡Ah! ¡Eso es interesante! Démelas a conocer.

—¡Oh!, sólo eran teorías. Philip Blake, por ejemplo. Es agente de Banca y Bolsa; era el mejor amigo de mi padre... probablemente mi padre se fiaba de él. Y los artistas suelen ser despreocupados en cuestiones de dinero. Tal vez se encontraba Philip

175

Blake en un apuro y usara el dinero de mi padre. Puede haber conseguido que mi padre firmara algo. Luego puede haber estado a punto de descubrirse todo... y sólo la muerte de mi padre podía salvarle. Ésa es una de las cosas que se me ocurrieron.

—No está mal ingeniado desde luego, ni mucho menos. ¿Qué más?

—Tenemos a Elsa... Philip Blake dice aquí que tenía demasiada inteligencia, o que era demasiado sensata para andar con venenos; pero yo no creo eso ni mucho menos. Supóngase que mi madre hubiera ido a ella y le hubiese dicho que se negaría a divorciarse de mi padre... que nada la induciría a divorciarse. Podrá usted decir lo que quiera, pero yo opino que Elsa tenía mentalidad burguesa... quería estar casada decentemente. Creo que en tal caso Elsa hubiera sido muy capaz de robar el veneno... tuvo tan buena ocasión como los demás aquella tarde... y pudo haber intentado quitar a mi madre del paso envenenándola. Yo creo que eso estaría muy de acuerdo con su carácter. Luego, posiblemente, gracias a un accidente, Amyas recibió el veneno en lugar de Caroline.

—Tampoco está mal pensado eso. ¿Qué más?

Carla dijo lentamente:

—Bueno, pues creí... tal vez... *¡Meredith!*

—¡Ah...! ¡Meredith Blake!

—Sí. A mí me parece una de esas personas capaces de cometer un asesinato. Quiero decir que era uno de esos hombres indecisos, del que todos se reían y quizás, en el fondo, estaba resentido por ello. Después, mi padre se casó con la muchacha con la que él hubiera querido casarse. Y mi padre era un hombre rico y que había triunfado. Y no se puede negar que preparaba él venenos... Tal vez lo hiciera porque le gustaba la idea de poder matar a alguien algún día. Tenía que llamar la atención hacia el hecho de que le habían robado el veneno para alejar toda sospecha de él. Pero era mucho más probable que fuera él mismo quien lo hubiese cogido. Hasta es posible que le gustara la idea de hacer ahorcar a Caroline... porque ella le había rechazado por otro, años antes. Se me antoja, ¿sabe?, que es muy sospechosa su manera de contar lo sucedido... eso de que la gente hace cosas que no están en consonancia con su carácter. ¿Y si se refiriera a *sí mismo* al decir eso?

Dijo Hércules Poirot:

—En una cosa tiene usted razón, por lo menos: en no aceptar lo escrito como un relato verídico necesariamente. Lo que se ha escrito puede haberse escrito con la intención de despistar.

176

—Oh, ya lo sé. He tenido eso en cuenta.

—¿Tiene alguna otra idea?

—Pensaba… antes de leer esto… en miss Williams. Perdió su colocación, ¿comprende?, cuando Angela se *iba* al colegio. Y si Amyas hubiese muerto de repente, Angela probablemente, después de todo, no hubiera ido. Quiero decir si hubiera pasado por una muerte natural… lo que no hubiese sido difícil si Meredith no hubiera echado de menos la conicina. He leído una descripción de la conicina y sus características. El cadáver no presenta señales que distingan el uso del veneno. Hubiera podido pasar por insolación. Ya sé que el perder una colocación no parece motivo suficiente para cometer un asesinato. Pero muchos asesinatos se han cometido por razones que parecen absurdamente inadecuadas. Por ínfimas cantidades de dinero a veces. Y una institutriz de edad madura tal vez incompetente, puede haberse asustado y no haber visto claro el porvenir.

»Como digo, eso es lo que pensé antes de leer esto. Pero miss Williams no parece así ni mucho menos. No fue incompetente…

—Ni lo es. Sigue siendo una mujer muy eficiente e inteligente.

—Ya lo sé. Eso se ve. Y parece de absoluta confianza también. Eso es lo que me ha contrariado en realidad. Oh, *usted* sabe… *usted* comprende. A usted no le importa, claro está. Desde el primer momento ha dicho usted bien claro que era la verdad lo que deseaba saber. ¡Supongo que ahora conocemos la verdad! Miss Williams tiene muchísima razón. Una ha de aceptar la verdad. Nada se adelanta basando la vida en una mentira porque se trata de algo en lo que se quiere creer. Está bien, pues… ¡tengo valor para aceptar los hechos! ¡Mi madre no era inocente! Me escribió esa carta porque se sentía débil y desgraciada y quería ahorrarme ese sufrimiento. Yo no la juzgo. Tal vez sentiría yo lo mismo en su caso. No sé el efecto que produce estar en la cárcel. Y no la culpo tampoco… Si quería tanto a mi padre, supongo que no pudo remediarlo. Pero no culpo a mi padre del todo tampoco. Comprendo… un poquito… lo que sentía él. Tan lleno de vida… deseándolo tanto todo… No lo podía remediar… nació así. Y era un gran pintor. Creo que eso excusa muchas cosas.

Volvió su rostro encendido y excitado hacia Hércules Poirot, con la barbilla alzada en desafío.

Hércules Poirot preguntó:

—Conque…, ¿está usted satisfecha?

—¿Satisfecha? —exclamó Carla Lemarchant.

Y su voz se quebró al pronunciar la palabra.

Poirot se inclinó hacía delante y le dio unos golpecitos paternales en el hombro.

—Escuche —dijo—; renuncia usted a la lucha en el momento en que más vale la pena librarla. En el momento en que yo, Hércules Poirot, tengo una idea bastante aproximada de lo que sucedió.

Carla le miró con asombro. Dijo:

—Miss Williams amaba a mi madre. Ella la vio… con sus propios ojos… falseando pruebas para que pareciese suicidio. Si usted cree lo que ella dice…

Hércules Poirot se puso en pie. Dijo:

—Mademoiselle, Cecilia Williams dice que vio a su madre poner las huellas de Amyas Crale en la botella de cerveza… en la botella, fíjese bien… Ésa es la única cosa que necesito para saber definitivamente, de una vez para siempre, que su madre no mató a su padre.

Movió la cabeza afirmativamente varias veces y salió del cuarto, dejando a Carla boquiabierta.

Capítulo II

POIROT HACE CINCO PREGUNTAS

I

—¿Bien, monsieur Poirot?

El tono de Philip Blake expresaba impaciencia.

Contestó el detective:

—He de darle las gracias por su admirable y claro relato de la tragedia Crale.

Dijo Philip Blake, algo pagado de sí:

—Es usted muy amable. Es verdaderamente sorprendente la cantidad de cosas que he podido recordar cuando me he puesto a ello.

Aseguró Poirot:

—El relato es admirablemente claro; pero adolece de ciertas omisiones, ¿no es cierto?

—¿Omisiones? —Philip Blake frunció el entrecejo.

Dijo Hércules Poirot:

—Su relato, digámoslo así, no fue del todo sincero —se hizo más dura su voz—. Me han informado, míster Blake, que por lo menos una noche durante el verano, mistress Crale fue vista salir de su cuarto a una hora un poco intempestiva.

Reinó un silencio interrumpido tan sólo por la fatigosa respiración de Philip. Preguntó por fin:

—¿Quién le ha dicho a usted eso?

Hércules sacudió negativamente la cabeza.

—No importa quién me lo haya dicho. Lo interesante es que lo *sé*.

Hubo un momentáneo silencio otra vez. Luego Philip se decidió. Dijo:

—Parece ser que, por puro accidente, ha descubierto usted un asunto completamente particular. Reconozco que no está de acuerdo con lo que conté por escrito. No obstante, concuerda mucho mejor de lo que podría usted creer. Ahora me veo obligado a contarle la verdad.

»Sí que sentía animosidad contra Caroline Crale. Al propio tiempo, me sentía fuertemente atraído hacia ella. Tal vez fuera esto último lo que provocara lo primero. Estaba resentido por el poder que tenía sobre mí y procuraba ahogar la atracción que sobre mí ejercía, pensando continuamente en sus defectos y nunca en sus cualidades. No sé si comprenderá, pero nunca le tuve *simpatía*. No obstante, me hubiera costado muy poco trabajo, en cualquier momento, hacerle el amor. Había estado enamorado de ella de niño y ella no me había hecho el menor caso. No me resultaba fácil de perdonar eso.

»Se presentó mi oportunidad cuando Amyas se chifló tan por completo por la muchacha Greer. Sin tener la intención de hacerlo, me pillé un día declarándole mi amor. Ella respondió completamente serena:

»—Sí; siempre he sabido eso.

»¡La insolencia de esa mujer!

»Claro está que yo sabía que no me quería; pero vi que estaba turbada y desilusionada por el último devaneo de Amyas. Es un humor ése en que puede conquistarse fácilmente a una mujer. Consintió en acudir a mí aquella noche. Y acudió.

Blake hizo una pausa. Hallaba ahora dificultad en pronunciar las palabras.

—Acudió a mi cuarto. Y luego, cuando la rodeé con mis brazos, ¡me dijo fríamente que era inútil! Después de todo, dijo ella, era mujer de un solo hombre. Era de Amyas Crale, para bien o para mal. Reconoció que me había tratado bastante mal; pero no podía remediarlo. Me pidió que la perdonase.

»Y me dejó. *¡Me dejó a mí!* ¿Le extraña ahora, monsieur Poirot, que el odio que me inspiraba se centuplicara? ¿Le extraña que no la haya perdonado nunca? ¡Por el insulto que me hizo... así como por haber matado al amigo a quien yo amaba más que a nadie en todo el mundo!

Temblando violentamente, Philip Blake exclamó:

—*No quiero hablar de ello*, ¿me ha oído? Ya ha recibido la contestación que esperaba. Ahora ¡márchese! ¡Y no vuelva a hablarme jamás de ese asunto!

II

—Quisiera saber, míster Blake, en qué orden salieron sus invitados del laboratorio aquel día.

Meredith Blake protestó:

—Pero, querido monsieur Poirot, ¡después de dieciséis años!

¿Cómo quiere que lo recuerde? Le he dicho que Caroline fue la última en salir.

—¿Está usted *seguro* de eso?

—Sí... por lo menos... creo que sí...

—Vayamos allí ahora. Es preciso que estemos completamente seguros, ¿comprende?

Protestando aún, Meredith Blake le condujo a la habitación, abrió la puerta y los postigos de las ventanas. Poirot le habló autoritario:

—Bien, amigo mío. Ha enseñado a sus amigos sus interesantes extractos de hierbas. Cierre ahora los ojos, y piense...

Meredith Blake obedeció. Poirot sacó un pañuelo del bolsillo y lo movió suavemente de un lado para otro. Blake murmuró, contrayendo las fosas nasales.

—Sí, sí... Es extraordinario cómo le vuelven a uno las cosas a la memoria. Caroline, recuerdo, llevaba un vestido de color café con leche. Philip parecía aburrido... Siempre le pareció mi afición bastante estúpida...

Dijo Poirot:

—Medite ahora... Están a punto de salir de la habitación. Van a la biblioteca, donde tiene usted la intención de leer un episodio relacionado con la muerte de Sócrates. ¿Quién sale primero del cuarto...? ¿Usted?

—Elsa y yo... sí. Ella salió por la puerta primero. Yo le iba pisando los talones. Hablábamos. Me quedé allí esperando a que salieran los otros para poder cerrar la puerta con llave otra vez. Philip... sí, Philip fue el siguiente en salir. Y Angela. La niña le estaba preguntando qué eran alcistas y bajistas. Siguieron por el pasillo. Amyas les siguió. Yo me quedé allí aguardando aún... a Caroline, naturalmente.

—Conque está usted completamente seguro de que Caroline se quedó atrás. ¿Vio usted lo que hacía?

Blake movió negativamente la cabeza.

—No; estaba de espaldas al cuarto. Estaba hablando con Elsa... aburriéndola seguramente... diciéndole que algunas plantas han de ser recogidas en luna llena según una antigua superstición. Y entonces salió Caroline, andando aprisa... y yo cerré con llave la puerta.

Calló y miró a Poirot, que se estaba guardando el pañuelo en el bolsillo. Meredith Blake olfateó con asco y pensó: «Pero... ¡si este hombre usa *perfume*! ¿Habráse visto?». En voz alta dijo:

—Estoy completamente seguro. Fue por este orden: Elsa, yo, Philip, Angela y Caroline. ¿Le ayuda eso algo?

Contestó Poirot:

—Todo encaja. Escuche. Quiero conseguir que haya una reunión aquí. No creo que sea difícil...

III

—¿Bien?

Elsa Dittisham lo preguntó con avidez, como una criatura.

—Deseo hacerle una pregunta, madame.

—Diga.

—Cuando hubo terminado todo... la vista de la causa quiero decir..., ¿le pidió Meredith Blake que se casara usted con él?

Elsa le miró con fijeza. Parecía desdeñosa, casi hastiada.

—Sí..., ¿por qué?

—¿Le sorprendió?

—¿Me sorprendió? No lo recuerdo.

—¿Qué dijo usted?

Elsa se echó a reír. Contestó:

—¿Qué cree usted que dije? Después de *Amyas*... ¿Meredith? ¡Hubiera sido absurdo! Fue una estupidez por su parte. Siempre fue algo estúpido.

Sonrió de pronto.

—Quería..., ¿sabe...?, «velar por mí...», ¡así dijo! Creyó, como los demás, que la comparecencia ante el tribunal había sido una dura prueba para mí. ¡Y los periodistas! ¡Y la muchedumbre que me silbaba! Y todo el lodo que me echaron encima.

Quedó concentrada unos instantes. Luego agregó:

—¡Pobre Meredith! ¡Qué atontado más grande!

Y volvió a reír.

IV

De nuevo volvió a encontrarse Hércules Poirot con la mirada penetrante y perspicaz de miss Williams. Y de nuevo experimentó la sensación de que el tiempo daba marcha atrás y de que él se convertía en un niño sumiso y aprensivo.

—Había —explicó— una pregunta que quería hacer.

Miss Williams anunció estar dispuesta a escuchar qué pregunta era aquélla.

Poirot dijo lentamente, escogiendo sus palabras con cuidado:

—Angela Warren sufrió una lesión siendo muy pequeña. En mis notas hallé referencias a ello dos veces. Una de ellas dice que mistress Crale le tiró un pisapapeles; la otra, que atacó a la niña con una palanqueta. ¿Cuál de las dos versiones es la verdadera?

Miss Williams replicó vivamente:

—Jamás oí hablar de una palanqueta. La versión buena es la que menciona el pisapapeles.

—¿Quién le contó a usted la historia?

—La propia Angela. Me la contó a principio de llegar yo a la casa y sin que le preguntase nada.

—¿Qué fue lo que dijo exactamente?

—Se tocó la mejilla y aclaró: Caroline me hizo esto cuando yo era una cría. Me tiró un pisapapeles. Nunca haga referencia a esto, ¿quiere?, porque le dará un disgusto.

—¿Mencionó alguna vez el asunto la propia mistress Crale?

—Sólo indirectamente. Dio por sentado que conocía yo la historia. Recuerdo que una vez dijo: «Ya sé que usted opina que estoy echando a perder a Angela con mis mimos; pero es que siempre me parece que nunca podré hacer bastante para reparar lo que hice». En otra ocasión dijo: «El saber que uno ha hecho un mal permanente a otro ser humano es la carga más pesada que alguien puede tener que soportar».

—Gracias, miss Williams, eso era lo único que deseaba saber.

Cecilia Williams dijo con brusquedad:

—No le comprendo, monsieur Poirot. ¿Le enseñó usted a Carla mi versión de la tragedia?

Poirot movió afirmativamente la cabeza.

—¿Y sigue usted...? —empezó la institutriz.

Y se interrumpió.

Dijo Poirot:

—Reflexione un instante. Si pasara usted junto a una pescadería y viera doce peces alineados sobre la losa de mármol, creería que todos eran peces de verdad, ¿no es cierto? Pero uno de ellos podría ser un pez disecado. ¿No?

Miss Williams replicó con animación:

—Es muy poco probable eso y, sea como fuere...

—Ah, poco probable, sí; pero no imposible. Porque una vez un amigo mío se llevó un pez disecado. Era su profesión, ¿comprende?, y lo comparó con uno de verdad. Y si viera usted un jarrón de zinnias en una sala en diciembre, diría usted que son artificiales... pero podrían muy bien ser flores de verdad traídas en avión de Bagdad.

—¿Qué significan todas esas tonterías? —exigió miss Williams.

—He querido demostrarle a usted nada más que es con los ojos de la inteligencia con los que uno ve en realidad...

V

Poirot aflojó un poco el paso al acercarse al gran edificio de pisos que daba a Regent's Park.

En realidad, pensándolo bien, no deseaba hacerle a Angela Warren ninguna pregunta. La única que quería dirigirle podía esperar.

No; en realidad era su insaciable pasión por la simetría lo que le llevaba allí. Cinco personas... ¡tenía que haber cinco personas! Quedaba mejor así. Redondeaba las cosas.

Ah, bueno... ya pensaría en algo.

Angela Warren le recibió con algo muy parecido a la avidez. Preguntó:

—¿Ha descubierto usted algo? ¿Ha hecho algún progreso?

Poirot movió afirmativa y lentamente la cabeza como un mandarín. Dijo:

—Por fin hago progresos.

—¿Philip Blake?

Era medio pregunta, medio información.

—Mademoiselle, no deseo decir nada en este instante. Aún no ha llegado el momento. Lo que le pediré a usted es que tenga la bondad de ir a Handcross Manor. Los demás han expresado su conformidad en hacerlo.

Dijo ella, frunciendo levemente el entrecejo:

—¿Qué tiene usted la intención de hacer? ¿Reconstruir algo que sucedió hace dieciséis años?

—Verlo, tal vez, desde un punto más claro. ¿Irá?

Angela Warren respondió lentamente:

—Oh, sí, iré. Resultará emocionante ver a toda esa gente otra vez. Les veré a ellos ahora tal vez desde un punto más claro que entonces, como espera usted.

—¿Y llevará consigo la carta que me enseñó?

Angela frunció el entrecejo.

—La carta es mía. Se la enseñé a usted por su cuenta y razón; pero no tengo la menor intención de permitir que la lean personas extrañas y poco comprensivas.

—Pero... ¿se dejaría guiar por mí en este asunto?

—No haré tal cosa. Llevaré la carta; pero usaré mi propio criterio, que me atrevo a creer vale tanto como el suyo por lo menos.

Poirot extendió las manos en gesto de resignación. Se puso en pie para marcharse. Dijo:

—¿Me permite que le haga una pequeña pregunta?

—¿Cuál es?

—Por la época de la tragedia acababa usted de leer, ¿no es cierto?, *La luna y seis peniques,* de Somerset Maugham.

Angela se le quedó mirando. Luego contestó:

—Creo... pues sí, es completamente cierto. —Le miró con franca curiosidad—. ¿Cómo lo sabía usted?

—Quiero demostrarle, mademoiselle, que hasta en una cosa pequeña, sin importancia, tengo algo de brujo. Hay cosas que yo sé sin necesidad de que me las digan.

Capítulo III

RECONSTRUCCIÓN

El sol de la tarde iluminaba el interior del laboratorio de Handcross Manor. Habían sido puestos en el cuarto unas butacas y un diván; pero servían más bien para hacer resaltar su aspecto de abandono que para amueblarlo.

Levemente cohibido, tirando de su bigote, Meredith Blake hablaba con Carla en una forma inconexa. Se interrumpió una vez para decir:

—Querida, eres muy parecida a tu madre... y sin embargo muy distinta a ella también.

Carla preguntó:

—¿En qué me parezco y en qué soy distinta?

—Tienes su colorido y su forma de moverse; pero eres... ¿cómo te diré...?, *más positiva* de lo que fue ella nunca.

Philip Blake, ceñudo, atisbó por la ventana al exterior y tableó con los dedos sobre el vidrio. Preguntó:

—¿De qué sirve todo esto? Una magnífica tarde de sábado...

Hércules Poirot se apresuró a calmar los ánimos.

—Ah, presento mis excusas... es, ya lo sé, imperdonable estropear un partido de golf. *Mais voyons*, monsieur Blake, ésta es la hija de su mejor amigo. Hará usted un sacrificio por ella, ¿no es cierto?

El mayordomo anunció:

—Miss Warren.

Meredith fue a recibirla.

—Te agradezco que hayas encontrado tiempo para venir. Estás muy ocupada, ya lo sé.

La condujo hasta la ventana.

Carla dijo:

—Hola tía Angela. Leí su artículo en el *Times* esta mañana. Es agradable tener una persona distinguida en la familia. —Señaló al joven alto, de mandíbulas cuadradas y ojos grises de sostenida mirada—. Éste es John Rattery. Él y yo... esperamos... casarnos.

—¡Oh...! No sabía...

Meredith fue a recibir a otra persona que llegaba.

—Caramba, miss Williams, hacía muchos años que no nos veíamos.

Delgada, frágil e indomable, la institutriz entró en el cuarto. Su mirada descansó en Poirot unos instantes, pensativa, luego miraron al joven alto, de hombros cuadrados y traje de mezclilla de buen corte.

Angela Warren acudió a ella y dijo, con una sonrisa:

—Me vuelvo a sentir colegiala.

—Estoy muy orgullosa de ti, querida —dijo miss Williams—. Me has hecho honor. Ésta es Carla, supongo. No me recordará. Era muy pequeña.

Philip Blake dijo, nervioso:

—¿Qué es todo esto? Nadie me dijo...

Intervino Hércules Poirot:

—Yo lo llamo... una excursión al pasado. ¿Nos sentamos todos? Así estaremos preparados cuando llegue la última invitada, y cuando esté ella aquí podemos dar principio a nuestro trabajo... de apaciguar fantasmas.

Philip Blake exclamó:

—¿Qué estupidez es ésta? Supongo que no se les va a ocurrir celebrar una sesión de espiritismo.

—No, no. Sólo vamos a discutir ciertos acontecimientos que se desarrollaron hace tiempo... a discutirlos y a ver, tal vez, más claramente su curso. En cuanto a los fantasmas, no se materializarán; pero ¿quién se atrevería a decir que no se hallan en este cuarto aunque nosotros no los veamos? ¿Quién puede garantizar que Amyas y Caroline no están aquí, escuchando?

Dijo Philip Blake:

—¡Qué tonterías más absurdas!

Y calló al abrirse la puerta de nuevo y anunciar el mayordomo a lady Dittisham.

Elsa Dittisham entró con aquella leve insolencia y aquel aire de hastío que le eran peculiares. Dirigió a Meredith una ligera sonrisa, miró con frialdad a Angela y a Philip y se dirigió a un asiento junto a la ventana, un poco apartada de los demás. Se aflojó las ricas pieles que llevaba al cuello y las dejó caer hacia atrás. Miró un segundo o dos a su alrededor; luego a Carla. La muchacha la contempló a su vez, estudiando, pensativa, a la mujer que tantos destrozos había hecho en la vida de sus padres. No se notaba en su juvenil rostro animosidad alguna, sólo curiosidad.

Dijo Elsa:

—Si he llegado tarde, lo siento, monsieur Poirot.

—Ha sido muy amable en venir, madame.

Cecilia Williams soltó un leve resoplido de desdén. Elsa correspondió a la animosidad de su mirada con una falta total de interés. Dijo:

—No te hubiera conocido a ti, Angela. ¿Cuánto tiempo hace? ¿Dieciséis años?

Hércules Poirot aprovechó la oportunidad.

—Sí; han transcurrido dieciséis años desde que ocurrieron las cosas de las que hemos de hablar; pero permítame que les diga primero por qué estamos aquí.

Y, en breves palabras, dio a conocer la súplica que Carla le había dirigido y cómo había aceptado hacerse cargo de la investigación.

Siguió hablando rápidamente, haciendo caso omiso del tormentoso gesto que empezó a aparecer en el rostro de Philip Blake y el escandalizado disgusto que reflejaba el de Meredith.

—Acepté el encargo... Me puse a trabajar para descubrir... la verdad.

Carla Lemarchant, en el gran sillón del abuelo, oyó las palabras de Poirot amortiguadas, como lejanas.

Escudándose los ojos con la mano, estudió subrepticiamente los cinco rostros. ¿Podía imaginarse a una de aquellas personas cometiendo un asesinato? La exótica Elsa; el colorado Philip; el querido, agradable y bondadoso míster Meredith; la autoritaria institutriz; la competente Angela Warren...

¿Podría, haciendo un esfuerzo, imaginarse a uno de ellos asesinando a alguien? Sí; quizá... pero no sería la clase de asesinato que encajara. Philip Blake en un acceso de furia, estrangulando a una mujer... sí; *podía* imaginarse eso... y podía imaginarse a Meredith amenazando a un ladrón con un revólver... y disparándolo por equivocación. Y podía imaginarse a Angela Warren disparando un revólver también... pero no por equivocación. Sin que entrara en ello sentimiento personal alguno para nada... ¡la seguridad de la expedición dependía de ello! Y a Elsa, en un castillo fantástico, diciendo desde su lecho de sedas orientales: «¡Tirad a ese miserable por las almenas!». Todo locas fantasías... y ni en la más loca de todas conseguía imaginarse a la pequeña miss Williams matando a nadie. Otro cuadro fantástico... «¿Ha matado usted a alguien alguna vez, miss Williams?» «Sigue con tu lección de aritmética, Carla, y no hagas preguntas estúpidas. El matar a una persona es una cosa muy malvada.»

Carla pensó: «Debo de estar enferma... he de contenerme. Escucha, loca; escucha a ese hombrecillo que dice saberlo».

Hércules Poirot estaba hablando.

—Ésa era mi labor... dar marcha atrás, como quien dice, y viajar retrospectivamente a través de los años para averiguar la verdad de lo sucedido.

Philip Blake dijo:

—Todos sabemos lo que ocurrió. El pretender otra cosa es un fraude... eso es lo que es: ¡un fraude descarado! Está usted sacándole el dinero a esta muchacha con engaños y artimañas.

Poirot no se inmutó. Dijo:

—Usted dice: *todos sabemos lo que ocurrió*. Habla usted sin reflexionar. La versión aceptada de ciertos hechos no es necesariamente la verdadera. Usted, míster Blake, por ejemplo, experimentaba antipatía por Caroline Crale al parecer. Tal es la versión que se acepta de su actitud, por lo menos. Pero cualquier persona que fuera levemente psicóloga siquiera se daría cuenta inmediatamente de que la verdad era todo lo contrario. Siempre se sintió violentamente atraído hacia Caroline Crale. A usted le molestaba eso e intentó dominar sus sentimientos pensando solamente en sus defectos y repitiéndose a sí mismo que le era antipática. De igual manera, míster Meredith Blake era, según tradición de muchos años, devoto incondicional de Caroline Crale. En su relato de la tragedia asegura que estaba resentido con Amyas Crale por su conducta con Caroline. Pero no hay más que leer cuidadosamente entre líneas para darse cuenta de que tan prolongada fidelidad había ido desvaneciéndose y que era la joven y hermosa Elsa Greer la que ocupaba su mente y sus pensamientos.

Meredith farfulló algo, lady Dittisham sonrió.

Prosiguió Poirot:

—Menciono estos detalles para ilustrar mi tesis tan sólo, aunque también tiene su relación con lo ocurrido. Está bien, pues; doy principio a mi viaje hacia atrás... para averiguar todo lo que pueda acerca de la tragedia. Les explicaré cómo lo hice. Hablé con el abogado que defendió a Caroline Crale; con el que fue segundo fiscal; con el anciano procurador que había conocido íntimamente a la familia Crale; con el pasante del abogado, que había estado en la sala durante el juicio; con el policía encargado del caso... y llegué, por último, a los cinco testigos oculares. Y con lo que por cada uno de ellos supe, formé una imagen... compuse la imagen de una mujer. Y descubrí los siguientes hechos:

»*Que en ningún momento Caroline Crale alegó ser inocente* (salvo en la carta que le escribió a su hija).

»Que Caroline Crale no dio muestra de temor alguno en el banquillo. Que demostró, incluso, muy poco o ningún interés. Que adoptó, desde el primer momento hasta el último, una actitud completamente derrotista. Que en la cárcel estuvo tranquila y serena. Que en una carta que escribió a su hermana inmediatamente después del fallo, expresó su aquiescencia con la suerte que le había tocado. Y, en la opinión de todas las personas con quienes hablé, con una notable excepción, *Caroline Crale era culpable*.

Philip Blake movió afirmativamente la cabeza.

—¡Claro que lo era!

Dijo Poirot:

—Pero no era deber mío aceptar el fallo de *los demás*. Tenía que examinar las pruebas *por mi cuenta*. Examinar los hechos y quedar convencido de que la psicología del caso concordaba con ellos. Para hacer esto, repasé cuidadosamente los archivos de la policía y también conseguí que las cinco personas que se habían hallado presentes me dieran por escrito su versión de la tragedia. Estos relatos eran de gran valor, porque contenían ciertas cosas que los archivos policíacos no podían proporcionarme, es decir: A, ciertas conversaciones y ciertos incidentes que, desde el punto de vista de la policía, no hacían al caso; B, la opinión de la propia gente acerca de lo que Caroline Crale pensaba y sentía, cosas no admisibles como prueba general; C, ciertos hechos que habían sido ocultados con toda intención a la policía.

»Ahora me hallaba en situación de juzgar el caso *por mi cuenta*. No parece existir la menor duda de que Caroline Crale tenía motivos más que suficientes para cometer el crimen. Amaba a su esposo, él había reconocido públicamente que estaba a punto de abandonarla por otra mujer y, según propia confesión, era una mujer celosa.

»Pasemos a los móviles, a los medios. En el cajón de su escritorio fue hallado un frasco de perfume vacío, que había contenido conicina. No había en él más huellas dactilares que las de ella. Cuando la interrogó la policía sobre el particular, confesó haber tomado el veneno de este cuarto en que nos encontramos. La botella de conicina aquí también llevaba las huellas dactilares suyas. Interrogué a míster Meredith Blake acerca del orden en que las cinco personas salieron de esta habitación aquel día... porque apenas parecía concebible que pudiera apoderarse nadie del veneno mientras hubiera cinco personas en el cuarto. Salieron del cuarto todos en el orden siguiente: Elsa Greer, Meredith Blake, Angela Warren y Philip Blake, Amyas Crale y, por último, Caroline Crale.

»Por añadidura, míster Meredith Blake estaba de espaldas a la puerta mientras esperaba a que saliera mistress Crale, de suerte que le era imposible ver lo que ella estaba haciendo. Es decir, que ella tuvo la ocasión. Estoy, por consiguiente, dispuesto a creer que ella tomó la conicina. Existen pruebas indirectas que lo confirman. Míster Meredith Blake me dijo el otro día: "Recuerdo haber estado de pie aquí y haber olido el jazmín por la ventana abierta".

»Pero era en el mes de septiembre y la enredadera de jazmín que trepa por fuera de la ventana habría terminado ya de florecer. Es el jazmín corriente que florece en junio y julio. Sin embargo, el frasco de esencia hallado en el cuarto de Caroline y que contenía residuos de conicina había contenido esencia de jazmín. Doy por seguro, pues, que mistress Crale decidió robar la conicina y que vació a escondidas el perfume del frasco que llevaba en el bolso.

»Puse a prueba eso por segunda vez el otro día cuando le pedí a míster Blake que cerrara los ojos e intentara recordar el orden en que habían salido todos del cuarto. Una ráfaga de olor a jazmín sirvió para estimular inmediatamente su memoria. A todos nos sugestiona el olfato mucho más de lo que nos suponemos.

»Conque llegamos a la mañana del día de la tragedia. Hasta aquí los hechos no se discuten. La revelación hecha repentinamente por miss Greer de que ella y míster Crale piensan casarse. La confirmación por parte de Amyas Crale, de lo dicho por miss Greer y la profunda angustia de Caroline Crale. Ninguna de estas cosas depende de la declaración de una persona nada más.

»A la mañana siguiente hay un escándalo entre marido y mujer en la biblioteca. Lo primero que se oye es que Caroline dice: "¡Tú y tus mujeres!" con amargura y que a continuación asegura: "Un día te mataré". Philip Blake oyó esto desde el vestíbulo. Y miss Greer desde la terraza.

»Esta última oyó entonces que míster Crale le pedía a su mujer que fuera razonable. Y oyó decir a mistress Crale: "Antes de permitir que te vayas con esa muchacha, te mataré". Poco después de esto, Amyas Crale sale y le dice con brusquedad a Elsa Greer que baje a posar. Ella va en busca de un jersey y le acompaña.

»No hay nada hasta aquí que resulte psicológicamente inexacto. Todos se han portado como podía esperarse que se portaran. Pero ahora llegamos a algo incongruente.

»Meredith Blake descubre su pérdida, telefonea a su hermano, se encuentran junto al desembarcadero, y suben por el camino pasando junto al jardín de la batería, donde Caroline Crale está discutiendo con su marido el asunto de la marcha de Angela al colegio. Eso me parece muy extraño. Marido y mujer tienen una riña terrible que acaba en una amenaza por parte de Caroline. Sin embargo, veinte minutos o así más tarde, baja y da principio a una discusión doméstica trivial.

Poirot se volvió a Meredith Blake.

—Habla usted en su narración de ciertas palabras que oyó usted decir a Crale. Éstas fueron: «Está decidido… Me encargaré de hacerle el equipaje». ¿No es eso?

Meredith Blake contestó:

—Fue algo así… sí.

Poirot se volvió hacia Philip Blake.

—¿Es su recuerdo el mismo?

Éste frunció el entrecejo.

—No lo recordaba antes… pero sí que lo recuerdo ahora. Sí que se dijo algo de hacer el equipaje.

—¿Quién fue de los dos el que lo dijo? ¿Míster Crale o mistress Crale?

—Lo dijo Amyas. Lo único que le oí decir a Caroline fue que era un poco duro para la muchacha. De todas formas, ¿qué importa eso? Todos sabíamos que Angela había de marchar al colegio al cabo de un día o dos.

Dijo Poirot:

—No ve usted la fuerza de mi objeción. ¿Por qué había de hacerle el equipaje a la muchacha *Amyas Crale*? ¡Es absurdo eso! Estaba mistress Crale, tenían a miss Williams, había una doncella… El hacer el equipaje es trabajo de mujer… no de un hombre.

Philip Blake dijo, con impaciencia:

—¿Qué importa eso? No tiene nada que ver con el crimen.

—¿Cree usted que no? Por mi parte, ése fue el primer detalle que se me antojó sugestivo. Y le sigue otro muy de cerca. Mistress Crale, una mujer que tiene el corazón transido de dolor, que ha amenazado a su marido poco rato antes y que parece estar pensando suicidarse o asesinar a alguien, ahora ofrece de la forma más amistosa del mundo bajarle a su marido una cerveza helada.

Meredith Blake dijo lentamente:

—Eso no es raro si tenía la intención de asesinarle. Eso sería, creo yo, lo que haría precisamente: ¡disimular!

—¿Lo cree usted así? Ha decidido envenenar a su esposo.

Tiene ya el veneno. Su marido guarda cierta cantidad de cerveza en el jardín de la batería. Se me antoja que, teniendo dos dedos de frente, se le ocurriría meter el veneno en una de esas botellas cuando no hubiera nadie por los alrededores.

Meredith Blake objetó:

—No podía haber hecho eso. Podía habérsela bebido alguna otra persona.

—Sí, Elsa Greer. ¿Quiere usted decirme que, habiendo decidido asesinar a su esposo, tendría Caroline escrúpulo alguno en matar a la muchacha también?

»Pero no discutamos ese punto. Atengámonos a los hechos. Caroline Crale dice que enviará a su esposo una botella de cerveza helada. Sube a la casa, saca una botella de la nevera en que se guardaba, y se la baja. Amyas Crale se la bebe y dice: "Todo tiene un gusto horrible hoy".

»Mistress Crale vuelve a la casa. Come y parece poco más o menos igual que de costumbre. Se ha dicho de ella que parece un poco preocupada. Eso no nos ayuda… porque no existe modelo de comportamiento para un asesino. Hay asesinos serenos y asesinos excitados.

»Después de comer vuelve a bajar a la batería. Encuentra a su marido muerto y hace, digámoslo así, las cosas que han de esperarse. Da muestras de emoción y manda a la institutriz a telefonear al médico. Ahora llegamos a un hecho que no se ha dado a conocer con anterioridad (miró a miss Williams). ¿No tendrá usted inconveniente?

Miss Williams estaba bastante pálida. Dijo:

—No le exigí que guardara el secreto.

Serenamente, pero con impresionante efecto, Poirot contó lo que había visto la institutriz.

Elsa Dittisham cambió de posición. Miró con fijeza a la mujercita. Preguntó con incredulidad:

—¿La vio usted hacer eso?

Philip Blake se puso en pie de un brinco.

—¡Con eso ya no hay discusión posible! ¡Eso lo deja demostrado de una vez para siempre!

Hércules Poirot le miró con apacible semblante.

—No necesariamente —dijo.

Angela Warren dijo con viveza:

—No lo creo.

Hubo un rápido destello de hostilidad en la mirada que dirigió a la institutriz.

Meredith Blake se estaba tirando del bigote, consternado. Sólo miss Williams permanecía serena. Estaba sentada muy erguida y con una mancha de color en cada mejilla.

Dijo:

—Eso es lo que vi.

Poirot dijo lentamente:

—No hay, claro está, más pruebas de ello que su palabra.

—Nada más que mi palabra. —Los indomables ojos grises se encontraron con los del detective—. No estoy acostumbrada, monsieur Poirot, a que se dude de mi palabra.

Hércules Poirot inclinó la cabeza. Dijo:

—No dudo de su palabra, miss Williams. Lo que usted vio ocurrió exactamente como usted lo describe... y por lo que usted vio comprendí que Caroline Crale no era culpable... no podía ser culpable.

Por primera vez, el joven alto, con expresión de ansiedad, el joven John Rattery, habló. Dijo:

—Me gustaría saber *por qué* dice usted eso, monsieur Poirot.

—Se lo diré. No faltaría más. ¿Qué vio miss Williams...? Vio a Caroline Crale limpiar con mucho cuidado las huellas dactilares y aplicar luego las yemas de los dedos de su esposo a la *botella*. A la botella, fíjese bien. Pero la conicina estaba en el vaso... no en la botella. La policía no encontró rastro alguno de conicina en la botella. Jamás había habido conicina en la botella. Y *Caroline Crale* no sabía eso.

»Ella, que se creía que había envenenado a su marido, no sabía cómo le habían envenenado. Creía que el veneno estaba en la botella.

Meredith objetó:

—Pero, ¿por qué?

Poirot le interrumpió inmediatamente.

—Sí... ¿*por qué*? ¿Por qué intentó Caroline Crale tan desesperadamente dejar sentada la teoría de un suicidio? La respuesta es... tiene que ser... muy sencilla. Porque *sabía quién le había envenenado* y estaba dispuesta a hacer cualquier cosa... a soportar lo que fuese... antes de consentir que se sospechara en manera alguna de dicha persona.

»No hay que ir muy lejos ya. ¿Quién podía ser esa persona? ¿Hubiera escudado ella a Philip Blake? ¿O a Meredith? ¿O a Elsa Greer? ¿O a Cecilia Williams? No. Sólo hay una persona a la que ella hubiera estado dispuesta a proteger a toda costa.

Hizo una pausa. Y contempló a su auditorio.

—Miss Warren, si ha traído consigo la carta de su hermana, me gustaría leerla en alta voz.

Angela Warren dijo:

—No.

—Pero, miss Warren...

Angela se puso en pie. Sonó su voz, fría como el acero.

—Comprendo perfectamente lo que usted está insinuando. Dice usted, ¿no es cierto?, que yo maté a Amyas Crale y que mi hermana lo sabía. Niego por completo semejante alegación.

Dijo Poirot:

—La carta...

—La carta se escribió solamente para mí.

Poirot miró hacia el punto en que las dos personas más jóvenes de la habitación se hallaban juntas.

Carla Lemarchant dijo:

—Por favor, tía Angela, ¿por qué no haces lo que te pide monsieur Poirot?

Angela Warren dijo con amargura:

—¡Vamos, Carla! ¿No tienes sentimiento alguno de decencia? Era tu madre... Tú...

La voz de Carla sonó clara y feroz:

—Sí, era mi madre. Por eso tengo derecho a pedírtela. Hablo en nombre de *ella*. Quiero que se lea esa carta, y sea conocida por todos.

Muy despacio, Angela Warren sacó la carta del bolso y se la entregó a Poirot. Dijo con amargura:

—¡Ojalá no se la hubiese enseñado a usted nunca!

Les dio la espalda y se puso a mirar por la ventana.

Mientras Hércules Poirot leía en alta voz la carta de Caroline Crale, las sombras se iban acentuando en los rincones del cuarto. Carla experimentó de pronto la sensación de que alguien incorpóreo cobraba forma en la habitación y escuchaba... aguardaba... Pensó:

«*Ella* está aquí... Mi madre está aquí. ¡Caroline Crale está *aquí*, en este cuarto!».

La voz de Hércules Poirot cesó. Dijo:

—Estarán ustedes de acuerdo, creo yo, en que ésta es una carta extraordinaria. Una carta muy hermosa también; pero extraordinaria sin duda alguna. Porque hay una sorprendente omisión en ella. No contiene ninguna protesta de inocencia.

Dijo Angela Warren, sin volver la cabeza:

—Era innecesaria.

—Sí, miss Warren: era innecesaria. Caroline Crale no tenía necesidad de decirle a su hermana que era inocente... porque creía que su hermana sabía eso ya... y que lo sabía por la mejor razón del mundo. Lo único que le preocupaba a Caroline Crale era consolar y tranquilizar a Angela y evitar la posibilidad de que ella confesara. Repite vez tras vez: *Está bien, queridísima, todo, todo está bien.*

Angela Warren dijo:

—¿No lo comprende? Ella quería que yo fuese feliz, he ahí todo.

—Sí; quería que fuese usted feliz: eso está bien claro. Es su única preocupación. Tiene una hija; pero no es en la hija en quien piensa... eso ha de venir después. No; es su hermana quien ocupa sus pensamientos con exclusión de toda otra persona. Hay que tranquilizar a la hermana, animarla a que viva su vida, que sea feliz y triunfe. Y, para que el peso de su aceptación no sea demasiado grande, Caroline incluye esa frase tan expresiva: *Una ha de pagar sus deudas.*

»Esa frase lo explica todo. Se refiere explícitamente a la carga que Caroline ha soportado durante tantos años desde que en un acceso de ira de adolescente, tiró un pisapapeles a su hermana pequeña y la dejó señalada de por vida. Ahora, por fin, se le presenta una ocasión para pagar la deuda contraída. Y si ello ha de servir de consuelo, le diré que creo firmemente que en el pago de esta deuda, Caroline Crale alcanzó una paz y una serenidad mayores que las que había conocido jamás. Por su creencia de que estaba saldando una deuda, el juicio y la condena no podían afectarla. Es una cosa rara de decir de una asesina sentenciada... pero lo tenía todo para ser feliz. Sí, más de lo que ustedes se imaginan, como les demostraré dentro de unos momentos.

»Vean cómo, mediante esta explicación, cada pieza del rompecabezas cae en su lugar en cuanto se refiere a las reacciones de Caroline. Contemplen la serie de acontecimientos desde su punto de vista. En primer lugar, la noche anterior ocurre algo que le recuerda, vívidamente, su propia e indisciplinada infancia. Angela le tira un *pisapapeles* a Amyas Crale. Eso, no lo olviden, fue lo que ella hizo muchos años antes. Angela le grita que ojalá estuviera muerto Amyas. Luego, a la mañana siguiente, Caroline entra en el pequeño invernadero y encuentra a Angela andando con la cerveza. Recuerden las palabras de miss Williams: "Angela estaba allí. Parecía sentirse culpable...". Culpable de haberse escapado, quería decir miss Williams; pero para Caroline el rostro culpable de Angela al ser pillada por sorpresa adquiría un significado distinto. No olviden que, por lo menos en una ocasión antes de eso, Angela había metido cosas en las bebidas de Amyas. Era una idea que podía ocurrírsele fácilmente.

»Caroline toma la botella *que le da Angela* y baja con ella a la batería. Y allí la abre y le da su contenido a Amyas. Él hace una mueca al bebérsela y pronuncia las expresivas palabras: "Todo tiene un gusto horrible hoy".

»Caroline no tenía sospecha alguna entonces... pero después de comer baja a la batería y encuentra a su marido muerto, y no le cabe la menor duda de que ha sido envenenado. *Ella* no lo había hecho. ¿Quién, pues? Y lo recuerda todo de pronto. Las amenazas de Angela... el rostro de Angela al ser sorprendida con la cerveza... culpable... culpable... culpable. ¿Por qué lo ha hecho la criatura? ¿Como venganza, sin intención de matar quizá, con el solo propósito de hacer vomitar a Amyas o de ponerle enfermo? O ¿lo ha hecho por ella, por Caroline? ¿Se ha dado cuenta de que Amyas ha abandonado a su hermana y le guarda rencor? Caroline recuerda... ¡oh!, ¡cuán claramente...!, sus propias emociones indisciplinadas a la edad de Angela. Y sólo un pensamiento acude a su cabeza. ¿Cómo proteger a Angela? Angela ha tocado aquella botella... las huellas dactilares de Angela estarán en ella. La limpia rápidamente. ¡Si consigue que todo el mundo crea en un suicidio! ¡Si sólo se encuentran las huellas dactilares de Amyas! Intenta colocar los dedos del muerto en torno a la botella... trabaja apresuradamente... atento el oído para oír si llega alguien...

»Una vez admitida como cierta esta teoría, todo lo demás encaja. La ansiedad de que da muestras por Angela del principio al fin. Su insistencia en que se la lleven fuera, en que la aparten de lo que está sucediendo. Su temor de que la policía interrogue a Angela más de la cuenta. Y, por último, su abrumadora ansiedad por conseguir que saquen a Angela de Inglaterra antes de que se vea la causa. Porque siempre teme que Angela se quebrante y confiese.

Capítulo IV

LA VERDAD

Angela Warren se volvió lentamente. Su mirada, dura y desdeñosa, se paseó por los rostros vueltos hacia ella.

Dijo:

—Son ciegos e imbéciles... todos ustedes. ¿No comprenden que si lo hubiera hecho yo, hubiese confesado la verdad? ¡Jamás hubiera consentido que Caroline sufriera las consecuencias de mis actos! ¡Jamás!

Dijo Poirot:

—Pero sí que tocó usted la cerveza.

—¿Yo? ¿Tocar la cerveza?

Poirot se volvió a Meredith Blake.

—Escuche, monsieur. En el relato que hace usted aquí de lo sucedido, describe haber oído ruido en este cuarto, que se encuentra debajo de su alcoba, en la mañana del crimen.

Blake asintió con un movimiento de cabeza.

—Pero sólo era un gato.

—¿Cómo sabe usted que era un gato?

—No... no lo recuerdo. Pero sé que era un gato. Estoy completamente seguro de que era un gato. La ventana estaba abierta lo suficiente, justamente para dar paso a un gato.

—Pero no estaba fija en esa posición. La ventana se mueve con facilidad. Podía haber sido alzada más para que entrara y saliera un ser humano.

—Sí; pero sé que fue un gato.

—¿Usted vio a un gato?

Blake dijo, perplejo y con ansiedad:

—No; no lo vi... —Hizo una pausa, frunciendo el entrecejo—. Y, no obstante, lo sé.

—Le diré *por qué* lo sabe, dentro de unos instantes. Entretanto, le expondré una teoría. Alguien pudo haberse acercado a la casa aquella mañana, entrado en el laboratorio, tomado algo de un estante y marcharse sin que usted le viera. Ahora bien, si ese alguien había venido de Alderbury, no podía haber sido Philip Blake, ni Elsa Greer, ni Amyas Crale, ni Caroline Crale. Sabemos perfectamente lo que estaban haciendo los cuatro. Así, sólo nos quedan Angela Warren y miss Williams. Miss Williams estuvo aquí... usted mismo la encontró al salir. Le dijo entonces que andaba buscando a Angela. Angela había salido temprano a bañarse, pero miss Williams no la vio en el agua ni en las rocas. Podía cruzar a nado a esta orilla sin dificultad... es más, lo hizo más tarde aquella mañana cuando se bañaba en compañía de Philip Blake. Sugiero que cruzó la caleta, se acercó a la casa, se metió por la ventana y se llevó algo del estante.

Angela Warren dijo:

—No hice tal cosa... no... por lo menos...

—¡Ah! —Poirot dio un grito de triunfo—. *¡Se ha acordado usted!* Me dijo, ¿no es cierto?, que para gastarle una broma a Amyas Crale había robado usted lo que llamaba «hierba de gato...», así lo expresó...

Meredith dijo con viveza:

—Valeriana, claro está.

—Justo. Eso fue lo que le hizo sentirse a usted tan seguro de que había estado un gato en el cuarto. Tiene usted un olfato muy fino. Olió el leve y desagradable olor de la valeriana sin darse cuenta, quizá, de que lo hacía... pero ello le sugirió subconscientemente un gato. A los gatos les gusta con delirio la valeriana y son capaces de ir a cualquier parte en su busca. La valeriana tiene un gusto especialmente desagradable y fue la descripción que de ella hizo el día antes lo que indujo a la traviesa Angela a pensar en introducir valeriana en la cerveza de su cuñado, que ella sabía se bebería, como de costumbre, de un trago.

Angela Warren murmuró:

—¿Fue ese día de verdad? Recuerdo perfectamente haberlo cogido. Sí; recuerdo haber sacado la cerveza y que Caroline entró y casi me pilló en el acto. Claro que lo recuerdo... Pero no se me había ocurrido nunca relacionarlo con aquel día.

—Claro que no... porque no existía relación alguna entre las dos cosas *en su pensamiento*. Los dos acontecimientos eran completamente distintos para usted. Uno de ellos era una travesura suya más... el otro fue una tragedia, algo así como si hubiese estallado una bomba sin previo aviso, cosa que logró desterrar todos los sucesos de menos importancia de su mente. Pero yo noté cuando habló usted de ella que dijo: «Robé, etcétera, etcétera, *para introducirlo* en la bebida de Amyas». Usted no dijo que hubiese llegado a hacerlo.

—No, porque no lo llegué a hacer. Caroline entró en el preciso momento en que iba a destapar la botella. ¡Oh! (Esto fue casi un grito.) Y Caroline pensó... ¡pensó que había sido yo!

Calló. Miró a su alrededor. Dijo con su voz serena habitual:

—Supongo que todos ustedes lo creen también.

Hizo una pausa y agregó:

—*Yo no maté a Amyas.* Ni como resultado de una broma pesada ni de ninguna otra manera. De haberlo hecho, jamás hubiese callado.

Miss Williams dijo con brusquedad:

—Claro que no hubieras callado, querida. —Miró a Hércules Poirot—. Sólo un imbécil sería capaz de creer eso.

Hércules Poirot dijo sin inmutarse:

—Yo no soy imbécil y no lo creo. *Sé perfectamente quién mató a Amyas Crale.*

Hizo una pausa:

—Siempre existe el peligro de aceptar como demostrados hechos que no lo han sido ni muchísimo menos. Tomemos la situación en Alderbury. Una situación muy antigua. Dos mujeres y un hombre. Hemos dado por sentado que Amyas Crale tenía la intención de dejar a su esposa por otra mujer. Pero yo les digo ahora *que jamás tuvo la intención de hacer semejante cosa.*

»Había tenido devaneos con otras mujeres antes. Le obsesionaban mientras duraban; pero se le pasaba muy pronto. Las mujeres de las que se había enamorado eran generalmente mujeres de cierta experiencia… no esperaban demasiado de él. Pero esta vez la mujer sí que esperó mucho. No era en realidad mujer siquiera. Era una niña, y, para hacer uso de las propias palabras de Caroline, era terriblemente sincera… Puede haber sido dura y haber dado la sensación de mujer de experiencia en sus palabras, pero en el amor era espantosamente unilateral. Porque ella sentía una pasión profunda y avasalladora por Amyas Crale, dio por sentado que él abrigaría los mismos sentimientos hacia ella. Dio por sentado que su enamoramiento sería eterno. Dio por sentado, sin consultarle a él, que Amyas iba a abandonar a su esposa.

»Pero preguntarán: ¿por qué no la sacó Amyas Crale de su error? Y mi respuesta es: el cuadro. Quería terminar su cuadro.

»A algunas personas eso puede parecerles increíble; pero no a ninguna que conozca algo a los artistas. Y ya hemos aceptado la explicación en principio. La conversación sostenida entre Crale y Meredith resulta más inteligible ahora. Crale experimenta cierto embarazo… le da unos golpecitos a Blake en el hombro y le asegura, *optimistamente,* que todo va a salir bien. Para Amyas Crale todo es sencillo. Está pintando un cuadro estorbado levemente por lo que él llama un par de mujeres celosas y neuróticas… pero no piensa consentir que ninguna de ellas le eche a perder lo que para él es la cosa más importante en esta vida.

»Si le dijera a Elsa la verdad, ¡adiós cuadro! Tal vez, en los primeros momentos de su devaneo, le hablaba, en efecto, de abandonar a Caroline. Los hombres hacen esas cosas cuando están enamorados. Quizá sólo dejó que se supusiera como está dejando que se suponga ahora. Le tiene sin cuidado lo que suponga Elsa. Que suponga lo que le dé la gana. Cualquier cosa con tal que esté callada un día o dos más.

»Luego le dirá la verdad… que todo ha terminado entre ellos. Jamás ha sido hombre a quien hayan molestado los escrúpulos.

»Sí que hizo, creo yo, un esfuerzo por no enredarse con Elsa al principio. Le advirtió la clase de hombre que era… pero ella no quiso escuchar la advertencia. Se lanzó de cabeza a su destino. Y para un hombre como Crale, las mujeres eran caza permitida. Si se le hubiera preguntado, hubiese contestado tranquilamente que Elsa era joven y que pronto se le pasaría. Así funcionaba la mente de Amyas Crale.

»A la única persona que quería en realidad era a su mujer. No estaba muy preocupado por ella. Sólo tendría que aguantar la situación unos cuantos días más. Estaba furioso con Elsa por haberle dicho aquellas cosas a Caroline; pero seguía creyendo optimistamente que todo saldría bien. Caroline le perdonaría como había hecho tantas veces antes. Y Elsa… Elsa tendría que aguantarse. Así de sencillos son los problemas de la vida para los hombres como Amyas Crale.

»Pero creo que aquella última noche estuvo preocupado de verdad. Por Caroline, no por Elsa. Tal vez fuera a su cuarto y se negara ella a hablarle. Sea como fuere, después de una noche de inquietud, la llamó aparte después del desayuno y le dijo la verdad. Había estado enamorado de Elsa, pero su enamoramiento había pasado ya. En cuanto hubiera terminado el cuadro, no volvería a verla.

»Y fue en contestación a eso por lo que Caroline Crale gritó, indignada: "¡Tú y tus mujeres!". Esa frase, ¿comprenden?, clasificaba a Elsa en la misma categoría que a las demás… aquellas otras que habían seguido su camino sin Amyas. Y agregó indignada: "Un día te mataré".

»Estaba furiosa. Su falta de sentimientos, su crueldad para con la muchacha, la sublevaban. Cuando Philip Blake la vio en el vestíbulo y le oyó murmurar para sí: "¡Es demasiado cruel!", estaba pensando en Elsa.

»En cuanto a Crale, salió de la biblioteca, encontró a Elsa hablando con Blake y le ordenó bruscamente que bajara a posar. Lo que él no sabía era que Elsa Greer había estado sentada junto a la ventana de la biblioteca y lo había oído todo. El relato que hizo más tarde de aquella conversación no fue verdadero. No olviden que nadie puede confirmar o demostrar que fuera falso lo que ella dijo.

»Imagínense la impresión que debió producirle el oír decir la verdad de una forma tan brutal.

»Meredith Blake nos ha dicho que la tarde anterior, mientras aguardaba a que Caroline saliera, estaba él de pie en la puerta y de espaldas al cuarto. Estaba hablando con Elsa Greer. Eso significa que Elsa estaría de *cara* a él y que *ella* podía ver exactamente lo que hacía Caroline, mirando por encima del hombro de Meredith. Es más, *ella era la única persona que podía verlo*.

»Vio a Caroline coger el veneno. Nada dijo; pero lo recordó cuando se hallaba sentada al pie de la ventana de la biblioteca.

»Cuando salió Amyas Crale, dio la excusa de que necesitaba un jersey y subió al cuarto de Caroline a buscar el veneno. Las mujeres saben dónde es probable que otra mujer esconda una cosa. Lo encontró y, teniendo muy buen cuidado de no borrar las huellas que pudiera tener el frasco y de no dejar las suyas, sacó el líquido con una jeringuilla de llenar plumas estilográficas.

»Luego volvió a bajar y marchó con Crale al jardín de la batería. Y al poco rato, sin duda, le serviría cerveza, que él bebió de un trago, como de costumbre.

»Entretanto, Caroline Crale estaba seriamente preocupada. Cuando vio a Elsa subir a la casa (esta vez para buscar un jersey de verdad), Caroline bajó rápidamente a la batería y abordó a su esposo. ¡Lo que está haciendo es vergonzoso! ¡No está ella dispuesta a soportarlo! Amyas, irritado al verse interrumpido, dice que todo está decidido: cuando el cuadro esté terminado, despediré a la muchacha: *"Todo está decidido... te digo que la despediré"*.

»Entonces oyeron los pasos de los dos Blake, y Caroline sale y, algo cohibida, dice algo de Angela y de la escuela y de que tiene mucho que hacer. Y, por natural asociación de ideas, los dos hombres juzgan que las palabras que han escuchado entre marido y mujer se refieren a *Angela*. Y "la despediré" se convierte en "le haré el equipaje".[1]

»Y Elsa, jersey en mano, baja por el camino, serena y un tanto sonriente, y ocupa de nuevo su puesto en las almenas.

»Ha contado, sin duda, con que se sospechará de Caroline y

---

[1] Dice *I'll send* (la despediré) y no lo que creen escuchar *I'll see* (haré, en este caso su equipaje). (N. del T)

se encontrará la botella de conicina en su cuarto. Y Caroline, inconscientemente, favorece aún más sus planes. Baja una botella de cerveza fresca y se la sirve a su marido.

»Amyas se la bebe de un trago, hace una mueca y dice: "Todo tiene un gusto horrible hoy".

»¿No se dan cuenta de lo expresivo que resulta este comentario? ¿Todo tiene mal gusto? Se ve que ha habido alguna cosa antes de la cerveza, que ha tenido un gusto desagradable y cuyo gusto *persiste en el paladar*. Y un punto más. Philip Blake habla de que Crale se tambaleaba un poco y se preguntaba "si no habría estado bebiendo". Pero ese leve tambaleo era *el primer indicio de que estaba obrando la conicina,* y ello significa *que ya le había sido administrada algún tiempo antes de que Caroline le llevara la cerveza helada.*

»Conque Elsa Greer se sentó en las almenas y continuó la sesión y, como era preciso impedir que él concibiese sospechas hasta que fuera demasiado tarde, le habló a Amyas Crale animadamente y con naturalidad. Al poco rato vio a Meredith en el banco de la meseta de arriba y le saludó agitando el brazo, desempeñando su papel más completamente aún para que él lo notara.

»Y Amyas Crale, hombre que odiaba la enfermedad y se negaba a ceder a ella, siguió pintando con determinación hasta que le fallaron los miembros y su voz se espesó y se vio caído en el banco, impotente, pero con el cerebro despejado aún.

»Sonó la campana para la comida y Meredith dejó su banco para bajar a la batería. Yo creo que durante ese breve intervalo, Elsa abandonó su sitio y corrió a la mesa, dejando caer las últimas gotas de veneno en el vaso que había contenido la última bebida, inofensiva. Se deshizo de la jeringuilla por el camino que conducía a la casa, dejándola caer y aplastándola. Luego salió al encuentro de Meredith, a la puerta.

»Se deslumbra uno allí al llegar del sombrío exterior. Meredith no vio con claridad… sólo pudo ver a su amigo en una postura que le era habitual y se dio cuenta que sus ojos se apartaban del cuadro, con lo que a él le pareció una mirada malévola.

»¿Cuánto sabía o adivinaba Amyas? No tenemos medio de calcular qué sabía su mente consciente, pero su mano y sus ojos fueron muy fieles. Eran ya el reflejo de la muerte.

Hércules Poirot señaló con un gesto el cuadro que colgaba de la pared.

—Debí haber comprendido la verdad la primera vez que vi ese cuadro. Porque es un cuadro sorprendente. Es el retrato de una muchacha que está viendo morir a su amante…

Capítulo V

FINAL

En el silencio que siguió, un silencio de horror, de espanto, el sol se retiró lentamente, abandonando la ventana el último rayo que había iluminado la oscura cabeza y las pálidas pieles de la mujer allí sentada.

Elsa Dittisham se movió y habló. Dijo:

—Llévatelos de aquí, Meredith. Déjame sola con monsieur Poirot.

Permaneció sentada, inmóvil, hasta que la puerta se cerró tras ellos. Luego dijo:

—Es usted muy listo, ¿verdad?

Poirot no respondió.

Dijo ella:

—¿Qué espera usted que haga? ¿Confesar?

Él negó con la cabeza.

Elsa dijo:

—¡Porque no pienso hacer cosa que se le parezca! Y no diré la verdad de nada. Pero lo que digamos aquí juntos, no importa. Porque sólo se tratará, después, de la palabra de usted contra la mía.

—Justo.

—Quiero saber lo que piensa hacer usted.

Contestó Poirot:

—Haré todo lo posible por inducir a las autoridades a que absuelvan póstumamente a Caroline Crale.

Elsa se echó a reír. Dijo:

—¡Cuán absurdo! ¡Ser perdonada por lo que una no ha hecho nunca! ¿Y yo?

—Daré a conocer mis conclusiones a la gente que proceda. Si ésa decide que existe la posibilidad de obtener orden de procesamiento, tal vez dé los pasos necesarios. Le diré a usted que, en mi opinión, no hay pruebas suficientes... sólo hay deducciones, no hechos. Por añadidura, no tendrán muchas ganas de proceder contra una persona de su posición social a menos que haya abundante justificación para hacerlo.

Dijo Elsa:

—Me daría igual. Si me hallara en el banquillo, luchando por defender mi vida... pudiera haber en la situación algo... algo vivo... emocionante. Quizá gozara de encontrarme en ese caso.

—No gozaría su esposo.

Ella le miró con fijeza.

—¿Usted cree que me importa a mí un comino lo que mi esposo pudiera sentir?

—No, no lo creo. No creo que le haya importado a usted nunca lo que haya podido sentir otra persona. De lo contrario, hubiera sido usted más feliz.

Preguntó ella con viveza:

—¿Por qué me compadece?

—Porque, hija mía, tiene usted mucho que aprender.

—¿Qué tengo que aprender yo?

—Todas las emociones de las personas mayores... la compasión, la simpatía, la comprensión. Las únicas cosas que usted conoce... que ha conocido jamás son el amor y el odio.

Dijo Elsa:

—Vi a Caroline coger el veneno. Creí que pensaba suicidarse. Eso hubiera simplificado las cosas. Y luego, a la mañana siguiente, descubrí la verdad. Le dijo que yo no le importaba un comino... sí que le había importado, pero había pasado ya. En cuanto terminara el cuadro, me despediría. Ella no tenía por qué preocuparse, le dijo.

»Y ella... me compadeció... ¿Comprende usted el efecto que eso me hizo? Encontré el veneno y se lo di y le vi morir, sentada en las almenas. Jamás me he sentido más llena de vida, más triunfante, más llena de poder. Le vi morir... Le vi morir...

Extendió las manos bruscamente.

—No comprendí que me estaba matando a *mí misma*... no a él. Más tarde, la vi a ella cogida en una trampa... y de nada sirvió tampoco. Yo no podía hacerle daño... a ella no le importaba... escapó de todo ello... la mitad del tiempo no estaba en el mismo sitio que su cuerpo. Ella y Amyas... los dos escaparon... Marcharon a donde yo no podía alcanzarlos. Pero no murieron. Fui yo quien murió.

Elsa Dittisham se puso en pie. Cruzó hacia la puerta. Dijo otra vez:

—*Morí...*

En el vestíbulo pasó junto a dos jóvenes cuya vida estaba empezando.

El conductor abrió la portezuela del automóvil. Lady Dittisham subió y sentóse, y el conductor le abrigó las piernas con una manta de pieles.

Índice